소중한 시절인연에 감사드리며

님께

드림

시절인연
時節因緣
속에서

김진웅 수필집

우리의 삶 하나하나가 성찰이고 수행이다. 그저 마음먹기에 달린 것

비우고 또 비워 내며, 그물에 걸리지 않는 바람처럼,

진흙에 더럽히지 않는 연꽃처럼, 구름을 벗어난 달처럼,

물같이 바람같이 슬기롭고 의연한 태도로 행복하게 살아가자.

좋은땅

작가의 말

봄맞이 집 안 청소와 정리정돈을 하며, 창고 출입문 손잡이를 돌리니 되알지게 닦달하며 굉음까지 냅니다. 몇 번 시도하다 카센터에서 가져온 엔진오일을 한두 방울 넣으니 언제 그랬느냐는 듯 부드러워지고 경쾌한 노랫소리로 바뀝니다.

'아, 이럴 수가! 오일 한두 방울을 주었을 뿐인데……'

나의 몸과 맘도 칠십 고개를 훨씬 넘도록 혹사하고 칭찬은커녕 몰인정하게 푸대접만 한 것은 아닐까. 단단한 쇠붙이도 이만큼 오래 쓰면 녹이 슬고 부스러질 수도 있지 않은가. 이제라도 칭찬해 주고 어깨를 토닥이고 보듬고 윤활유 선물도 주어야 하겠다는 것을 뒤늦게 깨닫습니다.

뒤돌아보면 때로는 살을 에는 듯한 엄동설한에 때론 폭풍우 몰아치는 온갖 간난고초를 겪은 몸과 맘을 다소라도 응원하고 치유한 윤활유 역할을 한 것은 문학의 힘과 인연이 있어야 때가 온다는 시절인연(時節因緣) 덕분이기에 무척 기쁘고 감사드립니다.

작가의 성찰과 창작 의욕을 고취하며 수행하고, 문학의 순기능을 통하여 문화 창달과 독자의 삶의 질과 행복감을 높이는 데 미력하나마 이바지하고 싶습니다. 일상생활, 지역 사회, 자연, 사회상 등 다양한 소재를 문학으로 승화한 저의 수필집이 바람직한 삶과 정서, 바르고 희망차고 웃음꽃 피는 사회가 되는 데 윤활유 역할을 하기를 소망합니다.

시절인연 속에서

제가 늦깎이로 수필 등단을 한 2010년부터 《충청일보》 오피니언에 〈김진웅 칼럼〉을 격주 금요일에 게재하고 있으며, 2014년에 첫 번째 수 필집 『지금 여기에서』와 2020년에 두 번째 『행복 365』를 발간하였고, 소 중한 시절인연 이야기, 참신하고 공감과 울림이 있는 글, 평생 교육자 의 외길만을 걸어온 체험과 철학 등 예리한 통찰력과 고운 감성으로 최 근 약 4년간 쓴 작가만의 독특한 향기와 빛깔로 형상화한 《창작수필》과 《충청일보》와 《강건문화뉴스(GCN)》 등에 실린 〈김진웅 칼럼〉 등에서 엄선하여, 소중한 세 번째 수필집 『시절인연 속에서』를 세상에 내보내게 되어 매우 설레고 기대됩니다.

땅에 씨앗을 심었다고 해서 바로 싹이 나서 꽃이 피고 열매를 맺는 게 아니잖습니까. 물, 햇볕, 온도, 토양 조건 등이 잘 맞고 충분히 지나야 열 매가 맺듯, 어떤 일의 결과도 시절인연(時節因緣)이 도래하면 발생하 고 만나게 됩니다. 그렇다고 때가 되면 이루어지니 그냥 기다리라는 것 은 절대 아니고, 매 순간 최선을 다해 준비해야 합니다. 시절이란 인연 에 의해 오는 것입니다. 인(因·원인)이란 안 또는 자기의 측면이고, 연 (緣·조건)은 밖 또는 남들이나 환경의 측면입니다. 때를 기다리지 말고, 때가 오게 만들어야 한다는 지혜를 터득하여 '유레카'라도 외치고 싶습 니다.

2024년 가을의 문턱에서

저자 한울 **김 진 웅**

목 차

제1부   자꾸 가면 길이 난다

제2부   행복한 삶을 위하여

제3부   산처럼 물처럼

제4부   **자비희사(慈悲喜捨)**

제5부   우리나라 우리 고장

제1부

자꾸 가면 길이 난다

포대기 사랑

　안타깝고 원망스러운 코로나19 재앙은 너무 많은 것을 앗아가고 있다. 화창한 날씨인데도 자나 깨나 보고 싶은 수도권에 사는 손주들 보러도, 관광과 나들이도 못 가는 안타까운 마음을 달래며 대청소와 정리정돈을 한다. 장롱 속 정리를 하다 민속박물관에서 본 해지고 낡은 누비처네를 보았다.

　"언제 쓰던 포대기야. 이젠 헌 옷 모으는 곳에 갖다 넣을까?" 하니, 아내는 화들짝 놀라며 눈을 흘긴다. "우리 아이들을 모두 키운 고맙고 뜻깊은 포대기예요." 하며 고이 접어 장롱 안쪽에 깊숙이 넣는다.

　아내의 이야기를 듣고 회상해 보니 나도 퇴근 후에 아내를 도와 이 누비처네로 아이들을 업어 준 적도 있다. 그 시절에는 유모차를 본 적도 없으니 아예 살 생각조차 하지 못했다. 유모차는 편할는지 몰라도 따스한 체온이 전달될 리 없지만, 포대기는 안을 때도 업을 때도 만능으로 사용할 수 있다. 안겨도 업혀도 온기와 정(情)을 주고, 포대기를 두르고 등으로 둘러업으면 어부바가 된다. 포대기 하나로 깔기도 하고 덮어 주고 안아 주고 업어 준다. 포대기에 끈까지 달려 그야말로 만능이고 융합이다. 마치 가방과 보자기 같고, 포크와 젓가락 같다. 가방은 비어 있을 때도 자리를 차지하지만, 빈 보자기는 주머니에 쏙 넣을 수도 있고, 사용할 때는 모양도 크기도 다양하게 싸고 다목적으로 사용할 수 있다. 우스갯소리로 도둑이 들어올 때는 보자기를 쓰고 와서, 나갈 때는 물건을 싸서 나갈 수도 있다. 포크는 음식을 찍어 먹지만 우리의 젓가락은 정성껏 떠받쳐서 음식을 먹지 않는가.

　포대기와 어부바를 생각만 해도 가슴 설렌다. 갓난이 때부터 엄마 등에 업혀 자랐고, 아들딸을 업어 주며 자장가처럼 불러 주던 어부바였다. 내가 아기 때 일은 기억 못 하지만, 어렸을 때 포대기에 싸여 업혔던 일은 아스라이 알 것 같다. 집안일과 농사일에 바쁘시던 어머니 등에 업혀 논밭으로 다녔고, 잠시 허리를 펴고 쉴 때 밭둑에서 젖도 맛나게 빨던 모습도 그려 본다. 때로는 울고 칭얼댔을 나를 업고 온종일 김매시던 어머니께서 얼마나 힘드셨을까. 조금이라도 덜 힘들게 보채지도 않고 잠깐씩이라도 밭둑에서 땅강아지처럼 놀았더라면 참 좋았을 텐데. 어머니께서 몸이 불편하거나 더 바쁘고 힘든 일을 하실 때는 할머니께서 나를 업어 키우셨다. 어렴풋이 떠오르는 것도 있지만 대부분 잘 모르는 들은 풍월이지만……

　나는 두세 살 무렵 무슨 까닭인지 옛날 고구려의 평강 공주처럼 유난히 잘 우는 울보였다고 한다. 할머니께서 포대기로 둘러업고 다니시며 가까스로 달래 놓아도 낯선 사람이 날 보며 귀엽다고 뭐라 하면 또 울어대서 너무 힘들었다고 한다. 이렇게 많이 업혀 자랐기에 어머니와 할머니의 따뜻한 등에서 웃기도 울기도 하고, 동구 밖과 논밭도 해름 때까지 따라다니고, 농촌의 축제 같았던 오일장 등도 구경하며 어깨너머로 집안일과 자연과 세상을 시나브로 배웠을 것이다. 그 덕분에 주위 사람들이 나를 정이 많은 사람, 착하고 예의 바른 믿음직한 사람이라고 칭찬하는 것일까.

　대학교 다닐 때 학군단 교육 과정으로 육군 ○○훈련소에서 병영훈련을 받을 때 내무반에서 오(O)다리라고 구박을 받으며 고통스러웠는데,

내가 어렸을 때 많이 업혀서 그런 줄도 모른다는 생각에 씁쓸한 미소도
지어 본다.

　수십 년 전까지만 해도 우리 어머니들은 포대기 하나로 사랑하는 아
기를 암탉이 알을 품듯 품고 업어 키우셨다. 이런 전통 덕분에 엄마 배
속의 양수처럼 따스한 환경 속에서 자라난다. 어머니가 한 걸음 한 걸음
걸을 때마다 태내(胎內)에서 기억했던 심장 소리의 리듬과 동화된다.
엄마도 어부바를 하면서 세상의 모든 대상과 사랑과 기쁨을 나눈다. 아
이는 등에 업혀 어머니가 듣는 것을 듣고, 보는 것을 보며 하늘과 땅과
세상을 배운다. 그러기에 엄마들은 아기를 잉태했을 때는 물론 포대기
로 업을 때도 자연스레 매사에 그릇됨이 없도록 경건하고 정숙한 행동
을 하게 된다.

　모유 수유(授乳)도 마찬가지이다. 요즘 엄마들은 모유 대신 분유를 먹
이는 것을 당연시하는 사람이 많다. 교육대학원에서 교육심리를 전공할
때 모유가 제일 좋다는 것도 배웠다. 가능하면 완전식품인 모유를 먹여
야 한다. 영양분 공급과 면역력을 키울 뿐 아니라 엄마에게 모정(母情)
까지 받으며 바람직한 정서와 품성도 기를 수 있다. 단순 영양만 공급받
는 우유와는 비교조차 안 된다. 유모차나 요람에서 빈 허공만 바라보는
것이 아니라, 엄마 품과 포대기 속에서 엄마와 일심동체(一心同體)로 세
상을 배우니 이보다 더 훌륭한 육아법과 조기 교육이 그 어디에 있으랴.

　이런 유전자 때문일까. 요즘 엄마들은 유모차를 사용하지 않을 때는
포대기 대신 아끼띠나 육아용 멜빵을 사용하여 앞으로 안기도 뒤로 업
기도 하지만, 포대기에 비하면 왠지 매달고 다니는 것 같다. 주머니와
지퍼도 있어 좀 더 편리하겠지만 포대기만큼 엄마의 체온과 사랑이 전

해지지 않는다. 여학생들이 책가방을 들다가 짊어지고 다니는데, 간혹 앞으로 매달고 걷는 것도 이런 유전자 영향 같아 예사로 보이지 않는다.

나는 41여 년 동안 한 우물을 파며 헌신한 교육계에서 학교장으로 정년퇴직을 해서인지 제자들과 지인들의 주례(主禮) 청탁이 많다. 주례를 서면서 부푼 희망으로 결혼식을 올리는 올곧은 신랑 신부들을 볼 때마다 미덥고 행복하다. 부부간에는 물론 누군가에게 힘이 되는 어부바를 해 줄 것이다. 사회자의 권유로 신랑이 신부 어머니와 친모를 업어 드릴 때는 주례인 나도 덩달아 가슴이 두근거린다. 지금까지 훌륭하게 키워 주신 은혜에 보답하는 애틋하고 진솔한 보은의 마음을 듬뿍 담고 있다. 우리의 포대기 사랑과 어부바 문화를 유네스코 무형문화재로 신청하여 등재하고 싶은 욕심도 생긴다.

포대기 사랑을 되새기니 반포지효(反哺之孝 · 까마귀 새끼가 자라서 늙은 어미에게 먹이를 물어다 주는 효라는 뜻으로, 자식이 자라서 어버이의 은혜에 보답하는 효성)의 깊은 뜻도 알 것 같다. 부모님께서 포대기 사랑으로 애지중지 내리사랑을 해 주셨는데, 고생만 하시던 어머니께서 내가 고등학교 3학년 때 돌아가셔서 치사랑과 안갚음 한 번 제대로 못 했다는 회한에 포대기를 흠뻑 적시도록 엉엉 울고 싶다.

앞으로 포대기 사랑을 되새기고 실행하며, 더 넓고 따뜻한 등으로 누군가를 업어 주고 힘이 되어, 좀 더 밝고 행복한 가정과 이웃 · 사회 · 나라가 되도록 정진하겠다.

깜짝 선물

날씨가 봄날처럼 포근하다. 아직은 꽃샘추위도 있겠지만 입춘도 지났으니 새봄일까. 몇 년 전 이맘때 제주도에 갔을 때 유채꽃밭이 생각나 또 가고 싶다. 일상을 훌훌 털고 청주공항에 가서 제주행 비행기를 타면 한 시간이면 도착인데, 악랄한 코로나19로 갈 수가 없어 서성거리고 있는데 스마트폰 문자음이 들린다.

"서로 존중, 함께 배려' ○○○고객님! 우체국입니다. 소포우편물을 오늘 배달할 예정이며……."

'내가 주문한 물건이 없는데 택배라니. 방송에 택배 대란이라더니 다른 사람에게 보낼 문자가 왔군.' 생각하며 아무리 눈을 씻고 보아도 받는 사람이 내 이름이라 어리둥절하다. 한참 만에 초인종이 울려 대문을 열어 주고 나가 보니 현관 앞에 상자가 놓여 있고, 대문 밖에 기사님 뒷모습만 보인다. 비대면을 하기 위해서란다.

"잠깐만요."

"왜 그러시지요?"

"잘못 배달되었으면 반송하려고요."

기사님은 대답 대신 손을 흔들며 차에 오른다.

택배를 확인하니 제주 감귤이다. 오랫동안 카톡을 주고받는 제주도 강 여사께서 보낸 귤이다. 여느 상자처럼 5kg나 10kg짜리가 아니고 보기 드문 15kg 상자라서 꽤 묵직하다. 급히 카톡을 보냈더니 답신이 왔다.

"지난 연말쯤 소중한 선생님의 수필집을 받았잖아요. 감명 깊게 읽고 하도 감사하여 호꼼(조금) 보답하고 싶어서요. 감귤 맛조수다게(맛있습니다)."

책을 좋아한다고 해서 새로 출간한 나의 두 번째 수필집을 보내기는 했어도 이처럼 깜짝 선물을 받을 줄은 상상도 못 했고, 재미있는 제주 사투리도 정이 철철 넘친다.

이분은 카카오톡으로 우연히 만났다. 나의 고향 친구가 강 여사와 둘이 하던 단톡방에 나를 초대하였고, 한동안 동참하던 그 친구는 홀연히 나가 버렸다. 무슨 사정이 있겠거니 하며 제주도 토박이라는 강 여사와 단둘이서 대화를 이어 갔다. 덕담과 지역 소식 등을 주고받으며 서로 공감하고 축하한다. 역지사지하며 대화하니 믿음직하고 정이 듬뿍 들어 하루도 거르지 않고 주고받는다. 하루라도 두절하면 이 빠진 것 같고, ○ 마려운 강아지처럼 불안하고 안절부절못한다. 나를 초대한 친구보다 더 우정이 두터워지는 듯하다.

제주도와 충청북도는 참으로 화젯거리가 많다. 사방이 바다로 둘러싸인 제주와 바다 없는 충북이지 않은가. 귤이 도착하던 날도 카톡은 받았어도 귤 이야기는 전혀 없었다. 그 순수한 인품과 재치에 또 한 번 감동하는 깜짝 선물이다.

상자를 여니 진한 우정 같은 귤 향이 금세 방 안에 가득하다. 크기도 자잘하고 싱싱하여 보기만 하여도 군침이 돈다. 아내가 수십 년 전 뚱딴지같은 내 행동을 소환하며 흉을 본다. 귤밭에 갔을 때 주먹만 한 커다란 귤이 좋은 줄 알고, 성큼 사서 끙끙대며 짊어지고 다니다가 비행기에 태우고 왔으니 헛웃음이 키들키들 나온다.

아내는 "이런 귤을 먹다가 여기서는 못 사 먹겠네. 세상에 이런 고마운 분도 있다니….''라고 감동하며 우리도 보내자고 한다. "무슨 선물이 좋을까?'' 의논 끝에 평택의 처가에서 갖고 온 쌀로 결정했다. '나도 깜짝 선물로 보내야지.' 다짐했는데 그곳 주소가 없어 난감하다. 책을 보낼 때 주소는 하필 핸드폰을 바꾸느라 지워졌고 귤 상자에도 농장 이름만 있다. 하는 수 없이 카톡으로 문의하니 까닭을 자꾸 물어서 나도 모르게 쌀을 보낸다니, "농사도 짓지 않잖아요. 마음만 받을게요." 하며 극구 사양한다. 그분에게 배운 깜짝 선물을 보내려고 했는데 아무래도 나는 은근한 재치가 부족했나 보다. 설득 끝에 겨우 주소를 받아 종이상자에 쌀 포대를 넣어 우체국 택배로 부치며 문의하니, 선박으로 보내는데 요금은 육지와 같다니 다행이다.

며칠 후 카톡이 왔다. "쌀 잘 받았어요. 선생님 덕분에 말로만 듣던 유명한 경기미 햅쌀을 먹어 보네요. 제주에는 쌀이 귀해 묵은쌀을 흔히 먹는데…." 이런 칭송을 들으니 쌀을 보내자고 한 아내가 고맙고, 잘했다는 생각이 든다.

우리 사회는 안타깝게도 갖가지 갈등과 불신이 만연하고 있다. 낯선 번호로 온 전화도 문자도, 누가 친절을 베풀어도 의심부터 한다. 사회적 거리두기로 손님이 오는 것도, 길에서 스치는 것조차 꺼린다. 이런 불신에 비하면 강 여사님과 나는 생각할수록 놀랍고 대견스럽다. 비록 한 번도 직접 만나지는 못했어도, 카톡으로 대화를 나누며 우정을 쌓고 윈윈(win-win)하고 있으니, 참으로 좋은 시절인연(時節因緣)이라는 것을 깜짝 선물 덕분에 깨닫는다.

만약 이기적이고 일탈이나 바람직하지 않은 관계라면? 상상만 해도 소름 돋는다. 요즘 부적절한 성 문제로 물의를 일으키는 사람도 많다지만, 우리는 배우자들이 색안경으로 보기는커녕 성원해 주니 하늘을 우러러 한 점 부끄럼이 없다.

하루속히 코로나19도 종식되고 자유롭게 여행도 다니고, 나와 그분처럼 서로 믿고 존중하는 행복한 사회, 여러 갈등도 치유하며 훈훈한 감동과 웃음꽃이 만발하는 사회가 되기를 간절히 바란다.

우암산 걷기길

　오늘도 작은 배낭을 메고 우암산으로 향한다. 하드웨어인 몸뿐만 아니라 소프트웨어인 마음의 스트레스도 많이 받고 지치게 하는 코로나19 때문에 모임을 거의 못 하니 쾌적하고 조용한 우암산 걷기길을 찾을 때가 더 많아진다. 아직 한낮에는 볕이 따갑지만, 남실남실 부는 산들바람에 하늘이 높아지고 뭉게구름이 두둥실 떠간다. 솔솔바람이 불어오고 부지런한 고추잠자리가 입추도 처서도 지났으니 가을의 문턱이라고 일러 준다. 우암산(牛岩山·353m)이 소[牛] 형상이라 곳곳에서 소 모습의 캐릭터(character)가 등장하여 해설하는 안내판의 글귀처럼 '자연과 하나 되고 사람과 교감하는 정겨운 우암산 걷기길'이 무척 정겹다.

　우암산 걷기길의 가파른 곳은 계단을 만들어 놓고 동남아 관광할 때 많이 본 야자나무 껍질로 엮은 듯한 멍석을 깔아 안전하게 다닐 수 있어 좋다. 우리가 가난과 싸우던 몇십 년 전에는 상상조차 못 하던 일이다. 이런 등산로 바닥에 까는 멍석까지 머나먼 나라에서 수입하다니……. 걷기길 주변의 잡풀을 깎지 않은 곳이 있어 혹시 긴짐승이 있을까 봐 눈을 크게 떠야 할 곳도 있긴 하지만 대체로 정비가 잘되어 고맙다.

　만약 우리가 위대한 지도자의 탁월한 영도력으로 새마을운동과 경제개발 등을 하며 주린 배를 졸라매고 피땀을 흘리지 않았다면, 우리보다 훨씬 잘살던 야자나무가 많은 필리핀 같은 나라보다도 더 가난할 수도 있지 않은가.

오래전 필리핀 재래시장을 관광하다 인기척에 놀라 뒤돌아보니 그곳 어린이들이 따라다니며, 우리말로 "천 원만~. 천 원만 주세요." 하던 모습이 지금도 눈에 선하다. 평일인데도 학교에도 가지 않고 구걸하다시피 돈벌이를 하다니…….

어깨 위로 무언가 떨어져 살펴보니 톱으로 자른 듯한 가느다란 참나무 가지다.

'바람에 떨어졌을까, 청솔모가 야금야금 갉았을까?' 궁금하여 관련 자료를 검색하여 알고 보니, 도토리거위벌레(참나무거위벌레라고도 함)가 덜 여문 도토리에 알을 낳고 가지를 잘라 땅으로 떨어뜨린 것이라 한다. 도토리거위벌레는 몸길이 약 1cm, 날개에는 황색 털이 있고 흑색 털도 드문드문 나 있고, 날개 길이와 비슷한 주둥이를 갖고 있다. 주둥이가 거위 주둥이처럼 생겨 거위벌레라고 하는 것도 배우니 신기하다.

도토리거위벌레의 번식도 왕성하고 특이하다니 놀랍다. 7월부터 8월 초순 무렵 풋도토리에 구멍을 뚫고, 산란관을 꽂은 뒤 도토리 열매 속에 알 한두 개씩 산란한다. 알을 낳은 뒤에는 예리한 톱 역할도 하는 주둥이로 도토리가 달린 가지를 몇 시간씩 걸려 안간힘을 쏟아 자르는 것이다. 그 까마득한 공중에서 왜 가지를 자를까. 그 이유는 도토리 열매 속에서 부화한 애벌레가 도토리가 여물어 단단해지기 전에 부드러운 속을 파먹고 자라게 하기 위해서라고 한다. 나뭇가지가 떨어질 때 충격으로 알이나 애벌레가 빠져나오지 않도록 나뭇잎은 낙하산 역할을 하고, 나뭇잎은 한동안 광합성 작용을 하여 도토리의 신선한 기간을 연장한다니…….

도토리거위벌레는 과학과 생활의 지혜를 갖추었을까. 단지 본능일까. 고소공포증도 없나. 나는 조금 높은 곳에 올라가도 어지럽고 다리가 후

들후들하는데.

도토리 속에 들어 있는 알은 7일쯤 지나면 유충으로 부화하여 도토리 과육을 빨아먹으며 자라나서, 20일 정도 지나면 도토리 밖으로 나와 땅속으로 들어가서 추운 겨울을 난다. 월동한 유충은 5월 하순 무렵에 밖으로 나와 나뭇가지에서 번데기로 변한 후, 7월쯤 성충이 되어 알을 낳으며 반복하는 자연의 섭리가 경이롭다.

한낱 거위벌레도 이처럼 지극정성으로 산란하고 보살피는데, 얼마 전 탯줄도 안 자른 신생아를 음식물 쓰레기통에 넣은 패륜 여인은 과연 엄마라고 할 수 있을까. 불행 중 다행으로 위독했던 신생아를 살려냈고, 각처에서 기적의 생존을 한 아기를 돕는 사랑의 손길이 전개되고 있어 그래도 가슴을 따뜻하게 하고, 아직은 살 만한 세상이라고 위로해 준다. 친모는 2021년 8월 18일 오전 8시쯤 청주시 흥덕구 한 식당 앞 음식물 쓰레기통(10리터 크기)에 갓난아기를 유기하였다. 사흘 뒤인 21일 쓰레기통 안에서 고양이 울음 같은 무슨 소리가 들린다는 신고를 받고, 출동한 119 대원들에 의해 아기는 구조되어 수술과 치료를 받는 부끄러운 일이 양반 도시라는 청주에서 일어나다니…….

도토리거위벌레의 모성애에 감동하고 벌레만도 못한 패륜적인 여인에 통탄하며 걷자니 광덕사에 이르렀다. 마침 목이 메었던 참에 샘터에서 물을 한 바가지 들이켜고 주변의 잣뫼쉼터로 온다. 안내판에는 벤치에 앉은 소 캐릭터가 들려주는 이야기가 솔깃하고 흥미롭다.

"잣뫼쉼터의 '잣'은 성(城)의 옛말이며, '뫼'는 산의 옛말로 이를 풀이하면 '산성'이라는 뜻이 됩니다. 우암산은 충청북도 청주시 상당구에 위치한 산이고, 속리산 천왕봉에서 북서쪽으로 뻗어 내려온 한남금북정맥 산줄기에 속하며, 청주 동쪽으로 이어지는 낭성산 줄기에서 서쪽으로 갈라져 나온 산입니다. 이 공간은 돌을 쌓아 성곽을 만들어 우암산성을 느껴보고 선조들의 지혜를 배워보는 장소입니다."

　주위에는 실제로 성 쌓기 체험을 할 수 있도록 여기저기 많은 돌을 비치해 놓았다. 안내판에 "청주의 영문 이니셜인 'C'와 'J'를 조합해 생명의 시작이나 창조적 가치의 원동력을 의미하는 '씨앗'을 상징화한 심벌마크"라는 청주시 마크를 새로 제작하여 덧붙여 놓았다. 마크가 변경되기 전에 제작된 안내판이라서 기존 판 위에 새 마크를 붙인 것이다. 기관명이나 상징마크를 자주 변경하면 인력과 예산 낭비 등이 많이 되니, 무엇이든지 처음부터 잘 제정하여야 하겠다는 것도 가르쳐 준다. 매사 내실 있게 운영하면 되는데 이름만 바꾼다고 저절로 될까. 예를 들면 정부 부처도 그렇지만 '면사무소'와 '동사무소' 등이다. '주민센터', '행정복지센터'로 개명했는데 처음에 무슨 카센터인 줄 알았다. 유서 깊고 정감 있는 면사무소와 동사무소가 어디가 어때서 바꿨다는 말인가. 어느 곳에 가니 '면사무소'라는 분식집 간판이 있어 잘못 본 줄 알았다. 전통 있는 좋은 기관 이름을 분식집에게 빼앗기다니. 행정기관의 이름 하나를 바꾸려면 직인과 현판 교체 등 얼마나 엄청난 혈세가 들어갈까. 동사무소의 기관장을 동장이라고 했는데, '행정복지센터'로 바뀐 후에도 '센터장'이 아니라 '동장'이라 한단다. 정부 부처를 통합하려고 부득이 명칭을 바꾸는 것은 바람직하지만, 통합은커녕 늘리는 것 같아 씁쓸하다. 말로는 작고 강한 정부를 외치면서.

소규모이지만 몇 가지 운동기구도 갖추어져 있어 마음에 든다. 특히 누워서 하는 역기를 자주 애용한다. 한쪽이 10kg인데도 묵직하다. 몇십 번 올렸다 내렸다 하고 휴식할 때 평소 내가 아니다. 누운 채로 명상에 잠기면 편안하고 온갖 번뇌를 잊고 무루지(無漏智)도 깨닫는 듯하다. 20여 미터 높이의 낙엽송과 참나무 사이와 위로 보이는 세상은 시시각각 바뀌고 요지경(瑤池鏡) 속 같다.

우리만 거리두기를 하는 줄 알았는데, 나무들도 꼭대기 부분이 상대에게 닿지 않게 수관기피를 한다. 청정한 하늘에 흐르던 흰 구름이 먹구름이 되기도 하고, 크고 작은 산새들이 비행하며 정찰도 하고……. 앉아서 보니 내가 누웠던 나무판이 상상외로 좁다는 것에 놀라 손뼘으로 재본다. 폭이 1.5뼘(한 뼘은 약 20cm), 길이는 7.5뼘밖에 안 되는데, 아무리 종아리 아래는 밖으로 내보냈더라도 이 위에서 몸과 맘이 더없이 편하고 평화롭고 행복하다니…….

주위를 둘러보니 수십 년 된 낙엽송이 태풍에 뿌리째 뽑혀 쓰러져 있다. 밑동을 전기톱으로 잘라 정리한 탓에 낙엽송이 족보를 보여 준다. 나이테를 살펴보니 대략 30년 된다. 이런 거목(巨木)이 쓰러지다니. 무엇이든지 뿌리부터 건실해야 한다는 교훈을 준다. 내가 어렸을 때 벌거숭이산에 낙엽송을 많이 심는 것을 보았다. 그 무렵엔 전신주도 철근을 넣은 시멘트로 만든 것이 아니고 낙엽송이던 것을 젊은이들은 알고 있을까.

낙엽송을 일본잎갈나무라고도 하는데 왜 이런 이름인지도 알게 되었다. 소나뭇과에 속하지만, 상록수가 아니고 낙엽이 지고 잎을 갈기에 낙엽송이고 잎갈나무라고 명명하는 것에 고개가 끄덕여진다. 자연과 벗하며 가까이하며 자연은 우리 삶과 밀접한 것이고, '나무만 보는 것이 아니라 숲을 보아야 한다.'는 교훈과 진리도 몸으로 터득한 내가 대견하다.

우리는 자연을 떠나서는 살 수 없을 정도로 자연과 밀접하고, 이 지구라는 자연에서 소풍을 누리다가 마치면 누구나 자연으로 돌아가고, 우리가 살아가는 데는 '누워서 하는 역기'를 할 때 받침판처럼, 그렇게 많은 것이 필요하지 않다는 것을 깨닫는다.

'과유불급(過猶不及)', '비움의 철학'의 의미와 교훈도 일깨워주고, 운동과 스트레스 해소는 덤으로 주는 소중하고 자랑스러운 우암산 걷기길이다.

《47프로젝트》, '제3회 코스미안상' 공모, 입선작, 2021.12.5.

자꾸 가면 길이 난다

"열 길 물속은 알아도 한 길 사람 속은 모른다."는 속담처럼 사람의 마음은 만질 수도, 냄새를 맡을 수도, 무게를 알 수도 없지만 우리는 마음을 가지고 있고, 내 마음이라고 한다. 내 마음이니 자유자재(自由自在)로 내 마음대로 움직일 수 있어야 하는데, 그렇게 할 수 없으니 내 마음이 내 마음일까.

마음이 힘들면 몸도 따라서 힘들고, 몸이 힘들 때면 마음도 따라서 힘들고, 마음 다스리기 또한 무척 어렵다. 몸이 하드웨어라면 마음은 소프트웨어이다.

마음에 대하여 생각할수록 오리무중(五里霧中)인데, '마음을 다스리는 법'에 대한 전현수 정신과 전문의의 불교방송 강연과 그분의 저서인 정신과 의사가 들려주는 『생각 사용 설명서』를 숙독하고, 마음을 잘 알고 충실히 실행하겠다고 다짐해 본다.

"흔히 사람들은 '생각'을 본인이 하는 것으로 알고 있어요. 하지만 결론부터 말하자면, 생각은 내 노력이나 의지하고는 아무런 상관없이 일어나는 '현상'이에요. '생각'이 본인의 통제 밖에서 일어난다는 것을 알게 된 것이 인생의 큰 전환점이 되었습니다."라는 의견에 전적으로 공감한다. 마치 내 생각을 대변하는 듯하다.

전현수 원장은 2003년 여름, 미얀마 양곤에 있는 한 명상센터에서 명상을 배우던 중 '생각'의 정체를 알게 되었다고 한다. 생각을 포함한 마음의 작용은 매우 빨라서 자세히 관찰하지 않으면 있는 그대로를 알기 어렵고, 모든 괴로움은 실제 존재하는 것이 아니라, 실제를 보고 떠올리는 '생각' 때문이라니 무척 참신하다. 생각은 하는 것이 아니라 조건에 따라 비가 오고 바람이 불듯이 생각도 조건에 따라 떠오른다는 것이다.

마음은 언제나 어딘가에 가 있다. 그것도 한순간에 한 곳만 간다. 음악을 들으면서 공부를 한다고 생각하는 사람이 있는데 자세히 보면 음악을 듣다가 공부하다가 하는 것을 반복한다. 귀는 소리가 들리면 간다. 우리에 대해 생각을 안 한다. 눈도 마찬가지다. 감각기관은 다 그렇다. 마음은 한 번에 한 곳만을 간다. 마음이 명상의 대상에 가 있으면 다른 곳을 갈 수 없다. 생각은 주로 과거와 미래로 마음이 간 것이니, 명상을 통해 항상 현재에 집중하는 훈련이 되면, 마음이 항상 지금 이 자리에 있게 되고 생각이 일어나지 않거나 바로 알아차리면 사라진다니······.

생각은 입력된 탱크에서부터 떠오르고, 생각의 탱크는 용량이 엄청나게 큰 컴퓨터처럼 용량이 엄청나지만, 생각 컴퓨터에는 지울 수 있는 기능이 없다. 한 번 입력되면 없어지지 않고 언제든지 떠오를 수 있으니, 앞으로 생각 탱크 안에 들어가지 않기를 바라는 좋지 않은 것은 겪지 않도록 노력하겠다. 그렇지만 안이비설신의(眼耳鼻舌身意)로 겪는 것은 모두 입력되니 절대 쉽지 않다.

우리 마음이 현재에 있으면 과거와 미래에 있을 수 없다. 과거와 미래의 산물인 화나 불안, 걱정이나 들뜸이나 설렘 없이 현재에 산처럼 의연하다. 마음은 언제나 한 번에 하나의 대상에 가 있고, 마음이 어느 쪽으로 자꾸 가면 그쪽으로 길이 나니 마음을 좋은 쪽으로 자꾸 유도하여, 그쪽으로 생각하는 길과 습관을 만들어 나쁜 생각의 늪에서 벗어나야 한다는 소중한 것을 깨달았다.

《충청일보》 오피니언, 김진웅 칼럼, 2020.7.17.

서해안에서

"이 세상에 쉬운 일은 없다."란 말처럼 가족 기념일을 잘 챙기기도 쉽지 않다는 걸 절감하였고, 평소에 살림살이 대부분을 아내가 하던 일을 모처럼 내가 주선하려니 멋쩍기도 하다.

지난봄, 아내의 생일이었다. 그것도 여느 생일이 아니고 칠순이니 코로나19 방역수칙 준수를 핑계로 그냥 넘어갈 수도 없었다. 코로나19만 아니면 동남아쯤 훌쩍 다녀오겠지만 제주도도 어려웠다. 고심 끝에 서해안 여행이라도 하려고 1박 2일 계획을 세웠다. 산전수전 겪으며 나이를 먹을수록 산처럼 의연하고 강처럼 유해야 하는데, 대범해지기는커녕 의기소침하고 소심해지는 것 같다. 예전엔 그냥 쉽게 결정했던 것도 '더 좋은 것이 있지 않을까?' 톺아보고 고민하다가 장고(長考) 끝에 악수(惡手)를 두는 경우가 많아 나잇값도 제대로 못 하는 것 같아 부끄러울 때가 많다.

날마다 보도되는 코로나19 확진자와 사망자 수 등을 접할 때마다 착잡하기 그지없지만, 백신 접종이 진행되고 있으니 강행하자는 각오로 행선지를 서해안으로 정하고 이곳저곳 알아보았다. 바다가 없는 충청북도에서도 청주에 사니 드넓고 푸르른 바다를 동경하게 된다.

호텔 같은 그럴듯한 숙소도 좋겠지만, 40여 년 동안 한 우물을 파며 근무한 퇴직 교원으로서 충청북도해양교육원 홈페이지를 방문했다. '청소년의 꿈과 희망을, 교직원의 행복 충전을 충청북도해양교육원에서 실헌'이라는 문구가 먼저 반겨 주어 기쁘다.

근무할 때와 퇴직 직후에도 본원(대천)과 제주분원을 이용한 적도 있지만 좀 오래되어 다시 회원 등록을 해야 했다. 퇴직증명원까지 제출해야 승인이 된다기에 충북교육청에 가야 하는 줄 알았는데, 전자민원창구를 이용하여 발급받아 예약할 수 있었다. 전에도 '정부24'에서 주민등록등·초본을 집에서 그것도 야간에 신청하여도 수수료도 없이 발급받으니 참으로 편리하였다. 필요할 때마다 서류 발급 때문에 이곳저곳을 뛰어다니던 때와 격세지감이 든다. 'IT(정보기술) 강국'인 우리나라가 더욱 자랑스럽다.

여행 예정일 2개월 전인데도 4월은 마감이었고 5월 하순에 예약하니 가능했다. 방역을 위하여 수용시설의 50%만 선정한다는데도 승인되어 무척 기뻤다. 며칠 후 방역 강화로 이용 인원을 30%로 축소하게 되어 재추첨한다는 문자 통보를 받고 무산되는 줄 알고 마음속으로 포기했는데, 행운이 따라 최종 승인되어 아내에게 내 체면이 좀 선다. 아무래도 40여 년 성심껏 내조한 아내 덕분 같고, 이럴 때는 로또복권이라도 사고 싶다.

드디어 해양교육원에 입실하는 날, 내비게이션 검색을 하니 우리 집에서 출발하면 2시간 30분쯤 소요되고 거리는 약 120km였다. 한 번에 쉬지 않고 직접 운전하여 가기에는 장거리라서 한 번 쉬어 가기로 했다. 세종시를 지나 공주 부근에 있는 거대한 불상(佛像)들을 모신 고불산 성곡사에 들러 경배(敬拜)하고 휴식도 겸하니 그야말로 탁월한 선택이고 일석이조이다.

해양교육원에 도착하니, 마치 처음 온 곳처럼 낯설고 설레었다. 시설

일부만 활용하여 마냥 고즈넉하였다. 엘리베이터 버튼을 누를 때도 맨손 대신 납작한 막대를 이용하는 등 코로나19 방역을 철저히 하여 마음이 놓였다. 우리 충북 학생과 교직원들을 위하여 이처럼 좋은 시설을 마련한 데 대하여 고맙고 자랑스럽다. 특히 바다 없는 충북 사람들이 서해(西海)를 안은 대천, 망망대해 태평양을 품은 제주도에서 체험하고 휴식하며 힐링과 충전(充電)할 수 있도록 배려한 충북교육청의 혜안(慧眼)이 돋보인다.

입실 절차를 마친 후 대천해수욕장으로 나가니 드넓은 바다가 반겨 준다. 7월 초에 해수욕장을 개장한다는 전광판을 보고 그때 또 오고 싶다. 해수욕을 할 수 있는 성수기도 좋지만, 요즘처럼 조용한 바다도 마냥 좋다. 더 머물다 가라고 붙잡는 파도의 손길을 놓고 한두 시간 머물다 아쉬운 마음으로 대천항으로 갔다. 갈 때마다 수산시장이 관광객들로 북새통이고 활기찼는데 너무나 한적하여 을씨년스럽다. 이곳도 코로나19로 타격이 크다니 안타까워 내 가슴도 아려진다. 어시장에서 횟감을 사서 저녁 식사 겸 먹으니 꿀맛이다. 특히 신토불이란 말처럼 원산지가 우리나라인 활어를 바닷가 현지에서 먹는 회 맛은 그야말로 일품이다.

이튿날 점점 새벽 여명(黎明)이 강하게 밝아 올 때 또 해변에 가서 바다 품에 안겼다. 이곳을 떠나기 전에 바다를 만끽하고 싶어서다. 간밤에 백사장 위쪽의 산책로까지 올라왔던 파도의 위력은 정말 대단하다. 이른 아침이라 그런지 바닷가에는 우리 내외뿐이라서 광활한 바다와 해안을 독차지했으니 우리는 마냥 행복하고 부자이고 부러운 것이 없다.
백사장에 무엇인가 거무스름한 모습이 보인다. 호기심에 숨죽이며 가까이 가니 100여 마리나 되는 갈매기들이 모여 있다. 바닷가를 수없이 보아 왔지만, 난생처음 보는 장관에 취해 입을 다물 수가 없다. 왜 이렇게 모여 있을까? 갈매기들도 조회(朝會)를 하나. 파도가 데리고 오는 먹이를 기다릴까. 갈매기들이 나를 기다린 것으로 생각하니 가슴 벅차다.

몸도 마음도 모두 바다에 맡기며 교감하니 나도 바다가 된다. 물아일체의 경지가 되어 온갖 상념에 젖으니, 번갯불처럼 스치는 깨달음의 일섬(一閃)이 머릿속을 스친다.

오랜 세월 파도와 부딪히고 돌끼리 부대끼며 제 몸의 모서리를 다듬는 바닷가의 모래알과 몽돌처럼, 나이를 먹는다는 것은 내 안의 끓는 용암을 다스리고 사랑도 미움도 모나지 않게 다듬어 내는 일이며, 잘 산다는 것은 모래알과 몽돌이 닳는 것처럼 내 안의 모서리가 부드러워지도록 쉼 없이 다듬고 갈아 내는 연마 작업이다.

나이를 먹으며 꿈도 간직하지만 비우기도 하며 남몰래 간직한 그리움을 하나둘씩 삭힌다. 인간의 삶, 사고 또는 인간다움 등 인간의 근원 문제에 관해 관심을 두고 몰입하니, 인간도 바다도 해변도 자연도 하나가 되며 가슴에 와닿아 진한 감동을 한다.

해양교육원에서 퇴실한 후 무창포로 향한다. 코로나19는 꿈나무들의 배움터인 학교뿐 아니라 시민들의 소중한 배움의 보금자리까지 마수를 뻗치며 가로막고 있다. 청주시에서는 직지(直指)의 고장답게 직지 세계화 사업의 일환으로, 시민들이 소중한 나만의 책을 펴내는 청주시 1인 1책 펴내기 프로그램을 운영하고 있어 나는 지도 강사로 참여하고 있다. 평소에는 강의실에 출석하여 공부했는데, 한곳에 모이지 못하고 화상 수업으로 진행하고 있다. 그 일정에 맞춰 수업 이튿날 왔는데도, 그날은 마침 신비의 바닷길이 열리는 날이니 다행이고 금상첨화이다. 죽도 상화원 관광도 하고 싶었지만, 그곳은 주말(금요일 포함)과 법정 공휴일만 관람 가능하여 갈 수 없어 무창포에서 여유롭게 갯벌 체험까지 하게 되었다.

신비의 바닷길이 열리는 시각보다 미리 갔어도 사람들이 많이 와 있다. 간간이 가랑비가 내리는데도 아랑곳하지 않고 바지락, 낙지 등을 잡느라 분주하다. 옆에서 손놀림이 안 보일 정도로 빨리 캐는 할머니께 물으니 바쁜 중에도 친절하게 일러 주어 감사하다. 그분께 조금 배운 실력으로 내가 조금 잡은 바지락은 나중에 보니 죽은 것이었지만……. 바지락도 몸에서 비릿하고 짭짤한 갯냄새가 나지 않는 어설픈 방문객을 아는 것일까. 우리 삶에서 역시 쉬운 일은 없고 이 또한 아무나 하는 일이 아닌가 보다. 그렇지만, 어느 책에서 읽은 "포기는 배추를 세는 단위일 뿐이다. 내 사전에 포기란 없다."란 교훈도 내면화하겠다.

서서히 열린 바닷길은 석대도까지 길게 구부러진 바닷길이 드러나 1.5km 정도를 다녀오며 간절한 기원을 하였다.

'우리 삶에도 코로나19 같은 어려운 일을 하루속히 극복하고 순풍에 돛 단 듯 순항하고, 신비의 바닷길처럼 행운이 활짝 열리었으면…….'

코로나19로 시달리는 몸과 마음을 추스르고, 치유와 충전을 한 1박 2일 서해안 여행은 삶을 되돌아보고, 배터리 충전하듯 마음을 다잡고 힐링한 무척 값진 여행이었다.

《충북수필》 제37집, 2021.11.25.

마음 백신 만들기

코로나19의 악조건 속에 치러진 4·15 총선이 끝나고 일주일이 지났다. 일상으로 되돌아가지는 못하더라도 안정이 되길 바랐지만, 갖가지 피로를 호소하는 사람이 많다. 3개월 이상 겪다 보니 고립감, 건강염려, 무기력 같은 심리 이상을 겪었다는 성인이 54.7%에 이르고, 원하지 않은 '방콕족' 생활 탓에 열 명 중 넷은 체중이 늘어 '확찐자'가 되었다니···. 분노지수도 높아지고 심지어 이혼도 늘어 '코로나 이혼'이라는 신조어가 생길 정도라니 착잡하기 그지없다.

코로나19와 우울감(blue)이 합쳐진 '코로나 블루'라는 말도 생기고, 사람들을 만날 때 악수 대신 눈인사나 주먹 인사로 대신한다. 악수는 국어사전에도 "인사, 화해, 감사 따위의 뜻을 나타내기 위하여, 두 사람이 각자 한 손을 내밀어 마주잡음. 보통 오른손을 내밀어 잡는다."이니 악수는 아닐 테지만, 주먹 악수(?)를 처음 할 때는 사마귀가 서로 싸우려는 모습 같아 멋쩍고 어색하다. 악수할 때 손에 힘을 너무 세게 주면 결례이다. 그렇다고 힘을 뺀 채로 악수를 하면 이것 역시 건성으로 한다는 인식을 준다. 반드시 상대방과 눈을 맞추며 악수하는 것이 기본 상식이다.

자칫 면역력이 떨어지면 감기에 걸리기 쉬워질뿐더러, 코로나19 감염 위험도 높아진다. 특별한 치료제 없이도 완치 사례가 많은데, 이는 자가 면역의 힘을 통해 완치된 것이니 개인위생 관리를 철저히 하며 면역력을 강화하여야 하겠다.

재미(在美) 한국인 과학자(조셉 김·한국명 김종)가 코로나19 백신 개발을 진행하여, 연말이면 독감 예방주사처럼 코로나19 백신 접종이 가능해질 전망이라니 무척 다행이고 반갑다. 백신(vaccine)은 체내에서 인공으로 면역 작용을 유도하기 위해 독성을 제거하거나 약화시킨 항원을 말한다. 전염병에 대하여 인공적으로 면역을 얻기 위해 쓰는 항원(抗原). 이것을 접종함으로써 병원체에 대한 면역을 얻으면 병이 예방되고 병에 걸려도 가볍게 낫는다.

사회적 거리두기 같은 물리적 방역 못지않게 심리적 방역도 중요하다. 캐나다 토론토 의료진의 '마음 백신'을 토대로 서울시 Covid19 심리지원 홍보단(단장 김현수)이 보완한 〈방역을 위한 마음의 백신 7가지〉를 읽고 공감하며 마음 백신 만들기를 생활화하겠다고 굳게 다짐한다.

생각이 많은 사람보다 생각이 깊은 사람이 현명하고 바람직한 것처럼, 몸뿐만 아니라 마음에도 '마음 백신 만들기'가 꼭 필요한 것을 코로나19가 알게 해 준다. 우리는 매일 음식을 먹고, 마음도 먹기에 '마음먹다.'는 말도 있다. 놀랍게도 이 단어가 국어사전에도 나와 있다. 해로운 음식을 먹지 않듯이 나쁜 마음, 해로운 마음 등도 먹지 않는 것, 적절한 운동과 수면, 취미 갖기, 가족·이웃 간 격려하기, 지나친 정보 검색 않기 등 좋은 마음 백신을 만들고 생활화해야 한다.

《충청일보》 오피니언, 김진웅 칼럼, 2020.4.22.

공정한 경쟁과 철저한 훈련

올여름은 찜통더위, 가마솥더위보다 지독한 '압력솥더위'라는 말이 나올 정도로 폭염이다. 그래도 2020 도쿄 올림픽에서 우리 선수들의 승전보 덕분에 폭염과 코로나19 고통도 다소나마 잊게 해 주어 무척 고맙다. 선수들이 여러 악조건 속에서도 피땀 흘려 연마한 보람과 감동이다. 특히, '주몽의 후예'다운 우리 양궁 대표팀의 쾌거는 코로나19 등으로 지친 우리에게 많은 희망과 긍지와 교훈을 주고 있다.

중계방송으로만 보아도 손에 땀을 쥐게 한다. 강채영, 장민희, 안산으로 구성된 여자 양궁 대표팀은 지난 25일 일본 도쿄 유메노시마공원 양궁장에서 열린 2020 도쿄 올림픽 여자 단체전 결승에서 러시아올림픽위원회(ROC)를 6-0으로 완파하고 올림픽 단체전에서 9연패를 달성하는 금자탑을 쌓았다. 1988년 서울 올림픽에서 처음 채택된 양궁 종목에서 여자 단체전 금메달을 단 한 번도 놓치지 않고 9연패를 차지하는 대기록을 세워 세계 양궁의 지배자가 되었다.

남자도 대회 2연패에 이은 6번째 정상을 차지한 쾌거라서 기쁘기 그지없다. 김제덕(17·경북일고)과 안산(20·광주여대)이 팀을 이루어, 7월 24일 열린 양궁 혼성단체전 결승에서 네덜란드를 5-3으로 꺾고 금메달을 목에 걸었다. 영·호남 출신 선수가 손잡고 한마음으로 이룩한 쾌거라 더욱 감동한다.

우리 남자 단체전은 26일, 결승전에서 대만을 세트 스코어 6-0으로 완파했다. 24일 혼성전과 25일 여자 단체전에 이어 사흘 연속 금메달을 수확하며 5개 전 종목 석권에 한 걸음 더 다가갔다. 우리 남자 양궁은 2016년 리우데자네이루 올림픽에 이어 두 대회 연속 제패에 성공하기까지 절체절명의 위기도 있었다. 준결승전에서 세트 스코어 4-4로 맞이한 '슛오프'에서 첫 번째 사수 김우진(29·청주시청)이 9점을 쏜 뒤 일본이 10점 과녁 선상에 화살을 꽂아 남은 화살은 겨우 두 발이었다. 다음 차례인 17세 막내 김제덕은 침착하게 과녁 정중앙 근처에 꽂아 한국을 정상으로 이끈 결정타가 됐다.

'슛오프'에서는 동점이 되면 과녁 정중앙에 가장 가까운 화살을 쏜 팀이 승리하는 것도 시청하며 알았다. 10점 표적의 지름은 12.2cm. 정중앙인 엑스텐(X-10)의 과녁은 지름 6.1cm의 원인데, 김제덕의 10점은 중심에서 3.3cm 떨어져 있고, 일본의 10점은 5.7cm 지점에 박혀 있었다. 2.4cm 간발의 차이로 승부가 갈렸으니…….

한국 양궁의 비결은 남녀 모두 선발 과정의 공정한 경쟁과 준비 과정의 철저한 디테일 경영이다. '대표로 선발만 되면 올림픽 금메달'이란 말이 나올 정도로 철저하게 실력을 검증한다. 지난해 10월부터 올 4월까지 3차례의 평가전으로 남녀 각 8명을 뽑고, 선수촌에서 합숙 훈련하며 다시 2차례의 평가전으로 각 3명을 최종 선발했다. 과거 기존 대표 선수는 1, 2차전을 면제해 줬지만, 이번엔 그런 특혜도 없앴다. 이렇게 선발된 선수들은 치밀하고 철저한 실전 훈련을 했다. 진천선수촌에 도쿄 유메노시마공원 양궁장하고 똑같이 만든 훈련장에서 활을 쐈고, 외딴섬의 환경과 소음이 심한 야구장 등에서도 치밀한 훈련을 하였다. 작년 10월부터 올해 4월까지 7개월 동안 세 차례 선발전, 두 차례 평가전을 거쳤는데, 이들이 토너먼트, 리그전, 기록전 등을 치르면서 쏜 화살만 3,000여 발이라고 하니 참으로 경이롭다.

"훈련은 실전처럼, 실전은 훈련처럼!"이란 말은 중요하고 많은 교훈을 준다. 우리나라 양궁 선수들이 피나는 훈련을 하여 세계 정상을 차지하듯이, 각 종목의 선수들뿐만 아니라 모든 분야에서 실전 같은 훈련은 꼭 요구된다. 학습, 교육훈련, 군사훈련, 재난 대응 훈련 등을 철저히 하면 성공하고 유사시 피해를 최소화하고 국민의 생명과 재산을 지켜줄 수 있지 않은가.

공정한 경쟁과 치밀하고 철저한 훈련은 양궁뿐만 아니라 모든 스포츠 나아가 정치·경제·사회·교육·기업 등 전 분야에 적용하여, 부조리와 특혜 없는 제도에서 혁신과 발전을 할 수 있도록 정진해야 한다는 교훈도 준다.

《충청일보》오피니언, 김진웅 칼럼, 2021.7.30.

정답 없는 삶

어느덧 금년도 절반이나 지나간다. 특히, 올해는 코로나19와 싸우다 보니 더욱 세월이 유수와 같다. 방문이나 모임 등 활동에도 제약을 받고, 조용히 생활할 때가 많아서 자신을 돌아보는 기회는 더 많아져 '어떻게 사는 것이 잘 사는 것일까?' 하는 자문과 성찰을 한다. 아무리 고심하여 보아도 삶에는 정답이 없는 듯하다. 산술처럼 정답이 있는 것도 아니고, 각종 시험처럼 단답형의 정답이 있는 것은 더더욱 아니리라.

이에 대한 법정 스님의 말씀을 거듭 되새기니, 오랫동안 찾고 있던 길을 찾은 듯하고, 칠흑 같은 어둠에서 여명(黎明)을 맞이한 희열감과 공감과 교훈을 얻을 수 있어 기쁘기 그지없다.

"삶에는 정답이라는 것이 없습니다. 삶에서의 그 어떤 결정이라도 심지어 참으로 잘한 결정이거나 너무 잘못한 결정일지라도, 정답이 될 수 있고 오답도 될 수 있는 거지요. 참이 될 수도 있고, 거짓이 될 수도 있는 겁니다. 그런데도 사람들은 정답을 찾아 끊임없이 헤매고 다니는 것이 습(習)이 되어 버렸습니다. 정답이 없다는 것은 다시 말하면 모두가 정답이 될 수도 있고, 모두가 어느 정도 오답의 가능성도 가지고 있다는 것이지요. 지나온 삶을 돌이켜 후회한다는 것은 지난 삶의 선택이 잘못되었다고 정답이 아니었다고 분별하는 것입니다. 그럴 필요는 없습니다. 지금 이 자리가 정확히 내 자리가 맞습니다. 결혼을 누구와 할까에 무슨 정답이 있을 것이며, 대학을 어디를 갈까에 무슨 정답이 있겠고, 어느 직장에 취직할까에 무슨 정답이 있을 수 있겠습니까. 그때 그 사람과 결혼했더라면, 그때 그 대학에 입학했더라면, 그때 또 그때……."

필자가 살아온 나날을 꿰뚫어 보고 대변하는 듯한 참으로 심오한 말씀이고 진리이다. 우리의 생각은 씨앗과 같아서 그 종류에 따라서 싹이 나고 꽃이 피어난다. 우리의 마음은 어떤 생각을 심었느냐에 따라 밝아지기도 하고 어두워지기도 한다. 긍정적인 사고는 긍정적인 결과를 맺고, 부정적인 사고는 부정적인 결과로 이어진다.

삶에 정답은 없다지만, 우리를 무지에서 깨어나게 하고, 우리의 의미와 가치를 일깨워 주며, 잃어버린 자신을 찾는 '참나'를 간절히 찾고 싶다. '참나'란 변함이 없어야 하고〔常〕, 행복해야 하며〔樂〕, 모든 마음과 생각의 주인이어야 하고〔我〕, 맑고 분명해야 할 것〔淨〕이다. 문득 생겨났다가 홀연히 없어지는 것은 결코 '참나'라 할 수 없고, '참나'를 찾아서 깨달아 활용할 수 있다면 더없는 행복이 될 것이며, 변함없고 행복한 '참나'가 참된 지혜의 근원이며, 현상세계의 있는 그대로〔如實〕를 거울에 비추는 것처럼 밝게 비출 수 있을 것이기 때문이다.

용광로는 그 어떤 물체도 녹일 수 있지만 용광로 그 자체는 녹지 않고, 거울은 그 어떤 대상도 비출 수 있어도 그것에 물들지 않으며, 바다에 거친 풍랑이 일어도 바다는 줄거나 늘지 않는 상락아정(常樂我淨)의 '참나'인 무념(無念)과 무심(無心)을 깨닫고 실행하고 싶다.

《충청일보》 오피니언, 김진웅 칼럼, 2020.7.3.

태풍(颱風)

어느덧 여름이 지나고 가을에 접어든다는 입추(8월 7일)가 지난 지한 달이 넘었고, 밤에 기온이 내려가고 대기 중의 수증기가 엉켜서 풀잎에 이슬이 맺혀 가을 기운이 나타난다는 백로(9월 7일)도 지났으니 이젠 가을인가 보다. 금년 여름은 빼앗긴 듯싶다. 50일이 훨씬 넘게 비가내려 역대 최장 기록을 세운 장마에 지쳤다. 일기장을 살펴보니 8호 태풍 바비(BAVI · 8월 26일 서해로 통과), 9호 태풍 마이삭(MAYSAK · 9월 2일~3일 부산 인근 상륙 · 강릉-동해)에 이어 10호 태풍 하이선(HAISHEN · 9월 7일 울산 부근 상륙 · 강릉-속초 해상) 때문에 소중한인명과 재산 등 천문학적 피해를 보아 안타깝다.

지구 온난화는 태풍까지 영향을 주고, 생성 위치와 성장 주기도 이례적이라 한다. 김동식 케이웨더 대표이사의 말씀을 들으니, 보통 북위5~10도의 적도 부근에서 만들어지던 태풍은 최근 들어 지구 온난화의영향을 받아 북위 15도 부근에서 주로 생성되고 있다. 이 지역에서 생성된 태풍은 열흘 남짓한 기간을 이동해 우리나라에 도달하여 이동 경로나 위력 등의 다양한 예측을 통해 충분한 대비가 가능하다. 하지만 북위23.5도의 대만 동쪽 해역에서 만들어진 태풍 바비는 사이클을 절반으로줄여 4일 만에 우리나라를 덮쳤다. 그래도 몇 번의 태풍을 보면 우리나라 기상청의 예보가 미국, 일본보다 더 정확하여 기쁘다.

태풍 피해는 헤아릴 수 없이 많다. 안타까운 인명과 재산 피해, 가옥과도로 침수, 정전, 산사태, 원자력발전소 터빈발전기 정지, 농작물과 과 수……. 앞선 장마와 태풍이 할퀸 곳을 복구하기도 전에 불과 며칠 만에 급습한 태풍이기에 더욱 피해가 커서 원망스럽지만, 태풍은 태양의 고도각이 높아 많은 에너지를 받아들인 적도 부근의 바다에서 만들어져서 고위도로 이동하는 과정을 통해 지구의 에너지 불균형을 해소한다니 이 또한 동전의 양면처럼 여겨진다.

'송정교 영웅'이란 훈훈한 미담(美談)도 들려 기쁘다. 엄청난 폭우가 쏟아진 지난 3일 오전 7시 30분쯤, 강원도 평창군 진부면 송정4리 마을 앞 송정교는 불어난 강물에 상판이 뒤틀리기 시작했다. 마을 주민 박○진(59) 씨가 황급히 나서서 다리를 지나던 차량을 향해 신호를 했고, 다리를 절반 정도 지나던 승용차가 그 신호를 보고 후진한 후 1분이 채 지나지 않아 다리 허리 상판이 잘려 나갔다니……. 태풍 속의 위험한 상황을 무릅쓰고 인명 피해를 예방한 그분에게 큰 박수를 보낸다.

코로나19로 가뜩이나 힘겨운데 몇 번씩이나 우리나라로 북상한 태풍이 야속하다. 코로나19 관련과 함께 태풍으로 인한 강풍 및 호우에 대비하자는 문자가 충북도청, 청주시청, 산림청, 중대본 등에서 올 때마다 가슴이 철렁하면서도 '유비무환(有備無患)'을 되새길 수 있었다. 태풍 하이선이 지나간 경북 포항 구룡포에 최대순간풍속 초속 42.3m, 부산에 32.2m의 강풍이 몰아쳤다는데도 감이 잘 안 잡혀 알아보니 초속에다 '3.6'을 곱하면 시속이 되어 그 위력을 알 수 있다. 구룡포는 시속 152km가 넘고 부산은 거의 116km이니……. 앞으로 코로나19도 태풍 등 재난도 유비무환 정신으로 미리미리 철저하게 대비하여야 하겠다.

《충청일보》 오피니언, 김진웅 칼럼, 2020.9.11.

겨울의 문턱에서

아쉬운 심정으로 11월을 보내고 올해 마지막 달을 맞으니 세월이 쏜 살같음을 거듭 체감한다. 포근하던 날씨도 12월에 걸맞게 아침에는 영하로 떨어진다. 을씨년스러운 게 곧 눈이라도 쏟아질 것 같다. 날씨만 그런 게 아니고 요즘 코로나19도 기승을 부려 사회적 거리두기를 격상하며 잔뜩 긴장한다. '을씨년'은 1905년 을사년에서 나온 말이라 한다. 우리나라의 외교권을 일본에 빼앗긴 을사늑약으로 일본의 속국이나 다름없었던 당시, 온 나라가 침통하고 비장한 분위기에 휩싸였다. 그날 이후로 몹시 쓸쓸하고 어수선한 날을 맞으면 그 분위기가 마치 을사년과 같다고 해서 '을사년스럽다'라는 표현을 쓰게 되었다니 요즘 이래저래 을씨년스럽다.

코로나19 여파로 경제도 얼어붙어 힘겨운 때에 참으로 봄볕처럼 따스하고 훈풍 같은 분을 만나 기쁘기 그지없다. 예닐곱 달이나 잠재우던 심야전기 보일러를 며칠 전에 가동하고 아무리 기다려도 방바닥이 얼음장이다. 들은풍월로 보일러에 에어가 찼다고 판단하고 서비스센터로 연락하니 그날은 휴무라고 한다.

이튿날까지 기다리려다 산악회에서 만난 설비업자 생각이 나서 전화하니, 이것저것 묻더니 에어 문제가 아니니 부품을 사 오겠다고 한다. 믿음직스럽게도 마스크를 착용하고 방문한 그분은 철물점을 열지 않아 그냥 왔다며 우선 식용유를 찾는다. 의아한 심정으로 콩기름을 갖고 보

시절인연 속에서

일러실에 가니 순환모터 덮개를 열고 기름을 치겠다고 해서 그제야 카센터에서 구해 온 오일 생각이 났다. 엔진오일 같은 윤활유 대신 식용유를 쓰려 한 것이다. 순환모터를 열고 오일을 치고 여기저기 손보더니 신기하게도 모터가 부드럽게 돌아간다. 선무당이 사람 잡는다고 서투른 기사 같으면 다른 곳을 고치려고 했을 것 같다. 부품값은 안 들었지만 제대로 작동하니 참으로 뜻밖이고 고마워 수리비를 주니 안 받는다. 출장비라도 주겠다고 하니 "이 기회에 선생님 댁에 오게 되어 기쁘다."며 극구 사양하여 다음에 수리할 곳이 있으면 연락하겠다고 했지만 계면쩍기 짝이 없다.

그날 저녁에도 방바닥이 미지근하였고, 이튿날 아침에 고르게 따끈따끈한 바닥을 만져 보니 따뜻하고 아름다운 그분 마음 같다. 가뜩이나 코로나19 풍파로 어렵고 "눈 감으면 코 베어 간다."처럼 자칫 갖가지 속임수에 넘어갈 수도 있고, 해코지를 당할 수도 있는 악다구니와 불신과 불의가 판치는 세태에 이렇게 믿음직한 사람도 있다니……. 덕분에 올겨울은 따뜻하고 마냥 행복할 것 같다.

아파트 생활이 아니고 단독주택에 살면 좋은 점도 많지만, 관리하려면 힘들 때도 많다. 우리 가족만 살면 덜 하겠지만 아래층에 사는 분들이 수리해 달라고 할까 봐 덜컥 겁이 나기도 한다. 아무리 인건비가 비싸다고 해도 너무 요구하는 사람도 있다. 값싼 부품 하나 잠깐 교체하고 터무니없는 경비를 요구할 때면 불신감과 배신감마저 들어 단골을 바꾸기도 하고, 가능하면 인터넷 등을 보고 배우며 부품을 사서 내 손으로 하니 기술이 시나브로 느는 것 같다.

만약 어떤 사람이 와서 엉터리로 대충 고치고 약삭빠르게 과다한 수

리비만 받아 갔다면 얼마나 서운하고 허탈할까. 설령 그 당시는 모르더라도 나중에 밝혀지고 알게 되면 얼마나 원망할까. 지지껄렁하게 얼렁뚱땅 해치웠다면 나중에 그 사람에게 또 맡길 수 있을까. 그날 그분과의 인연에 감사하며 신용, 믿음, 정의의 소중함과 코로나바이러스 같은 불신과 불의의 폐해에 대하여 반추한다.

'나는 다른 사람에게 이처럼 가뭄에 단비처럼 환영받는 일을 하고 조금이라도 행복하게 해 주었나?' 또 필자가 실행하고 있는 '행복을 찾는 108배'의 76번째 글귀인 "내가 가진 능력과 기술을 필요로 하는 누군가와 나누기 바라며 절합니다."를 실천하여야 한다는 교훈을 겨울의 문턱에서 그분에게 배워 무척 기쁘다.

《충청일보》 오피니언, 김진웅 칼럼, 2020.12.4.

일상다반사(日常茶飯事)

　올해는 유례없는 악몽 같은 일이 많다. 코로나19로 한 해가 어떻게 지나가고 있는지 아찔할 정도이다. 되돌릴 수 있다면 더 알차고 보람 있고 행복하게 보내고 싶다. 가뜩이나 경제난과 갖가지 혼란 등으로 어려움이 많은데 코로나19로 더욱 가중되고 스트레스를 많이 받고 있어 여러모로 고심한다.

　이럴 때 라디오에서 새벽 5시쯤부터 시작되는 '건강 365' 방송이 많은 도움이 된다. 이 방송을 참고해서 나의 두 번째 수필집 제목을『행복365』로 정하기도 했다. 이 건강 프로그램은 각 분야의 전문가와 진행자의 대담하며 최신 의학 정보를 전달하며 건강한 삶을 실현하는 유익한 방송이다.

　지난 토요일(12월 12일)에는 '건강으로 가는 길'이란 주제로 경희대한방병원 황덕상 교수가 진행자와 한 스트레스에 대한 대담을 경청하였다. 필자는 교육대학원에서 교육심리를 전공하며 스트레스를 주제로 석사 학위 논문을 썼기에 더욱 관심 많은 분야라서 메모하면서 되새길 수 있었다.

　"스트레스가 없는 사람도 있을까?" 정도의 차이는 있지만 누구에게나 스트레스는 있기에 바로 정도의 차이가 문제가 된다. 스트레스는 자칫 마음고생으로 이어지고 불편한 마음이 결국 공황 장애, 불면증, 소화 불량 등으로 이어질 수 있어 잘 관리해야 한다. 계절의 변화에 따른 추위와 더위, 업무로 인한 압박감 등 의식주 문제와 살아가는 모든 게 스트레스이다. '일상다반사(日常茶飯事)'라고 여기는 것이 현명한 극복 방법이다. 표준국어대사전에도 '차를 마시고 밥을 먹는 일이라는 뜻으로, 보통 있는 예사로운 일'이라 쓰여 있다. 문득 필자가 어렸을 때 들었던 고향 어른들의 말씀도 들리는 듯하다.

"끼니를 거르고 하는 게 일상다반사여."

힘든 일이라도 "이것 또한 일상다반사야."로 여기며 이기자는 말씀에 공감한다. 스트레스는 무조건 해로운 것은 아니다. 어느 정도의 스트레스는 긴장과 활력이 되고, 우리 몸을 보호하는 역할도 한다. 그 예로 원시 시대에 육식 동물을 마주쳤을 때 심장도 콩닥거리고 다리에 힘이 쏠리고 눈동자도 커지고 소화와 배변 기능도 줄며 도망가거나 싸울 몸 상태가 된다.

"스트레스는 없는 것이 낫다."는 맞는 말 같지만 그렇지 않다. 잘 받아들이며 극복하면 건강에도 중요한 역할을 한다. 올해의 긴박한 화두인 코로나 블루(corona blue)라는 말이 나올 정도로 심한 스트레스를 받는 것은 예측 불가능하고 조절 불가능하기 때문이다. 이것도 가능한 상태로 대처한다면 훨씬 줄일 수 있다는 것도 배웠다.

스트레스를 극복할 수 있는 체력과 마음을 길러야 한다. 규칙적인 생활은 예측할 수 있도록 하는 것이라는 것도 알 수 있고, 강한 면역력을 기르면 몸에 병균이 들어와도 물리칠 수 있는 백신의 원리와 같다고 여겨진다. 반면에 조절하지 못하면 몸에 이상이 온다. 심혈관 질환, 고혈압, 당뇨, 두통 등 모든 병의 원인에는 스트레스가 꼭 낀다. 따라서 일체

시절인연 속에서

유심조(一切唯心造)처럼 마음가짐이 중요하다.

　방송을 마무리하는 롤러코스트의 〈일상다반사〉라는 노래도 흥미 있고 참신하였다(솔직히 이런 노래가 있는 줄도 몰랐지만). 필자도 시(詩)를 쓰고 있지만, 구구절절 일상 같은 노랫말에 큰 울림이 있다.

　"비디오가게엘 가고, 옛날 영화 뒤져보다 (- 중략 -) 그래도 생각해보면 난 참/가끔은 힘들기도 하지만/가만히 생각해보면 난 참, 행복해./랄랄랄라 랄라라 라랄라랄랄라 랄랄라~"

《충청일보》 오피니언, 김진웅 칼럼, 2020.12.18.

가정의 달을 계기로

　지난해 5월 가정의 달에도 코로나19로 많은 제약을 받고 힘들었을 때, 올 5월에는 종식되어 자유로워질 줄 알았다. 웃어른을 찾아뵙고 공경과 사랑을 두루 실천해야 하지만, 친지 방문은커녕 부모님 뵙기도 어렵다. 어렵사리 만나도 마스크를 쓰고 방역수칙도 지켜야 한다. 각종 모임이나 행사가 많기 때문에 가정의 달이 확산의 고비가 될까 우려된다. 지금 상황으로는 내년 가정의 달에 자유롭게 왕래한다고 장담할 수 없는 현실이 착잡하기 그지없다.

　안타깝게도 코로나19로 춘래불사춘(春來不似春)이지만 어느덧 일 년의 3분의 1이 지나가고 5월이 시작되었다. 어린이날, 어버이날, 부처님 오신 날, 스승의 날, 성년의 날, 부부의 날 등이 있어 가정의 달, 사랑과 감사의 달, 계절의 여왕이라고 일컫는다. 나날이 짙어지는 5월의 신록처럼 싱그럽고 좋은 일이 많으면 얼마나 좋을까마는 걱정되는 일도 많다. 그중 하나가 저출산 문제이다. 여러 가지 원인 중 경제난 속에 가정불화나 가족애 결핍으로 초래되고 있다. 가정은 사회의 기본 단위이고, 가화만사성(家和萬事成)이라는 말처럼 집안이 화목하면 모든 일이 잘되고 행복해진다.

　예로부터 집안이 잘되려면 세 가지 소리가 끊이지 않아야 한다. 첫째는 아기 우는 소리이고, 둘째는 글 읽는 소리, 셋째는 웃음소리라는 데

　시절인연 속에서

공감한다. 세태는 급변했어도 지금도 절실하고 타당하다. 아기 우는 소리는 대가 끊기지 않는 번성하는 집안이고, 글 읽는 소리는 자식들이 배워 번창하는 집안이고, 웃음소리는 화목하고 행복한 가정의 표상(表象)이니…….

"표현하지 않는 사랑은 사랑이 아니다." 미래의 사랑도 있겠지만, 사랑은 오직 현재 진행형이다. 미루다 보면 쏜살같은 세월처럼, 흘러가는 물처럼 지나가 때를 놓칠 것이다. 따라서 서로 믿고 보듬는 화목한 가정 분위기 속에서 경제도 살리고, 코로나19도 극복하며 화합하고, 아기 우는 소리와 글 읽는 소리도 들리고, 자녀들이 도담도담 잘 장성하는 모습을 보며 웃음소리가 끊이지 않는 행복한 가정이 되면 얼마나 좋을까.

우리나라의 주민등록 인구가 51,829,000여 명으로 1년 전보다 20,800여 명 감소했다고 행정안전부가 올해 연초에 밝혔다. 1962년 주민등록 제도 도입 이후 인구가 줄어든 사실이 통계로 확인된 건 사상 처음이다. 특히, 지난해 출생아 수는 30만 명 선이 붕괴하며 276,000명가량으로 줄어 사상 첫 인구 감소 재앙이 닥친 것이다. 선진국과 일본의 선례를 보면 출산율 하락과 고령화는 노동력 부족과 소비 감소, 이에 따른 기업의 생산 위축과 국가 재정 악화로 이어지니 경제적으로도 전례가 드문 재앙인 셈이다.

사슴이나 멧돼지 새끼 몸에는 어미에게 없는 반점 무늬와 줄무늬가 왜 있을까. 이런 무늬는 '나는 새끼이니 공동으로 보호해 주고 돌봐 주라.'는 무리 내에서 통용되는 명령장 같은 것이라고 한다. 그래서 새끼들은 누구에게나 배려와 돌봄을 받는다.

동물도 이러하거늘, 하물며 만물의 영장인 사람이 어찌 그 근본을 잊을 수 있겠는가. 저출산의 근본 해법은 결국 양질의 일자리 창출과 쾌적한 주거의 공급에 있다. 가정의 소중함을 일깨워주는 가정의 달을 계기로 과감한 규제 개혁과 일자리 창출 등 해법을 총동원하여 저출산, 고령화의 늪을 지혜롭게 헤어나기를 간절히 소망한다.

《충청일보》 오피니언, 김진웅 칼럼, 2021.5.7.

좋은 선택

삼복더위에 시달리던 때가 엊그제 같은데 이례적인 10월 한파로 옷깃을 여미게 한다. 등화가친(燈火可親)의 계절에 평소 관심이 많던 자기계발 서적 중 선택에 관한 책을 산다. 요즘 결정할 중요한 일도 있어 숙독하니, "순간의 선택이 평생을 좌우한다."는 말이 특히 가슴에 와닿는다. 실제로 우리 인생은 선택의 연속이다. 과거에 있었던 일은 바꿀 수 없다는 것을 알면서도 곱씹어 본다. '만약 내가 그때 다른 길을 선택했더라면……' 이 기회에 '선택에 관한 의미와 명언'을 알아보며 체화(體化)한다.

'선택'의 사전적 의미는 '여럿 가운데서 필요한 것을 골라 뽑음.', '(심리) 문제를 해결하기 위한 몇 가지 수단을 의식하고, 그 가운데서 어느것을 골라내는 작용.'인데, 겪어 보면 심리적으로 적용될 때가 많다.

"인생에 정답은 없다. 다만 매 순간의 '선택'이 있을 뿐이다." 같은 선택에 관한 명언도 무척 의미가 깊고 많은 교훈을 준다. "우연이 아닌 선택이 운명을 결정한다(진 니데치).", "결정하지 않으면 남은 것만 먹는다. 때로는 아무것도 남아 있지 않을 수 있다(코르둘라 누수바움).", "사람은 이 세상에 아무렇게나 내던져진 존재이다. 그가 어느 길을 가거나 자유다. 그러나 그 선택에는 책임을 져야 한다(사르트르).", "즉흥적으로 하는 행동에는 과오가 많다. 그러나 지나치게 생각하면 실행력이 둔해지고 만다(논어).", "인생에서 원하는 것을 얻기 위한 첫 번째 단계는 내가 무엇을 원하는지 결정하는 것이다(벤 스타인).", "자아는 이미 만들어진 것이 아니라 선택을 통해 계속 만들어 가는 것이다(존 듀이).", "너무 소심하고 까다롭게 자신의 행동을 고민하지 마라. 모든 인생은 실험이다. 더 많이 실험할수록 더 나아진다(랄프 왈도 에머슨)……."

모드 르안의 『파리의 심리학카페』도 감명 깊게 되새기며 잘 실천하고 싶다.

이 세상에 완벽한 선택이란 없으며 다만 최선의 선택만이 있을 뿐이다. 선택을 하였으면 책임지고 잘 선택한 것으로 만들어 가는 것이 중요하다.

많은 이들이 선택을 어려워하는 데에는 몇 가지 이유가 있다. 첫째는 현대에 들어서면서 선택의 기회가 많아졌기 때문이다. 과거에는 중요한 결정은 거의 가족과 집단 내에서 이루어졌으나, 현 사회에는 많은 것들이 개인의 선택에 달려 있어 우리는 수많은 선택 앞에서 쩔쩔매는 상황에 처한다. 둘째는 선택지가 일정 범위를 넘어가면 선택이 점점 어려워질 뿐 아니라 만족도 역시 떨어진다. 과도한 선택권이 주어지면 소수의 선택권이 주어졌을 때보다 더 안 좋은 선택을 하거나 심지어 결정 자체를 포기하는 '선택의 역설'도 있다. 셋째는 수많은 선택의 기회 앞에서 자신이 무엇을 원하는지 잘 모른다는 점이고, 자기 기준이 불분명할수록 선택하기가 어려워지고…….

"인생은 B(birth · 출생)로 시작해서 D(death · 죽음)로 끝난다."는 사르트르의 말처럼 한시도 멈추지 않고 죽음을 향해 가고 있고, B와 D 사이에 C(choice · 선택)의 연속이다. 앞으로 잘 선택하면서 조금씩 자신에 대해 더 많이 알아 가자. 선택의 결과를 너무 두려워하지 말고 내면의 소리에 귀 기울여 답을 찾으려고 끊임없이 시도하겠다. 그 누구도 나보다 더 만족스러운 결정을 내려 줄 수 없지 않은가.

좋은 선택이란 완벽한 선택이 아닌 상황에 맞게 적절하게 내리는 결정이니, 후회 없는 완벽한 선택을 하겠다는 욕심을 버리겠다. 어차피 일어난 일이고, 선택의 순간뿐 아니라 선택 후의 과정에 따라 그 만족도가 달라지니, 선택하고 난 다음에는 긍정적으로 수용하겠다.

《충청일보》 오피니언, 김진웅 칼럼, 2021.10.22.

몸과 마음 관리하기

날씨가 마치 봄날 같고 대기질 상태도 좋다. 1월 초순엔 역대급 한파가 몰아치더니 하순이 시작되면서 포근한 기온을 보인다. 산책길에는 인파로 북적이지만 모두 마스크와 거리두기를 준수하여 대견스럽다. 어느새 길가의 매화나무에 꽃눈이 제법 몽글몽글하고, 아직은 한파가 몰아칠 텐데도 부지런한 까치 부부가 집 손질을 하는 것을 보니 자연의 섭리가 경이롭다.

악랄한 코로나19가 우리나라에 발생한 지 일 년이 넘었지만, 아직도 터널 끝이 보이지 않아 착잡하다. 자유롭지 못한 일상과 각종 속박 속에 힘겹게 버티고 있으니, 예방하면서 어느 때보다도 건강을 돌아볼 때이다. 몸은 물론 코로나 블루 같은 증세도 마음 관리를 잘하여 극복해야 한다.

장수(長壽)는 타고난 운명이라고 쉽게 넘길 수도 있지만, 조선일보 장수 기획취재팀과 서울대 체력과학노화연구소가 국내 100세 이상 '장수인' 150여 명의 장수 비결을 알아본 기록을 보니 놀랍다. 『장수의 비밀: 건강하고 행복하게 100세를 사는 법』(조선일보사 펴냄)은 보통 사람들이 건강하고 행복하게 장수하는 생활 방법을 과학적으로 제시하여 많은 교훈을 준다.

장수인의 음식은 제철에 나는 야채를 데쳐 먹었고, 두부·청국장·콩자반·두유 등 콩으로 된 음식을 즐겼으며, 삶은 돼지고기를 자주 먹었고, 된장·고추장·간장 등 메주를 띄워 만든 재래식 장류를 즐겼으며, 규칙적으로 고르게 즐겁게 먹었다니 본받고 싶다.

건강해지려면 무엇보다 마음도 잘 다스려야 한다. 우리나라 백세인들은 어떤 성격적 특징을 가지고 있을까. 낙관적이고 느긋한 줄 알았는데 속에 담아 두는 법이 없이 "할 말은 하고 본다."라고 한다. 맺힌 게 없으니 스트레스를 덜 받고, 너그러우면서도 욱하는 면이 있는 듯하다.

백세인들은 대체로 자기 몸을 먼저 챙긴다. 이기적인 성격 같지만 스스로 위하고, 먹고 싶은 것과 입고 싶은 것에 대한 욕구를 거침없이 표현하며 다른 사람의 눈치를 보지 않는 활달한 성격이라 한다. 필자 역시 매사 '다른 사람이 어떻게 볼까?' 하는데……. 또한 자기 고집과 주장이 강한 편이지만 주어진 운명이나 현실에 순응한다. 억지로 안 되는 일을 하려 시도하거나 기대하지 않는다. 현실과 타고난 운명을 받아들임으로써 요즘처럼 부조리가 난무할 때 스트레스를 받지 말고 긍정적인 삶의 태도와 대범함을 배워야 하겠다.

벤자민 플랭클린이 말했다는 "오늘 할 일을 내일로 미루지 말자."를 철칙으로 알았는데, 장수인들은 대체로 부지런한 성격이지만 매사 서두르는 법이 없다. "오늘 못 하면 내일 하면 된다는 것이 생활신조."이고 낙관적이라 한다.

행복(幸福)하고 긍정적인 생각을 할 때 면역세포의 일종인 T림프구(T세포)는 제 기능을 발휘하지만 시기나 질투, 분노, 미움, 두려움, 원망이나 불평, 낙심, 절망, 염려, 용서 못 함, 불안과 같은 부정적인 생각이나 감정을 가지면 T림프구가 변이되어 암세포나 병균을 죽이는 대신 거꾸로 자기 몸을 공격하여 몸에 염증이 생기게 하거나, '자가면역질환'을 일으킨다니 너무 두렵다. 앞으로 몸과 마음을 지혜롭게 잘 관리하여야 하겠다.

《충청일보》오피니언, 김진웅 칼럼, 2021.1.29.

〈우윳빛 바다〉 / 사진작가 강대식

아침에 눈 뜨며 나는 미소 짓네.

새롭고 신선한 '오늘'을

선물 받았네.

나는 시원하네.

매 순간을 충실히 살며

모든 이웃을 자비의 눈으로

바라볼 것을-.

- 『법구경』중에서

제2부

행복한 삶을 위하여

제1회 경북 이야기보따리 공모전 팸투어 참석

젓가락의 날

지난 11월 11일에 관한 여러 소식을 접하다 보니 그날은 무척 뜻깊은 날이고 길일(吉日)인 듯하다. 여러 기념일이 겹치는 날도 있지만, 이날처럼 기념일이 모여 있는 날은 없을 것 같다. '기념일'의 사전적 의미를 보면 '창립 기념일'처럼 '축하하거나 기릴 만한 일이 있을 때 해마다 그 일이 있었던 날을 기억하는 날'이다.

'1'이란 숫자 네 개가 나란히 선 재미있는 모양인 11월 11일은 날짜는 하나인데 부르는 명칭과 문패는 여럿이다. 농업인의 날(가래떡 데이), 유엔 참전용사 국제추모의 날, 젓가락의 날(젓가락 데이), 지체장애인의 날, 보행자의 날, 해군 창설 기념일, 레일 데이(코레일) 등이다. 또한, 대구시는 매년 11월 11일을 '출산장려의 날'로 '11(둘)'이 만나 11(둘) 이상 자녀를 낳아 행복한 가정을 이루자'라는 재미있는 의미로 2010년부터 지정해서 운영하고 있다니, 대구시는 물론 대한민국의 저출산이라는 국가적 난제를 극복하는 계기가 되기를 기원한다.

하나하나 바람직한 기념일은 더 발전시키고 계승해야 하겠지만, 특히 '젓가락의 날' 같은 몇몇 기념일에 대해 알아보며 되새기고자 한다.

농업인의 날로 정해진 것은 11을 뜻하는 한자 '十一'을 합치면 흙'토(土)'가 되기 때문이다. '빼빼로 데이'로 널리 알려졌지만, 빼빼로 대신 우리 쌀로 만든 길쭉한 가래떡을 나눠 먹자는 뜻에서 '가래떡 데이'도 생겨났다니, '신토불이'와 '우리 것은 좋은 것이야.'란 말이 새삼 떠오르며

시절인연 속에서

마음이 끌리고 공감이 간다.

특히 '젓가락의 날'은 뜻깊고 많은 교훈을 준다. 우리가 밥을 먹을 때 밥상에 올라오는 것은 '수저'다. 수저는 숟가락을 뜻하는 '수분', 젓가락을 의미하는 '저분'을 아울러 이르는 말이다.

몇 년 전, 필자가 청주시 1인 1책 펴내기 프로그램 지도를 할 때 어느 80대 노인의 말씀이 흥미롭다.

"지금까지 80년 이상 '숫가락'인 줄 알았는데 '숟가락'이라니……."

'저'와 '가락'이 합쳐지며 사이시옷이 들어간 '젓가락'과 혼동하여 '숫가락'이라 잘못 쓰는 경우가 있지만, '술'이 '가락'과 함께 쓰일 때 [숟]으로 발음되어 '숟가락'으로 표기해야 맞는 표기라는 것도 배워 흐뭇하다.

전 세계에서 식사할 때 손을 쓰는 사람은 40%, 젓가락과 포크를 사용하는 사람은 각각 30% 정도라 한다. 젓가락에 대해 관련 서적 등으로 더 탐구해 보니 그 역사는 유구(悠久)하다. 3,000여 년 전 중국 고대 은나라 때 상아(코끼리의 어금니)로 만든 젓가락을 사용했다는 기록이 있다. 우리나라에서는 백제 무령왕릉에서 청동으로 된 젓가락이 발견됐다. 현재 젓가락을 사용하는 국가는 아시아 지역에 대부분 몰려 있고, 그중에서도 한국·중국·일본 3국이 젓가락 사용 인구의 80%를 차지한다.

공예비엔날레로 명성을 떨치는 우리 청주시는 2015년부터 11월 11일을 젓가락의 날로 정하고 젓가락 페스티벌을 개최하고 있다. 청주공예비엔날레는 도자, 목칠, 섬유, 금속 등 공예의 모든 분야를 총망라한 국제 종합 예술 행사로 국내외 공예를 한자리에 모아 2년에 한 번 개최되고 있다. 매회 세계 60여 개국, 3천여 명의 작가가 참여하고 30만여 명의 관람객이 방문하는 세계 최대 규모·최고 수준의 공예비엔날레로 성장하여 무척 반갑다. 고대 철기문화의 발흥지이자 현존하는 세계 최고의 금속활자본 직지를 주조한 인쇄 및 정보 혁명의 발흥지다운 자랑스러운 충청북도 청주이다.

11월 11일을 '젓가락의 날'로 정한 지역은 청주시이다. 젓가락을 주제로 젓가락 전시회와 학술대회, 젓가락 경연대회를 열고 있다. 전국 공예가들이 만든 수백여 점의 젓가락을 선보이고, 젓가락으로 음식을 빨리 옮기는 이색 대회도 개최하고 있다. 청주시가 젓가락과 인연을 맺은 건 2015년 동아시아문화도시에 선정되면서다. 동아시아문화도시 사업은 한·중·일 3개국이 매년 1개 도시를 선정해 연간 문화 교류를 진행한다. 당시 명예조직위원장을 맡았던 고(故) 이어령 초대 문화부장관의 제안으로 숫자 '1'이 4번 겹치는 11월 11일을 젓가락의 날로 선포했다. 이 전 장관은 "젓가락에는 짝의 문화, 정(情)의 문화, 나눔과 배려의 문화, 생명교육과 스토리텔링 콘텐트가 함축돼 있다."며 "정치와 경제 분야에서 경쟁해 온 한·중·일 3국이 젓가락으로 하나 되고, 한국인만의 창의성으로 새 시대를 열어야 한다."는 명강연을 그날 행사에 참석해서 그분도 뵙고 직접 들을 수 있어서 행운이고 자랑스럽다.

미래학자 앨빈 토플러는 "젓가락을 사용하는 민족이 21세기 정보화시대를 지배한다."고 예언했다. 젓가락질을 하면 의학적으로 64개의 근육과 30여 개의 관절을 동시에 쓰게 되어, 두뇌 발달을 촉진하고 손과

머리와의 순환성도 키울 수 있다니…….

우리나라가 골프와 양궁 사격 강국이 되고, 반도체, 줄기세포, 복제 기술 등 첨단 미세 기술이 필요한 분야에서 우위를 점하는 것도 젓가락 사용 덕분이고 밑바탕이 된 것이라고 여겨진다.

11월 11일을 생일로 정한 여러 기념일도 좋지만, 청주시가 앞장서서 '젓가락의 날'을 정하고 관련 행사를 전개하는 '젓가락의 날'과 매일 사용하는 없어서는 안 될 정겨운 젓가락이 더욱 뜻깊고 자랑스럽다. 앞으로 젓가락의 날을 더욱 계승 발전하게 하고, 의미 있는 기념일로 알차게 전개하고 정착하길 염원한다.

《충청일보》 오피니언, 김진웅 칼럼, 2023.11.17.

마음을 비우고

　고대 그리스의 철학자 아리스토텔레스의 '인간은 사회적 동물'이란 명언을 실감한다. 생활하다 보면 누구나 갖가지 스트레스에 시달리기도 하고, 여러 희로애락이 이어지고, 크고 작은 조직과 모임에 소속되어 있다. 나도 참석하는 여러 모임이 있지만 특별한 것이 있다. 바로 한국교원대학교에서 교장 자격연수를 받으면서 그 당시 조직한 모임인 CEO92는 여러모로 뜻깊고 유익하다. 그 모임 초창기에 회장으로 활동한 나는 더욱 애착이 간다.

　회원 간에 교육 정보를 공유하고 돈독한 친목을 도모하니 다른 모임과는 어딘가 모르게 뜻깊고 화기애애하다. 해마다 실시하는 교장 자격연수지만, 우리처럼 지금까지 활동하는 사례는 많지 않다고 하며 부러워하는 말씀을 많이 듣는다.

　출범한 때가 엊그제 같은데 어느덧 십수 년이 지나 특별히 태국 북부로 해외연수까지 하였으니 감회 깊다. 회원들이 가급적 안 가 본 행선지를 택하느라 고심한 끝에 태국 '제2의 도시'이고 북부에서 가장 큰 도시인 치앙마이 일원을 다녀오며, 견문을 넓히고 친목을 도모하고, 짧은 며칠이지만 마음을 비우며 충전하는 소중한 체험이었다.

　청주국제공항에서 직항로가 없어 인천국제공항에서 저녁 7시 무렵에 출발하여 약 5시간 비행하여 치앙마이국제공항에 도착하니 한밤중이다. 공항 규모는 세계 제일인 인천공항과 비교가 안 되는 자그마한 곳인데도 수속은 무척 복잡하고 지루하였다. 입국 수속을 하는데 관광대국이라는 말이 무색할 정도로 느렸다. 시설이 낙후되어서인지 직원들이 느려서인지……. 그래도 기온이 알맞고 날씨가 좋아 다행이다. 영하 10도 안팎에서 생활하다 와서 그런지 별로 더운 줄 몰랐다. 저녁이라서 마치 초가을처럼 쾌적하여 연중 이런 기후에서 사는 것도 부러웠고, 추위를 피해 잘 왔다는 생각도 든다.

이튿날부터 일정대로 여기저기를 다니며 무척 많은 곳을 다녔지만, 인상 깊고 특색 있고 감명받은 몇 곳이 특별히 눈에 선하다.

치앙마이의 하루는 스님들의 아침 공양 행렬로 황금빛 가득 시작되고 있었다. 가는 곳마다 자연과 더불어 살아가는 현지인들과 상상외로 많은 우리나라 사람들과 서양 사람들에 놀랐다. 대부분 주민이 여유롭고 평온한 미소를 짓는 것을 보며 국민소득은 낮아도 행복하게 사는 모습을 보며 나도 욕심을 줄이고 마음을 비우자고 다짐하였다.

태국의 최북단 소도시인 치앙라이에서 출발하여 동남아시아의 젖줄인 메콩강이 만드는 태국, 미얀마, 라오스 3개국의 국경을 이루는 강가 지역인 골든트라이앵글은 매혹적인 자연 경관, 곳곳에 자리 잡은 유서 깊은 사원, 메콩강변 마을 등이 인상적이었다. 미얀마로 들어가 현지 교통수단인 쏭테우를 타 보니 우리는 풍족한 생활을 하는 것을 느꼈다. 사원을 관람할 때 초등학생 또래들이 우산을 들고 따라 다닌다. 알고 보니 햇볕을 가려 주고 돈을 받으려 한다. 학교도 가지 않고 돈벌이를 하는 아이들을 보자니 때로는 과잉보호로 온실 속 화초처럼 자라는 우리 학생들과 너무 대조된다.

고산족 마을을 가니 소수민족의 의상을 입은 사람들이 물건을 팔고,

텔레비전에서 보던 목에 여러 개의 링을 끼운 카렌족이 무용을 하고, 사진을 함께 찍고 성금을 받는다. 소수민족 중에 고구려 유민이라는 라후족도 있다는데 볼 수 없어 안타까웠다. 삼국 시대 때 나당 연합군에 의해 나라를 잃을 때 당나라로 끌려간 고구려 유민들이 이곳까지 쫓겨 와 살고 있다니 국가와 국력의 소중함을 절실하게 깨닫게 한다.

타킬렉 시장은 태국과 미얀마 국경에 있는 재래시장인데, 생동감 있고 규모가 매우 컸지만 살 만한 물건은 별로 없었다. 우리나라 핸드폰, 연속극이나 영화 CD 등을 파는 것을 보고 높아진 우리나라 위상에 무척 자랑스러웠다.

주마간산(走馬看山)이고 수박 겉핥기식이지만 단 하루에 3개국을 다니니 어리둥절하다. 우리도 이처럼 남북이 자유롭게 왕래하였으면 얼마나 좋을까!

매땡 코끼리학교에서는 코끼리가 코로 붓을 물고 그림을 그리는 모습을 보고 신기하기도 하고, 얼마나 가혹한 훈련을 시켰기에 저렇게 그릴 수 있나 하는 마음에 동물 학대 같아 안쓰러운 생각이 든다. 코끼리 축구, 링 돌리기, 그림 그리기, 통나무 옮기기, 농구공 넣기 등 여러 가지 재롱을 본 후 코끼리를 타고 계곡과 밀림 속을 트래킹도 하였다. 육중한 걸음을 옮길 때마다 요동을 친다. 물소 두 마리가 끄는 우마차를 타고 다니며 시골의 정취를 만끽하며 체험도 하였다. 의외로 마부 중에서 여자들이 많은 것을 보며 억척스러운 모습도 직접 배울 수 있었다.

돌아오는 날 오후 늦게 14세기에 세워진 태국에서 가장 유명한 불교 순례지 중 하나인 도이수텝 사원에 갔다. 300개의 계단을 올라야 해서 걱정했지만, 엘리베이터를 이용하니 쉽게 오를 수 있었다. 쿠에나 왕이

이 사원에 수도원을 세웠는데 그 경내에는 석가모니의 유물이 들어 있다고 하는 나선형 탑이 있다. 그러기에 태국 사람들뿐 아니라 많은 서양 사람들이 불공을 드리고 관광을 하고 있었다. 오전에 왔어야 했는데 오후에 오는 바람에 세계적으로 유명한 사원을 제대로 관람하지 못한 아쉬움이 있다.

치앙마이 시내는 개발도상국치고는 대체로 도로 정비도 잘되어 있고, 개발이 안 된 토지가 많아서 그런지 공원 같은 느낌이 들었다. 길거리 곳곳에는 태국 국왕 내외의 대형 초상화가 걸려 있는 것을 보고, 우리나라 대통령의 위상도 생각해 보았다. 우리나라는 민주화와 인권도 좋지만, 대통령을 너무 하찮게 여기는 것 같아 안타깝고 씁쓸하다.

요즘 경제가 어렵다고 하는데도 우리나라 관광객이 무척 많다. 한류(韓流) 덕분에 우리 위상도 높아지고 인식도 새로운 것 같아 자부심과 긍지를 갖게 한다. 그러나 베트남, 태국, 캄보디아, 필리핀 등 동남아 성○○ 관광 1위는 한국인이라는 오명을 벗기가 힘든 상황이라니 시급히 대책을 세워야 한다. 부끄럽기 짝이 없고 자칫 어렵게 일어난 한류에 역풍이 불까 걱정도 된다.

도시 전체가 산악지대로 둘러싸인 곳, 곳곳에 있는 사원 등 태국다운 삶의 풍경과 태국 전통문화를 생생하게 느끼며, 며칠간이지만 일상생활 속에서 받은 스트레스를 풀고, 사원을 찾아서 갖가지 욕망에서 마음을 비우고, 회원 유대를 끈끈하게 하고, 마음의 충전도 하며 친목을 돈독하게 한 뜻깊은 태국 치앙마이 여행이라 내 마음의 추억의 창고에 잘 간직하고 있다.

이생망이 아니라 이생맘

　몇 년 만에 마스크에서 해방되어 맑은 공기를 마시며 산책을 하는데 콧노래가 나온다. 코로나19 마스크 착용 지침이 완화되어서다. 그때 하굣길 여고생들의 대화가 두런두런 들려온다.

　"나 오늘 시험 망쳤어.", "나도 그래. 이생망이야."

　'이생망이 뭘까?' 마침 가는 방향이 같아 나도 모르게 귀를 기울인다. 좋은 뜻은 아닌 것 같고, 부모님께는 비밀로 하겠다는 이야기도 들려와 더욱 궁금하다. 소공원에 있는 벤치에 앉아 핸드폰에서 '이생망'을 검색하여 보니, 놀랍게도 자세한 의미와 예문까지 나와 있는 것이 아닌가.

　"'이생망(이生亡)'은 '이번 생은 망했다.'를 줄여 이르는 말. 주로 젊은 층에서 자조적으로 쓴다. (예문) 지금 이 땅의 젊은이들은 전쟁 같은 치열한 입시 및 구직 경쟁으로 인해 우리나라를 '헬조선'이라 부르며 자조하고 '이생망'이라며 절망하고 있다."

　그러면 '헬조선'은? 지옥을 의미하는 '헬(hell)'과 우리나라를 의미하는 '조선(朝鮮)'을 결합하여 만든 신조어로, 열심히 노력해도 살기가 어려운 한국 사회를 부정적으로 이르는 말이라니……. 검색하다 충격을 받아 하마터면 핸드폰을 떨어뜨릴 뻔했다.

　내가 그 학생들처럼 고등학교에 다닐 때는 학비는 물론 책 살 돈까지 안절부절못했고, 신문 배달 등 아르바이트도 하며 궁핍에 시달리며 공부했어도 이처럼 실망하고 자조적인 말을 하지 않은 나를 이제라도 칭찬하고 싶다.

'가정과 사회와 국가의 미래 주인공이 될 청소년들이 이렇게 부정적인 생각을 하면 안 되는데……' 교육자 출신의 한 사람으로서 걱정이 앞선다.

이튿날 새벽에 명상수행할 때도 전날 일이 떠올라 '행복을 찾는 108배' 말씀이 가슴에 와닿아 눈물이 핑 돈다. "긍정적인 마음보다 부정적인 요소들만 찾는 마음 없는지 돌아보며 절합니다.", "바라는 일이 쉽게 이루어지지 않는다 해도 절망하지 않기를 바라며 절합니다."

이생망이라 말하던 학생들도 이런 108배 명상을 하며 '이번 생은 맘만 먹으면 무엇이든지 할 수 있다.'를 깨우치고 '이생망이 아니라 이생맘'이라는 좋은 생각을 하도록 일깨우고 싶다.

'이생맘'은 '일체유심조(一切唯心造)'와도 일맥상통한다. 신라의 원효 대사가 밤중에 해골에 고인 물을 마시고 이튿날 깨달음을 얻어 득도하였듯이 세상사 모든 일은 마음먹기에 달려 있으니 '오직 마음이 지어낸다.'는 것을 깨달으며 희열감을 맛본다.

전에는 행복과 불행은 상황이나 환경에 따라온다고 알았는데 매우 큰 착각이다. 행복과 불행은 마음에서 지어내는 것. 그 누구도 날 행복하게 할 수 없고 불행하게도 할 수 없다.

법륜 스님의 말씀도 감명 깊다. 달을 보고 슬픈 감정을 느꼈을 때 '달이 나에게 슬픔을 준 것일까? 아니면 나 스스로 슬픈 것일까?' 누가 나에게 욕을 하더라도 내 마음만 바로 선다면 어떤 곳에서든 떳떳할 수 있다.

몇 년 전, 철석같이 믿었던 분에게 오해받았을 때 거듭 해명해도 소용 없었다. 믿고 의지하던 지인에게 어처구니없는 오해를 받아 몇 달간 잠도 못 자고, 먹은 것도 체할 정도로 시달리다 '옷에 묻은 진흙'으로 여기니 나중에 진흙이 마르면 저절로 털리듯 누명을 벗고 사과까지 받을 수 있어 뛸 듯이 기뻤다.

　인생길에는 수많은 인연의 깨달음이 있는 것도 알았다. 행인들에게 '이생맘'을 배웠고, 밤하늘의 별을 보며 우주의 섭리를, 스치는 바람에도 계절의 원리를, 코로나19로 고생하며 일상의 소중함을, 한 방울의 물에도 천지의 은혜를, 한 알의 곡식에도 만인의 노고를, 과거와 미래에 사로잡히지 말고 지금 이 순간에 깨어 있어야 한다는 것 등을 깨달을 수 있으니 매사(每事)가 수행이고 삼라만상이 스승이다.

　내가 알고 있는 어떤 상식이나 믿음은 우리의 마음과 몸까지도 다스리고 지배한다. 쇠에 녹이 슬면 쇠를 갉아 먹듯이, 마음에 녹이 슬면 자기 자신을 상하게 한다. 날씨가 덥다고, 춥다고 짜증 내면 몸도 마음도 상한다. 행복은 우리 마음먹기에 달렸다. 어떤 상황이나 조건 때문에 행복하고 불행한 것이 아니라 나의 마음가짐이 행복과 불행을 결정한다. '자살'이라는 말을 거꾸로 하면 '살자'가 되고, '고질병'도 '고칠병'으로, '힘들다'를 '힘이 들어온다'로 승화할 수 있지 않은가. 시련이 크면 클수록 자기 자신에 대한 성찰은 깊어지고, 깨달음을 얻는 일은 오랜 성찰을 통해서만 이룰 수 있다는 것도 오랜 수행과 체험으로 체득한다.

　우리의 삶 하나하나 성찰이고 수행이다. 그저 마음먹기에 달린 것, 비우고 또 비워 내며, 그물에 걸리지 않는 바람처럼, 진흙에 더럽히지 않는 연꽃처럼, 구름을 벗어난 달처럼, 물같이 바람같이 슬기롭고 의연한 태도로 행복하게 살아가자.

　'이생망이 아니라 이생맘'이다.

생활문예대상 응모작, 2024.2.15.

행복한 삶의 비법

우리 가정의 소중함을 깨닫고 그 의미를 새겨보는 가정의 달이며, 5월 19일은 불기 2565년 부처님 오신 날이다. 온누리에 부처님의 지혜와 자비의 대광명이 충만하고 평화와 행복이 가득하기를 축원하며, '행복한 삶'이란 무엇인가 관조해 본다.

나의 인생 단계는 어디쯤일까. 중년기를 가리키는 연령은 어느 정도 임의적이지만 일반적으로 40~60세로 규정하고 있고, 노년기도 일치된 정의는 내려져 있지 않지만, 통계 및 공공행정의 편의를 위해 대부분 60세나 65세 이상의 연령층을 노년기로 규정한다고 한다.

나이를 한 살 한 살 먹어가며, 마크 E. 윌리엄스의 『늙어감의 기술』을 접했을 때 가슴에 와닿고 절실하게 생각된다. 건강 상태는 생활환경, 태도와 신념 그리고 선택하는 생활 방식과 깊은 관계가 있다고 여겨진다. 나이로는 중년기에 해당 안 되겠지만 그래도 마음은 청춘이고 더 머무르고 싶다.

며칠 전에 신문에서 윤희영 에디터의 「중년 나이가 되면 나타나는 현상들」을 감명 깊게 읽고, 하나하나가 내 이야기 같아 공감하며 되새겨 본다.

"내가 젊었을 때는 안 그랬는데…."라는 말을 엉겁결에 내뱉었다면 중년이 된 것이고, 요즘 젊은이들 사이의 은어(隱語)인 'Latte is horse'를 '나 때는 말이야'라고 번역해 놓고 "나 때는 영어사전 씹어 먹으며 공부

했단 말이야."라고 했다면 진즉 노년이 됐다고 본다는데, 나는 무슨 커피 종류인가 했으니…….

심리학자 애롤 박사가 영국 성인 2,000명을 설문한 결과 남성은 평균 48세, 여성은 45세를 중년 이정표로 여기는 것으로 조사됐다. 실제 연령을 불문하고 나이 들어감의 가장 큰 징후와 주요 조짐에는 공통점이 있다. 우선 몸이 뻣뻣해짐을 느낀다. 몸을 굽힐 때 자기도 모르게 신음(呻吟)을 낸다. 옷이나 신발은 멋보다 편안함으로 선택하고, 시끄러운 곳은 싫어진다. 술을 이기지 못하게 되면서 자신의 주량을 알게 된다. 젊은 후배들끼리 하는 말은 잘 이해하지 못하고, 카세트테이프가 뭔지 모른다는 사실에 충격을 받는다. 경찰·군인·교사·의사가 모두 앳돼 보이고, 톱10 노래 중 아는 것이 하나도 없다. 불평을 많이 하게 된다. 뱃살은 넓어지고 마음은 옹졸해진다. TV에선 왜 쓰레기 같은 것만 하냐며 궁시렁거리다 그 앞에서 잠이 든다. TV보다 라디오를 선호하게 되고, 운전은 1차선을 피해 중간 차로를 이용한다. 화분이나 정원에 재미를 붙인다. 주말에도 일찍 잠자리에서 일어나고……. 모두 얼핏 보기에 나의 흉을 보는 것 같아 신기하고 마뜩잖다.

애롤 박사가 말했다는 "나이는 숫자도 단어도 아니고, 개개인의 태도와 마음 상태에 달렸다. 인생의 각 연령대와 단계에는 나름의 즐거움과 기쁨이 있다. 행복한 삶의 비법은 나이가 들어가면서 그때그때 그걸 찾아내는 것."이란 말은 무릎을 치게 한다.

중부고속도로를 승용차를 운전하며 청주에서 서울 방면으로 갈 때 오창과 진천 사이에 있는 '천년의 숨결, 농다리'가 보이지 않았는데, 관광버스를 타고 지날 때는 선명하고 아기자기하게 보여 무척 신기했던 것

시절인연 속에서

처럼, 젊었을 때는 미처 알지 못하던 것을 지금은 스스로 깨닫는 것도 많으니 이런 것도 행복한 삶의 비법일까.

어느 책에서도 유사한 교훈을 얻었다. 나이 드는 것은 한 발 한 발 계단을 오르며 낯선 문을 마주하는 일과 비슷하다. 높은 층으로 오를수록 눈앞에 펼쳐지는 풍경이 완전히 달라지고, 예전과는 다른 눈으로 자신과 타인과 세상을 바라볼 수 있고, 당혹스럽고 쓸쓸하지만, 미처 몰랐던 자기 자신과 인생의 새로운 가치를 다시 발견할 수 있으니 이 또한 행복한 삶의 비법이다.

《충청일보》 오피니언, 김진웅 칼럼, 2021.5.21.

코로나19 풍파를 이겨 내며

지난 2019년 12월부터 중국 우한에서 발병하여 전 세계를 강타하고 있는 코로나19 풍파(風波) 속에 아직도 힘겹게 살아가고 있다. 잠깐 격랑을 피하면 되는 줄 알았더니 언제 종식될지 기약조차 없어 안타깝기 그지없다. 모임, 외출, 여행도 어렵고 학생들 등교도 화상 수업으로 하다가 위드코로나(단계적 일상 회복)로 등교는 해도 자나 깨나 걱정이다. 코로나19 신규 확진자가 사흘 연속 7,000명을 넘어섰다니(2021년 12월 10일 0시 기준) 갈수록 산 넘어 산이라 한숨이 절로 나온다.

내가 지도 강사로 활동하고 있는 청주시 1인 1책 펴내기 강의도 지난해까지는 강의실에 모여 방역수칙을 지키며 수업하였지만, 그해는 2월부터 화상 수업으로 출발하여 곧 종강을 앞두고 있다. 시작할 때는 당분간 화상으로 하다 확진자가 많이 줄어들면 출석 수업을 할 것이라 예상했지만, 1년 내내 비대면으로 운영하며 많은 어려움이 있었다.

학교에서 화상 수업을 하고, 회사 등에서 화상 회의도 한다는 이야기는 들었어도 나에게는 생소하고 자신이 없어 6년간 활동하던 지도 강사를 포기할까 생각했는데, 주관기관 담당님이 강사 등록은 우선 해 놓고 화상 수업이 안 되면 출석 수업할 때 해도 되겠다고 해서 등록했지만, 자못 불안이 엄습하고 수업을 잘할까 걱정이 태산이었다.

화상 수업을 하려면 노트북이 필요한데 갑자기 구입하기도 어려워서 더욱 난감하였다. 고심 끝에 내 컴퓨터에 화상 카메라를 설치하기로 했는데, 다양한 것 중 어느 것이 적당한지도 알 수 없었다. 이 분야에 문외

시절인연 속에서

한이라 답답하기 짝이 없어 학교 선생님인 딸과 사위에게 상의하니, 학교에서 많이 사용하는 카메라를 구입하여 설치해 주고 사용 방법까지 알려 주어 무척 고맙고 큰 힘이 되었다. 우리 사위처럼 도와준 사람이 없으면 등록조차 못 했을 것이다. 아들딸 안 둔 사람은 이럴 때나 어려울 때 어떻게 할까.

화상 카메라를 설치하고 사용법을 익히면서, '코로나 위기 속에서도 비대면으로 운영할 수 있구나. 모르는 것은 열심히 배우면서 하면 되고……' 하는 교훈도 배웠다. 시행착오를 거듭하며 연수를 한 결과 1인 1책 수업에는 구글(Google) 줌(Zoom)보다 듀오(Duo)가 더 효율적이었다. 수강생들의 스마트폰에 듀오를 설치하게 하고, 수차 연습을 하며 우여곡절 끝에 화상 수업에 성공했을 때 환호성이 울렸다. 수강생 대부분은 고령이어서 온갖 어려움 끝에 해냈을 때 그 기쁨과 보람은 몇 곱절이고 겪어 보지 않은 사람은 꿈에도 모를 것이다.

코로나19가 수그러들기는커녕 확산하여 어려움이 많았지만, 올해도 회원들이 나만의 소중한 책을 펴내게 되었다. 그때는 한 번도 출석 수업은 하지 못해 글쓰기, 원고 제출, 출판 등을 진행하기가 너무 힘들었다. 그래도 하나하나 난관을 이겨 내며 우리 회원 3명이 원고를 제출하고, 심사에서 합격하여 출판하게 되었을 때 무척 자부심을 가질 수 있고 자랑스럽고 가슴 벅찼다.

교직에서 무척 어렵고 힘든데도 '따 놓은 당상'인 교감 승진도 포기하며 명예퇴직을 하고, 머나먼 카자흐스탄에 가서 고려인들을 위하여 15년간 봉사 활동을 한 ○○○ 님은『슬프고도 아름다운 고려인 이야기』란 수기를, 평안북도 영변군에서 태어나, 일제강점기에 중학교를 다니던 중 북한 인민군 학도병으로 6·25 전쟁 때 전남 강진까지 내려왔다가,

자유대한에 귀순하여 국군 복무를 하며 혁혁한 공을 세운 ○○○ 님은 『영변에서 청주까지』란 자전적 수필집을, 불혹의 나이지만 늦깎이로 야간대학에 다니는 만학도인 ○○○ 님은 『무지개의 삶』이란 소중한 수필집을 발간할 수 있어 무척 대견하기만 하였다.

특히 두 분의 귀한 책이 나오기까지 지도 강사인 내가 아니었으면 출판될 수 없었기에 힘들었지만 보람 있었다. 한 분은 출판 원고 마감을 앞두고 갑자기 입원하게 되어, 부득이 내가 편집하고 첨삭하느라 여간 어려운 것이 아니었다. 얼마 후 증세가 호전되어 본인이 신청할 수 있어 천만다행이었다. 병원 치료를 받아 좋아졌지만, 글쓰기와 책 펴내기가 긍정적인 에너지가 되어 치유 효과까지 있었다니 큰 보람을 느꼈다. 회원들에게 가슴 깊이 진한 감동을 하여 엔도르핀보다 4,000배나 효과가 좋다는 다이돌핀 호르몬이 생성된 것 같았다.

한 분은 90세 고령인데 컴퓨터와 이메일 소통, 북한식 표기 등으로 진행하기 어려워 몇 번 가정 방문까지 해야 했다. 그래도 다행인 것은 서툴어도 워드 작업은 가능해서 틈틈이 써서 한 편씩 저장해 놓은 글이 있었다. 파일 하나에다 연결하여 이메일로 보냈으면 좋겠지만 역부족이라 가정으로 찾아가야 했다. 코로나19 위기 속이라 마스크를 단단히 쓰고 수칙을 철저히 준수하며, 그분 컴퓨터에 여기저기 있는 글을 저장해서 집에 와서 정리·편집하고 교정하여 책을 낼 정도였다. 심사 결과 이분의 수필집이 우수상을 받게 된다는 연락을 받고, 구순의 어르신이 어린아이처럼 기뻐하던 모습이 눈에 생생하다. 시상식 때 가족이 모두 참석하려고 손꼽아 기다렸지만, 코로나19 때문에 출판기념회와 시상식을 하지 못한 것이 못내 아쉬웠다.

1인 1책 펴내기 화상 수업을 하며 모든 일에 결과 못지않게 과정이 중요하였다는 것도 깊이 깨달았다. 코로나 위기를 버텨 내며 삶의 지혜(노하우)를 기르고, 비대면으로 소통하는 법 등을 체득하며 글쓰기를 지도하여, 수강생이 나만의 소중한 책을 품에 안을 수 있게 한 보람과 긍지에 가슴 벅찼다. 그동안 험난한 코로나 풍파를 이겨 낸 자신과 회원들이 무척 자랑스럽고 고맙다.

화상 카메라를 사서 컴퓨터에 설치할 때만 해도 '칠순인 내가 잘해 낼수 있을까?'란 걱정이 앞섰는데 하나하나 배우며 대처하니 '하면 된다.'는 자신감으로 나름대로 충실하게 운영할 수 있어 무척 기뻤다. 하나하나 방법을 배워 가며 수업하며 그 장면을 매시간 캡처(capture)하고 운영일지를 제출하다 보니, 코로나19 이전에 공부방에 모여 자유롭게 공부할 때 행복했던 날이 무척 그리웠다. 하루속히 코로나19를 물리치고 일상의 행복을 누리기를 두 손 모아 간절히 바란다.

수강생들이 "우리 선조들의 창조와 실용의 얼을 이 시대에 구현하고, 평범한 사람들이 살아가는 이야기와 애환을 글로 표현하여 세상에서 하나밖에 없는 '나만의 소중한 책'을 펴내도록 공부하는 것이 무척 보람 있고 행복하다."라고 할 때, 나도 수강생들이 큰 보람과 긍지를 갖고, 희망과 자신감을 만끽하도록 성심껏 응원한다.

"여러분들의 소중한 삶을 책으로 펴내는 것은 평생 쌓아 놓은 재산이나 어떤 빛나는 업적보다 값지고 의미 있는 정신적 산물이 되니, 코로나 시대에 힘들더라도 슬기롭게 극복하기 바랍니다. 날씨가 항상 맑기만 하면 땅은 사막이 되니, 때로는 비가 내리고 바람도 불어야 비옥한 땅이 될 수 있듯이…."

앞으로도 내가 할 수 있는 자원 봉사도 적극 참여하고, 직지(直指) 덕분에 전국에서 유일하게 운영하는 '청주시 1인 1책 펴내기'를 더욱 알차게 지도하겠다. 수강생과 함께 땀 흘리며 자신을 발견하고, 인생의 참의미를 되돌아볼 수 있는 성찰의 기회가 되어, 행복감을 높이고 삶의 질을 풍요롭게 할 수 있도록 최선을 다하자고 다짐한다.

모진 코로나19 풍파도 화상수업을 하며 슬기롭게 이겨 내고, 항해(航海)하며 버텨 온 것이 마냥 자랑스럽다. 배[船]는 항구에 있을 때 가장 안전하지만, 그것이 배의 존재 이유는 아니다.

배는 파도를 견디며 항해할 때 비로소 가치 있는 것이니까.

2021. 문화백신 수기 공모전 응모작 2021.12.8.

우리도 잘 모르는 대한민국의 힘

입춘도 지나고 설 명절이 다가오고 시나브로 봄은 온다. 추위보다 코로나19 영향으로 육거리종합시장 분위기도 한산한 듯하고, 춘래불사춘(春來不似春) 같아 가슴이 시리다. 경제도 어렵고 인구도 감소하는 등 여러 상황이 좋지 않다. 무엇보다 코로나19로 큰 상처와 충격을 받고 있어 회복하기가 어려운 실정이다. 이런 실의에 빠져 있자니 오래전에 읽은 책장의 책이 눈에 들어온다. 20여 년 전에 발행한 『한국인을 말한다 · The Koreans』란 마이클 브린이 지은 책이다. 온 국민이 들메끈을 고쳐 매는 용기와 희망을 품기를 소망하며 다시 읽으니 많은 힘과 교훈을 얻을 수 있어 기쁘다.

마이클 브린은 영국에서 태어나 미국 워싱턴타임스, 영국 가디언과 더 타임스 서울 특파원을 지낸 언론인이자 최고의 한국통 중 한 명이다. 그는 1982년부터 한국에 살기 시작했고, 이국인의 눈으로 바라본 한국 사회를 기술한 책을 냈다. 우리도 잘 모르는 한국의 이면에 대한 깊은 통찰이 빛나는 특유의 날카로운 시각과 지적인 분석과 통찰로 한국 사회를 추적해 온 저명한 저널리스트이다. 한국과 북한에 대해 우리보다 더 잘 아는 외국인이라 해도 과언이 아니다. 브린이 이 책에서 "한국인은 부패, 조급성, 당파성 등 문제가 많으면서도 우수하고 훌륭한 점이 정말 많다."고 했다. 우리의 자랑인 장점은 더욱 발전시키고, 부끄럽지만 단점으로 나와 있는 것은 과감하게 쇄신하여 국가 발전의 원동력이 되도록 정진하여야 하겠다.

"평균 IQ가 105를 넘는 유일한 나라, 일하는 시간 세계 2위, 평균 노는 시간 세계 3위인 잠 없는 나라, 유태인을 게으름뱅이로 보이게 하는 유일한 민족, 문맹률 1% 미만인 유일한 나라(프랑스의 경우 자국어를 쓰거나 읽지 못하는 국민의 수가 약 25%), 세계에서 가장 많은 발음을 표기할 수 있는 문자를 가진 나라(한글은 24개 문자로 11,000개의 소리를 표현하는데 일본은 300개, 중국은 400개에 불과), 가장 단기간에 IMF를 극복해 세계를 경악시킨 나라(금 모으기 운동 등), 인터넷·TV·초고속 통신망이 세계에서 최고인 나라, 세계 유일의 분단국가이고 아직도 휴전 중인 나라, 여성부가 존재하는 유일한 나라, 음악 수준이 가장 빠르게 발전한 나라, 미국 여자 프로골프 상위 100명 중 30명이나 들어간 나라, 세계에서 가장 기가 센 민족(안중근 의사의 이토 히로부미 살해 등)……."

한국에서 법은 서양의 경우처럼 행동을 통제하는 주요 수단으로 작용하지 못한다. 오늘날 한국에서 권위주의적 특성은 점차 사라져 가는 추세지만, 아직도 그 특성이 남아 있어 사람들은 자신의 의견을 제시하거나 주장을 세우는 것보다는 침묵을 지키는 경향이 있다. 한국 학교에서는 서양의 학교와는 달리 정보 수집과 학습에 대한 학문적인 접근이 분석적이고 경험적인 접근 방식에 의해서 이뤄지지 않는다. 서양에서는 이론이라는 토대에서 정보라는 벽돌을 쌓아 가는 훈련을 받는다. 이론이 바뀌게 되면 정보의 중요성도 그에 따라 바뀌고 분석하고 이해하고 기억한다. 이러한 마이클 브린의 분석에 공감하며 망국적인 지역 갈등과 당파성 등은 과감하게 고치고, 장점은 더욱 살려 희망찬 대한민국의 힘으로 삼아야 하겠다.

입춘 같은 절기가 체감보다 앞서 오는 것도 희망을 품고 대비하라는 교훈이 담겨 있지 않을까.

그동안 우리나라는 선진국을 향한 줄기찬 행진을 해왔다. 1996년에는 선진국 클럽이라는 경제협력개발기구(OECD)에 가입했고, 2009년에는 OECD 내 개발원조위원회 회원국이 되면서 '원조를 받는 나라'에서 '원조를 주는 나라'가 됐다. 원조를 받는 나라에서 주는 나라가 된 것은 한국이 유일하다고 한다.

앞으로 우리나라가 선진국으로 정착할 수 있도록 정치, 경제, 문화 등 모든 분야에서 더욱 혁신하고 정진해야 하겠다.

《충청일보》 오피니언, 김진웅 칼럼, 2021.2.12.

두뇌를 명민하게

얼마 전 병원에 가니 의사와 간호사가 새삼스레 젊어 보여 부럽기도 하였다. 군인·교사·의사 등이 앳돼 보이기 시작하면 나이가 들어가는 신호라는 말이 실감 난다. 하릴없이 들여다본 거울 속의 모습도 낯설다. 머리카락은 자꾸 빠지고, 흰머리는 늘어나고, 산책할 때 오솔길을 선호한다. 스마트폰과 TV 리모컨 사용도 때로는 애처로울 정도로 무능함을 드러낸다. 어르신 10명 중 한 명꼴로 앓고 있다는 치매를 지인이 걸렸다는 소식도 들려오고, 치매에 대하여 방송이 나올 때는 귀를 쫑긋 세운다. 간혹 머리가 아플 때나 무언가를 잘 잊을 때는 와락 겁이 나기도 한다.

치매 예방과 두뇌 관리에 대한 경각심이 들어 전에 읽은 신문 기사 스크랩을 보며 많은 것을 깨닫는다. ○○일보 기사 중 윤희영 에디터의 「신문·책 읽어야 쪼그라드는 뇌(腦) 되살릴 수 있다」를 감명 깊게 읽고 되새겨 본다.

읽는다는 것은 단순히 머리를 지식으로 채우는 행위에 그치는 것이 아니고, 신문·책을 읽음으로써 얻는 이득은 단순히 배불리 먹어 위(胃)를 채우고 포만감을 느끼는 것과는 또 다르다는 것도 배운다. 사후(死後)에도 과학자들을 매료시켰던 아인슈타인의 뇌는 색다르다. 아인슈타인 뇌 연구에 대한 논문들은 천재성의 원인이 뇌의 크기나 무게가 아니라 신경세포에 영양을 공급하는 신경 아교세포의 수가 월등히 많은 구조상의 차이 때문이라고 추정하고 있다.

시절인연 속에서

약국이나 홈쇼핑 등에도 뇌 영양제나 건강식품이 범람하고 있다. 뇌 기능을 향상하기 위해 또는 치매에 걸리지 않기 위해 생선 기름 보조 식품, 강황 등을 먹기도 한다. 기억력과 인지 기능 작용을 증진한다는 수많은 방법에 의존하기도 하지만, 두뇌를 명민(明敏·총명하고 민첩)하게 하는 가장 값싸고 쉽고, 오랜 세월 검증된 방법은 바로 읽는 것이라 한다. 신문이든 책이든 뭔가를 읽는 평범한 행위가 놀랄 만한 효과를 가져온다니 독서를 더욱 많이 하자고 다짐한다.

책을 읽는 것은 글자만 읽는 게 아니라, 읽고 그 내용을 생각하고 융합하는 게 책 읽기라고 여겨진다. 책 읽기는 침착하고 이성적으로 생각하는 습관, 집중력과 인내심 증진, 비판적 합리적 사고 능력을 기르는 것이니 텔레비전이나 유튜브 등에 의존하기보다 독서를 많이 해야 하겠다.

'독서가 뇌를 살리는 데 얼마나 좋을까?' 무척 궁금했는데 그 까닭은 가장 기본적인 결과는 언어를 관장하는 뇌의 좌측 측두엽에서 나타난다. 문자로 된 자료를 처리하면서 글자를 단어로, 단어를 문장으로, 문장을 이야기로 엮어 나가며 그 정보를 전송하는 과정을 통해 신경세포들을 긴장하게 만든다. 두뇌로 하여금 더 열심히 잘해야 한다고 독려하는 자극을 준다.

교육학 박사인 미국 UCLA 매리언 울프 교수는 "읽기는 이해력과 통찰력에 필요한 독특한 일시 정지 버튼 역할을 한다."고 말한다. 이에 비해 단순히 동영상을 보거나 테이프를 들을 때의 구어(口語)는 대체적으로 그런 사고 능력을 길러 주지 못하고 금방 스러져 버린다니……

읽기의 잔상(殘像)은 최소한 5일간 지속된다. 이런 현상을 근육 기억에 빗대 '그림자 활동'이라고 부르며, 두뇌는 이런 읽기 행위에서 운동 효과를 얻어 인지 · 집행 양쪽 기능을 뇌 부위에 혈류 공급을 증가시킨다니 읽기를 더욱 잘하며 쓰기에도 힘쓴다면 금상첨화일 것이다.

읽기의 중요성에 대한 명언도 잘 알고 충실히 실행하여야 하겠다.

"말하기 전에 생각하라. 생각하기 전에 읽자(Fran Lebowitz)."

"오늘의 독자(reader)가 내일의 리더(leader)가 된다(Margaret Fuller)."

《충청일보》 오피니언, 김진웅 칼럼, 2021.3.26.

세계어가 된 우리말

코로나19가 장기화하면서 공허한 생활을 하다 보니 자유스럽게 여행하던 때가 행복했다는 것을 깨닫게 된다. 오래전에 필리핀 관광을 가서 뗏목을 탈 때, 물살이 잔잔한 곳에 이르자 노를 젓던 사공이 싸이의 〈강남스타일〉을 흥겨운 율동과 함께 불렀다. "오빠는 강남스타일……." 우리말을 유창하게 하는 것을 보고 놀랍고도 자랑스러웠다. 요즈음도 우리말이 세계어가 되는 것이 많다. 불고기, 김치 같은 말은 긍지를 갖게 하지만, 갑질, 위선, 무능, 내로남불 등은 부정적인 말로 부끄럽기 그지없다.

한류 붐과 K팝은 우리 문화를 알리는 데 크게 기여한다. 싸이의 〈강남스타일〉 덕분에 '오빠'(oppa)와 '강남'(gangnam) 등은 동남아를 비롯한 세계인의 입에 가장 많이 오른 한국어가 되었다. 전 세계 K팝 팬들은 BTS·블랙핑크 등의 노래를 따라 부르려 알파벳으로 한국어 노랫말을 적어 외운다고 한다. 로마자로 표기한 우리말 중 오래된 단어는 '불고기(bulgogi)'인데 외국인에게 "어떤 한국 음식을 좋아하느냐?"고 물으면 많은 사람이 주저 없이 '불고기'라고 했고, 김치(kimchi), 소주(soju), 온돌(ondol) 등도 우리 문화를 알리는 단어이다.

최근에 군부 쿠데타로 소중한 목숨도 희생하며 엄청난 고난을 겪고 있는 미얀마와 동남아 등지에서는 우리 드라마에 더빙(dubbing·외국어로 된 영화의 대사를 해당 언어로 바꾸어 다시 녹음하는 일)하지 않고, 자막을 달아 방영하는 덕분에 한국어 대사가 그대로 전해지고 있어 한국어를 배우는 사람들에게 큰 도움이 된다. 각종 영화제에서 많은 상을 타고 있는, 미국 영화인데도 한국어 대사가 많은 〈미나리(Minari)〉도 자랑스럽다. 또한, 러시아에서 그랬듯이 그곳 거리에는 우리나라에서 수입한 시내버스가 한글이 표기된 채 운행되고 있어 무척 신기하다. 우리 같으면 수입을 했더라도 말끔히 리모델링을 하든지 도색했을 텐데 동대문운동장, 고속터미널, 신설동, 중곡동, 태종대, 부산역 등 한국 관광 광고(?)를 하며 달린다니……

부끄러운 우리 세태(世態)를 보여 주는 말도 많다. 몇 해 전 '땅콩 회항' 사건이 터졌을 때 '갑질(gapjil)'이 외신을 탄 것은 약자를 함부로 대하는 우리의 치부를 드러낸 것이다. 뉴욕타임즈가 우리 4·7 재보궐선거에서 여당이 참패한 소식을 전하며 '내로남불'을 패인으로 꼽았다. 'double standard(이중 잣대)'로 번역하지 않고 'naeronambul' 그대로 썼다고 한다. 어떤 사람의 상식을 벗어난 불미스러운 행동으로 불붙은, 세계 어느 나라에도 없는 '한국 여당의 이중 잣대'란 의미라고 한다. 선관위가 특정 정당을 연상시킨다고 사용을 금지한 것도 보도되어 세계적으로 '내로남불'이 알려졌다니 너무 창피하다.

태권도(Taekwondo)처럼 희망차고 자랑스러운 세계어가 된 우리말이 많아지는 것은 대한민국이 자랑스럽지만, '내로남불(naeronambul)' 같은 부정적이고 부끄러운 의미의 말은 수치스럽다. '세계의 눈'은 항상 우리를 주시하고 있다. 그들에게 잘 보이자는 것이 아니라, 우리의 비리나 부도덕, 독버섯처럼 번지는 병폐는 하루속히 과감하게 쇄신하여, 정의롭고 공정하고 자유 민주주의를 수호하며 경제를 살리는 자랑스러운 나라를 만들어야 하겠다.

《충청일보》 오피니언, 김진웅 칼럼, 2021.4.23.

의사가 인문학을 만나면

　며칠 전, 6.25 전쟁 제71주년을 맞이하여 경건한 마음으로 6.25의 교훈과 참전유공자들의 숭고한 희생과 헌신을 기려 보았다. 오후 늦게 우암산에 올라 한적한 오솔길에 접어들어 라디오를 들으니, BBS불교방송의 〈무명을 밝히고〉이었다. 진행자와 ○○정형외과 원장의 대담이었다. 인간의 삶, 사고 또는 인간다움 등 인간의 근원 문제에 관해 탐구하는 인문학 강좌같이 가슴에 와닿아 진한 감명을 받았다.

　얼핏 생각하면 의사(醫師)는 진료하고 수술하느라 과묵하고 딱딱한 줄 알았는데, 그분은 여느 상담자보다도 더 다정다감하였다. 마치 오래전에 독일 연수를 갔을 때 그 사람들이 멋없고 무뚝뚝할 것이라 여겼는데, 유머가 풍부하고 친절한 버스 기사 한 분 때문에 내 선입관이 틀렸다는 것을 알게 된 것처럼.

　"가장 좋은 치료는 몸과 마음이 함께 편안해지게 하는 것입니다.", "환자를 대할 때 부모님 같은 생각과 생로병사를 깨닫게 됩니다." 등 인문학자 같은 말씀에 많은 감동을 하였고, 41여 년 교육자로 몸담았던 필자보다 더 교육자 같았다. 물론 그분도 교수(教授)였고, 의사이지만……. 인간의 언어, 문학, 예술, 철학, 역사 따위를 연구하는 학문인 인문학과 교양, 도덕과 신앙의 중요성도 거듭 일깨워 주는 그분의 말씀을 메모하고 발췌하며 되새겨 보았다.

　"몸을 고치기 위해 찾아온 분들께 마음의 평화를 함께 드리는 ○○정형외과에서는 따뜻하고 합리적인 치료를 통해 고통에서 벗어날 수 있도록 도와드립니다. 모든 치료가 다 그렇지만 효과적인 관절 치료는 훌륭한 인공관절을 만들어 낼 수 있는 과학적 뒷받침과 그것을 구현해 낼 의료 기술이 있어야 합니다. 또한, 쾌적하고 효율적인 공간과 시설 그리고 숙련된 인력이 갖춰질 때 효과적인 치료가 이루어집니다. 선량한 뜻과 지혜를 갖춘 의료진의 사명감과 윤리의식 또한 필수적입니다. 찾아오는 모든 분이 매 순간 "내가 참 고귀한 대접을 받고 있구나."라고 느끼실 수 있도록 하고, 환자가 존중받는 병원이 될 것입니다.

궁극적인 치료 목표는 육신의 질환으로 흐트러진 삶의 질서를 다시 정상으로 만들어 더욱 향상된 생활을 하실 수 있도록 삶의 행복을 돌려드리는 것입니다. 이를 위해 관절을 고치는 의학적 치료는 물론 인문 강좌 같은 건강한 마음 보살핌 또한 함께 제공합니다. 특히 안전성, 정확성, 무통 치료, 성형 외과적 미용 수술, 병원비 최소화 등 다섯 가지 분야에서 최상의 병원임을 보장·추구하고……."

어디에 있는 병원인지도 알고 있으니 그곳에 가고 싶다. 필자가 다니며 만나는 의사 선생님도 대체로 친절하고 잘하지만, 내 부모·가족처럼 모신다는 ○○정형외과처럼 진정성이 아쉽고, 때로는 무성의하고 형식적인 듯해 서운할 때도 있지 않은가.

'무명을 밝히고'에서 '무명(無明)'은 "십이 연기의 하나. 잘못된 의견이나 집착 때문에 진리를 깨닫지 못하는 마음의 상태를 이른다. 모든 번뇌의 근원이 된다."라니 이를 깨닫고 실행하는 곳이 바로 그 병원이라 여겨진다.

이처럼 인문적 활동과 통찰은 모든 분야에 접목될 때 큰 성과를 올리며 가치와 행복을 줄 것이다. 병원뿐만 아니라 교육, 정치, 기업, 직장, 가정…….

인문학은 인간과 사회, 문화에 대한 이해를 바탕으로 한다. 이러한 이해는 조직의 안전과 보건 문화를 구축하고, 이를 통해 조직 구성원들이 더욱 건강하고 안전한 환경에서 일할 수 있도록 하는 데 필수적이라니, 앞으로 문사철(文史哲·문학, 역사, 철학을 아울러 이르는 말)로 대표되는 인문학적 소양을 쌓는 데 더욱 힘쓰자고 다짐한다. 남다른 바람직하고 현명한 생각을 하기 위해서는 다양한 측면의 문사철 지식을 겸비해야 한다는 것도 거듭 알아 대견하고 기쁘다.

《충청일보》 오피니언, 김진웅 칼럼, 2021.7.2.

은혜 갚은 백구

태풍과 가을장마 영향으로 오랫동안 폭우가 내려 큰 피해를 주어 안타까웠는데, 점점 하늘이 높고 청명하고 아침저녁으로 선선해지며 가을이 시나브로 성큼성큼 다가오고 있다.

길에 버려졌던 유기견을 데려다 키웠던 90대 할머니가 이 반려견의 도움으로 구출된, 마치 원주 치악산 상원사의 '은혜 갚은 꿩' 등 전래 동화 같은 가슴 훈훈한 미담에 진하게 감동하였다.

충남 홍성군 서부면에 거주하는 김 모(93) 할머니가 실종된 지 40시간 만인 지난달 26일 오후 3시쯤 집에서 2km가량 떨어진 들판에서 쓰러진 채 발견되었다. 충남경찰 드론 열화상카메라가 찾아낸 김 할머니는 발견 당시 쓰러져 있는 몸이 물에 일부 잠긴 상태였으며, 곁에는 반려견 '백구'가 함께 있었다. 지난 8월 25일 오전 2시, 90대 어르신이 집을 나선 뒤 실종되었다는 신고가 접수되어 합동 수색대가 인근 주변을 수색했지만, 계속 내린 폭우로 수색에 어려움을 겪었다. 할머니 옆에 바짝 붙어 있는 백구의 체온 감지로 드론이 할머니를 찾을 수 있었다니…….

할머니는 3년 전쯤 길에 버려졌던 백구를 데려와 인연을 맺었다. 백구가 대형견에게 물려 중상을 입어 위태로웠을 때도 할머니의 정성 어린 보살핌으로 기적적으로 살았다. 그 후 백구는 언제나 할머니 곁을 따라다니는 반려견이 되었다. 가족이 "은혜 갚은 백구 덕분에 엄마와 백구 모두 무사할 수 있어서 정말 기쁘다."고 고마워한 것처럼, 빗속에서 탈

시절인연 속에서

진한 할머니의 옆에 바짝 붙어 체온을 유지한 백구 덕분에 드론에 발견될 수 있었다. 충남소방본부는 이 백구를 '전국 1호 명예 119구조견'으로 임명하고 소방교 계급장을 수여했다니 참으로 자랑스럽고 기쁘다.

할머니가 데려온 백구도 이처럼 은혜를 갚는데, 지난 8월 30일 밤, 대구시 서구 비산동에서 70대 할머니가 손자가 휘두른 흉기로 잔인하게 살해당했고, 청주에서는 자기가 낳은 신생아를 버린 일이 있어 가슴 아프다. 탯줄까지 붙어 있는 신생아를 음식물 쓰레기통에 넣은 패륜적인 여인은 과연 엄마인가.

또한, 지난 8월 25일 오후 11시 30분쯤 경기도 여주시 홍문동의 한 노상에서 고등학생들이 담배를 사다 달라며 60대 할머니의 머리와 어깨 등을 들고 있던 꽃으로 여러 차례 때렸고, 영상 촬영도 한 어처구니없는 금수(禽獸)만도 못한 부끄러운 사람이 많아 실로 통탄스럽다.

예로부터 우리나라는 '동쪽에 있는 예의의 나라'라는 의미로 동방예의지국(東方禮儀之國)으로 칭송받던 자랑스러운 민족이었는데 어쩌다가 이 지경까지 되었는지 허탈하다. 이러한 명예에 먹칠하는 각종 범죄가 기승을 부리고, 청소년 범죄의 저연령화, 흉포화·집단화·재범화, 이기심과 물질만능주의, 날로 추락하는 도덕과 교권, 경로효친도 미풍양속도 퇴색하는 등 심각한 위기에 처해 있다.

하루속히 온 국민이 각성하여 찬란한 전통문화와 도덕성과 미풍양속을 복원하고, 효·인성교육을 강화하여 자랑스러운 한국인의 품격과 긍지를 되살려야 하겠다.

《충청일보》 오피니언, 김진웅 칼럼, 2021.9.10.

추석맞이

추석을 앞두고 우려되던 제14호 태풍 찬투(CHANTHU)는 다행히 한반도 내륙을 비켜 일본으로 건너가 소멸하였다. '찬투'는 캄보디아에서 제출한 이름으로 꽃의 한 종류답게 피해가 없었으면 했는데, 오랜 시간 제주 남해상에 머물면서 큰 어려움을 남겨 안타깝다. 요즘은 언제 태풍이 있었느냐는 듯 하늘이 더없이 높고 푸르고 두둥실 뭉게구름이 풍요롭게 노니며 추석맞이를 한다.

백신 1차 접종자는 36,004,101명으로 전 국민의 70.1%가 1회 이상 백신을 맞았다고 한다(9월 17일 오후 5시 기준). 지난 2월 26일 접종 시작 이후 204일 만에 1차 접종률 70%를 돌파했지만, 아직 안심할 수 없는 분위기 속에 추석맞이를 한다. 코로나19 걱정 없이 고향 등을 찾아 마음 놓고 추석 명절을 즐기면 얼마나 좋을까마는…….

코로나19 속의 두 번째 추석이지만 지난해보다 더 걱정스럽다. 여느 해 같았으면 기차표 예매를 해서 부산을 다녀와야 하지만 못 가게 되어 착잡하다.

문득 오래전 예매를 하던 생각이 난다. 조치원보다는 신탄진역이 근무지와 가까워 새벽에 승용차를 타고 현장에 가서 길게 줄을 서서 어렵게 예매하고 출근했던 때가 엊그제 같다. 지금은 온라인으로 해서 무척 편리하다. 하기야 '정부24'에서 주민등·초본 등을 가정에서 야간에도 발급받는 때이다.

추석을 쇤 후 옥상 방수공사 등을 할 계획이라 우선 대청소를 하기로 했다. 태풍이 몰고 온 비가 내릴 때 옥상과 계단 물청소를 하니 안성맞춤이다. 바짝 말라 여간해서 닦이지 않던 곳이 퉁퉁 불어 잘 닦이고 물 절약도 되니 일거양득이다. 밖에서 흠뻑 비를 맞는 승용차도 몇 번 문지르니 말끔하다. 때로는 우의(雨衣)를 입고 작업하는 불편쯤은 감수해야 하지만.

팬데믹으로 집에 머무는 시간이 길어지면서 집 안팎 곳곳 정리되지 않은 것들이 눈에 들어온다. '지금은 바쁘니까 나중에 하자.' 하며 자기변명으로 합리화하며 미루어 온 탓이다. 또 게으름을 피울까 봐 언젠가 책에서 읽은, "미룬다는 것은 하지 않겠다는 것이다.", "하나의 행동을 할 때 108개의 핑계가 생겨난다."란 명언으로 채찍질하며 대청소를 하기로 했다.

서재의 책상 서랍부터 빼서 바닥에 쏟고 담으며, 필통과 튼튼한 상자들을 서랍에 넣고 정리하니 한결 편리하고 흐트러지지 않는다. 내친김에 옥상에 있는 창고의 물건도 모두 꺼내 놓았다. '이런 것은 보관하지 않아도 했는데.', '이건 언제 어디에 쓰던 물건일까.' 막내아들이 불혹(不惑)이 넘었는데도 아이들이 어렸을 때 쓰던 물건까지 있지 않은가.

용도에 맞는 쓰레기봉투를 사다가 웬만한 것은 과감하게 담아 버리고 비우며 많은 것을 깨달았다. 늙음의 미학(美學) 제1장은 '비움의 미학'이라 한다. 비움의 실천은 버림으로써 동양화처럼 여백을 만들고 '나눔'을 실천할 수도 있다.

꽃이 아무리 아름다워도 꽃을 버려야 열매를 맺을 수 있고, 성취의 청춘도 아름답지만, 비움의 노년은 더욱 아름답다. 주먹을 쥐고 태어나는 것은 세상에 대한 욕심이요, 손바닥을 펴고 죽는 것은 모든 소유로부터의 비움이다. 항아리의 물도 비운 만큼만 채울 수 있다. 추석을 앞두고 대청소를 하며 체득한 교훈이다.

'집지양개(執之兩個) 방즉우주(放則宇宙)'란 말도 되새겨 본다. 두 손으로 잡아 보았자 두 개뿐이요, 놓으면 우주가 온통 내 것이니…….

《충청일보》 오피니언, 김진웅 칼럼, 2021.9.24.

시절인연 속에서

호칭(呼稱)에 대하여

일상생활에서 호칭 때문에 있었던 에피소드가 누구나 있을 것이다. '호칭'을 국어사전에서 찾아보면, "이름 지어 부름. 또는 그 이름"이라고 나와 있듯이, 호칭(呼稱)이란 다른 사람이 부르는 명칭 등을 아울러 이르는 말이다. 정의대로라면 이름과도 같아 보이지만, 실제로는 조금 다르게 쓰이고 있다.

친척 얘기를 할 때도 자기 기준 호칭을 쓰기도 하고 듣는 이(주로 자녀) 기준으로 맞춰 주기도 하는데, 이게 섞이면 듣는 사람은 누가 누군지 헷갈리기 시작한다. 따라서 본인 기준에서 말하되, 듣는 이가 누구인지 모르겠다고 말했을 때 듣는 이의 기준에 맞는 호칭을 알려 주는 것이 좋겠다. 산책길에서 아기 대신 강아지를 유모차에 태우고 "아가, 엄마가~."란 말을 우연히 듣고 망치로 머리를 맞은 듯 충격받은 적도 있었으니……

특히 노인(老人)이란 호칭은 필자가 젊었을 때만 해도 공공연히 쓰였을 정도로 늙은 사람을 일컫는다. 필자 역시 나이를 먹다 보니 마음은 젊어서인지 노인이란 말을 들었을 때 떨떠름한 것은 사실이다. 늙었다는 것은 듣기 좋은 말은 아닌 듯하다. 그래서인지 은행이나 백화점, 식당 등에 가면 친근감을 강조한 '아버님', '어머님', '선생님', '실버' 등의 여러 호칭도 마뜩잖다. 노인복지법에서 '노인'을 '시니어(senior)'로 바꾸자는 개정안이 발의되자 한글 단체의 거센 항의가 있었다. 공공 기관 민원실 등에서는 그냥 이름 뒤에 '씨(氏)'를 붙이는 사무적 호칭을 택하는 경우도 많다. 딱딱하긴 해도 불필요한 불만을 미연에 방지하려는 것이다. 필자 견해로는 '씨'보다는 '님'이 더 좋을 듯하다. 우리나라는 호칭에 좀 애매모호함도 있지만 그렇다고 너무 인위적으로 급조한 느낌에 거부감도 생긴다. 통계청에 따르면, 내년부터 65세 이상 노인 인구가 1,000만 명을 넘어설 전망이라니 한국 사람 다섯 명 중 한 명은 노인이다. 대체 뭐라 불러야 타당할까? 쉽고도 어려운 게 호칭이라 여겨진다.

필자가 정년퇴직한 무렵 예방주사를 맞으러 어느 병원에 가니 젊은 의사가 'ㅇㅇㅇ 아저씨'라 불러서 나도 모르게 "아저씨가 뭡니까?" 하며 퉁명스레 대꾸한 장면이 떠올라 멋쩍다. 41여 년간 선생님이란 호칭 속에 살다가 갑자기 적응을 못 한 탓일 거다. 그래서인지 그 후 다른 병원으로 다닌 것은 어떤 방어기제일까.

신문을 보니 경기도의회가 65세 이상 도민을 '선배 시민'으로 명시하는 조례를 만들었다. '풍부한 경험을 쌓은 선배로서 사회 활동을 하시라.'는 응원의 뜻에는 공감이 간다. 활기차게 산다며 '골든 에이지', '신중년'도 쓴다. 일본은 60대를 '활발히 경륜을 펼칠 나이'라는 의미로 실년(實年), 그보다 나이 많으면 고년(高年)이라 하고, 중국은 60대를 장년(壯年), 70대를 존년(尊年)이라 부른다고 한다. 영미권에선 젊은(young)과 노인(old)을 합성한 '욜드(yold)'라는 단어도 등장했다니 노인 호칭이 어느 나라든 어렵기는 어려운가 보다.

1998년 한국사회복지협의회 공모로 선정된 '어르신'은 가장 흔한 대용어였다. '노인'보다 '어르신'이 무난한 듯한데, 이 또한 반발에 부딪힌다. 65세 이상 경로 우대 승객이 지하철 개찰구를 통과할 때마다 "어르신 건강하세요."라는 안내 음성이 흘러나오도록 하자 "늙었다고 망신 주는 거냐."는 아이러니한 항의가 이어져 결국 한 달도 안 돼 안내 음성에서 '어르신'은 빠졌다니…….

지하철을 탈 때, 국립공원, 박물관 등에 무료 이용할 때마다 겸연쩍다. 젊은 층에게 짐을 지우는 것 같아 미안하기도 하다. 노인 연령 상향의 필요성이 끊임없이 제기되는 타당성을 알 것 같다. '65세=노인'은 1950년대 유엔(UN)이 고령 지표 산출을 위해 채택한 낡은 공식이기 때문이다. 한국개발연구원(KDI) 역시 지난해 노인 기준 연령을 점진적으로 높이자고 제안했다. 노인 기준을 70세 이상으로 상향하고, 무임승차 등을 폐지한다면 '꼰대', '연금충(蟲)', '틀딱충', '할매미' 등의 낯 뜨거운 노인 비하 표현도 줄어들고 없어질까.

급속도로 사회가 변천하고, 세대 간 유대가 약해지면서 과거와 같은 '어른'으로서의 존재감도 희미해졌다. 몇십 년 전만 해도 청소년들이 모르는 것이 있으면 어른들에게 질문했지만, 지금은 핸드폰에게 물어보는 상황이지 않은가.

고대 로마 철학자 키케로는 '노년에 맞서는 최고의 무기는 학문을 익히고 미덕을 실천하는 것'이라고 했다. 이미 2000년 전에도 '노인 됐다고 은퇴할 생각 말고 늘 새것을 배워 세상과 지혜를 나누라.'는 교훈을 지금도 노인들이 충실히 실행하여 귀감이 되어야 한다. 호칭이야 어떻든 어르신으로서 품위를 갖추며 바람직하게 공헌하는 데 힘쓰고, 젊은 세대는 지금의 노인 세대를 자기 미래의 모습이라고 여기며 존경하는 인식이 절실하다.

《충청일보》오피니언, 김진웅 칼럼, 2023.12.15.

행복감을 높이는 청주시 1인 1책 펴내기

코로나19 확산을 막기 위한 사회적 거리 두기가 4월 18일부터 실내외 마스크 착용을 제외하고 전면 해제되었다. 대중교통, 쇼핑센터 등 불특정 다수가 출입하고 이용하는 다중이용시설의 영업시간 제한이 풀리고 사적 모임이나 행사, 집회도 인원 제한에서 자유롭게 되었다. 사회적 거리두기가 시작된 지 757일 만에 일상을 회복하는 첫걸음이라니 반갑기 그지없지만, 완전 종식하기에는 아직 신날도 안 끈 것 같아 우려스럽다.

이런 조치를 예상이라도 한 듯 필자가 지도 강사로 참여하고 있는 청주시 1인 1책 펴내기 수업은 지난 3월까지 실시하던 화상 수업을 4월 1주부터 대면 수업으로 전환하여 방역수칙을 지키며 수업하고 있다.

필자는 지난해까지 청주시아동복지관에서 1인 1책 강의를 하였는데 (2021년은 화상수업), 올해도 재임용되어 금천동행정복지센터로 장소를 옮겨 계속하고 있다. 1인 1책 펴내기는 직지의 고장 청주시가 자랑하는 뜻깊은 사업으로, 우리 선조들의 창조와 실용 정신을 이 시대에 구현하기 위해 추진하는 특별한 사업이다. 강의 장소를 옮겨 회원이 적어 걱정했는데, 먼 곳까지 와서 참여해 주는 분들이 무척 감사하다. 몇 년 전에 어느 회원이 남편을 설득하여 함께 다닌 것처럼, 올해도 부군(夫君)에게 권장하여 참여하는 분이 더욱 반갑다.

금천동행정복지센터 앞쪽에도 '제16회 청주시 1인 1책 펴내기 운동, 프로그램 수강생 모집'이란 펼침막이 게시되어 있다. 또한《청주시민신문》등에도 실려 있어 이런 정보를 보고 찾아오는 분들처럼 한 분이라도 더 동참하기를 고대한다. 매달 배달되는 시민신문을 꼼꼼히 읽으면 유익한 정보와 시사도 알 수 있어 청주 시민으로서 잘 읽어 보아야 하겠다.

청주시 1인 1책 펴내기 운동 프로그램은 유네스코 세계기록유산 직지(直指)의 위대한 가치를 계승하기 위해 청주고인쇄박물관에서 주최하고 (사)세계직지문화협회에서 주관한다. 청주(淸州)는 직지의 고장답게 지난 2007년부터 '1인 1책 펴내기'를 운영하여 많은 공헌을 하였고, 올해 16회를 맞이하고 있어 그 의미가 더욱 크다.

"여러분들의 소중한 삶을 책으로 펴내는 것은 평생 쌓아 놓은 재산이나 어떤 빛나는 업적보다 값진 기록이며, 의미 있는 정신적 산물이니 다소 힘들더라도 슬기롭게 이겨 나가기를 바랍니다."라고 일러 주면서 성심성의껏 지도하고 있다.

수강생들은 "우리 선조들의 창조와 실용의 얼을 이 시대에 구현하고, 평범한 사람들이 살아가는 이야기와 애환을 글로 표현해 '나만의 소중한 책'으로 펴내도록 금천동행정복지센터에 와서 공부하는 것이 무척 보람 있고 행복하다."라고 할 때, 필자도 벅찬 감동과 긍지로 상담하며 힘껏 돕고 있다. 생업, 근무 등 바쁜 생활에도 좀 더 많은 시민이 참여하여 틈틈이 수필, 시, 가족 이야기, 창작문학 등 각자 정한 장르의 글을 익히며, 쓰고 다듬고 모아 나만의 소중한 책을 펴내어 삶의 만족도와 행복감을 높이기를 고대하여 본다.

필자가 참된 자신을 찾고 내면의 성장을 위한 수행을 하느라 매일 새벽에 실행하는 '행복을 찾는 108배'의 76번째 "내가 가진 능력과 기술을 필요로 하는 누군가와 나누기 바라며 절합니다."의 말씀을 실천하고 있는 것 같아 1인 1책 펴내기가 더욱 뜻깊고 보람 있다. 더욱 효과적인 운영을 위하여 우리 1인 1책을 주민자치프로그램에 포함하여 적극 성원하고 있는 금천동행정복지센터와 프로그램 담당님께 깊은 감사를 드린다.

모쪼록 수강생들이 1인 1책 펴내기를 하며 자신을 발견하고, 인생의 참의미를 되돌아볼 수 있는 성찰의 기회가 되어 행복감을 높이고, 삶의 질을 풍요롭게 할 수 있기를 오늘도 염원한다.

《충청일보》 오피니언, 김진웅 칼럼, 2022.4.22.

시절인연 속에서

동지 팥죽을 먹으며

2023년 계묘년(癸卯年) 새해 출발이 엊그제 같았는데, 일 년 중 밤이 가장 길다는 동지도 지나며 연말연시가 다가온다. 여느 해 못지않게 다사다난했던 계묘년을 되돌아본다. 코로나19 여파 진정 등 좋은 일도 있었지만, 이스라엘-팔레스타인 전쟁도 발발하고, 높은 물가, 지난여름에 집중 호우로 큰 피해도 있었던 것처럼 좋은 일보다는 안타깝고 가슴 아픈 일들이 더 많았던 한 해라서 기분이 착잡하다.

새해가 되기 전, 예로부터 아세(亞歲) 또는 작은설이라고 하는 날인 동지(冬至)를 되새겨 본다. 동지가 지나면 새해를 맞을 준비를 해야 한다는 의미도 있다. 아쉽지만 한 해를 마무리할 시간이다. 2024년 갑진년(甲辰年) 푸른 용띠 새해에는 더 큰 희망을 품고 앞으로 나아가기를 기대한다. 대한민국에 국운(國運)이 흥성하고, 여러분 가정에 건강과 행운이 함께하길 기원한다.

동지는 대설과 소한 사이에 들며, 양력으로는 12월 21일 또는 22일이고, 음력으로 11월을 동짓달이라 부르는 까닭을 이제야 생각하다니. 동지에는 북반구에서는 낮의 길이가 가장 짧고 밤이 가장 길며, 남반구에서는 낮의 길이가 가장 길고 밤이 가장 짧다. 추위는 이 무렵부터 강력해지기 시작한다.

올해 동지는 12월 22일(금요일)이고 시간은 낮 12시 27분이라 한다. '동지 하면 팥죽'인데, 절에 가서 액(厄)을 소멸하고 새해의 길운(吉運)을 추구하는 동지불공(冬至佛供)을 올리고 팥죽을 가져온 아내 덕분에 맛있게 먹으며 사색에 잠겨 본다. 올해 동짓날은 초순(음력 11월 10일)인 애동지라서 가정에서는 팥죽 대신 팥떡을 해서 먹는데, 절에서는 애동지에도 팥죽을 공양한다고 한다.

왜 동지에 팥죽을 먹을까. 동지에 팥죽을 먹는 이유는 밤이 가장 긴 날인 동지에는 음기가 강한 날이라 해서 붉은색의 팥죽으로 액운을 물리친다는 의미로 동지에 팥죽을 쑤어 먹었던 세시 풍속의 하나이다. 동짓날에 죽은 역질 귀신이 붉은 팥을 무서워하여 동지에 팥죽을 쑤어 귀신을 물리친다고 전해진다. 동지에 팥죽을 먹어야 한 살을 더 먹는다고 생각해서 팥죽에 찹쌀이나 수수와 멥쌀을 섞어 만든 새알심을 나이만큼 팥죽에 넣어서 먹기도 한다.

동지가 음력 11월 10일 이전인 초순에 들면 애동지, 중순에 들면 중동지, 그믐께 들면 노동지라 한다. 애동지에 팥죽을 만들어 먹으면 어린아이들에게 해로울까 봐 팥떡(고사떡)을 만들어 먹는다. 민간에서는 설날 떡국을 먹으면 나이를 한 살 더 먹는 것처럼, 동짓날 팥죽을 먹으면 한 살 더 먹는다고 여긴다.

동지 팥죽이나 팥떡을 가족, 이웃과 함께 나누어 먹으면서 새로운 한 해에 건강하고 액을 면할 수 있기를 기원하는데, 욕심 같으면 우리 사회와 마음속에 숨어 있는 사악(邪惡)함까지 씻어 내고 치유하기를 염원하여 본다.

동지와 관련된 속담도 흥미롭다. "동지가 지나면 푸성귀도 새 마음 든다(동지가 지나면 온 세상이 새해를 맞을 준비에 들어간다는 뜻을 비유적으로 이르는 속담).", "동지 때 개딸기(도저히 얻을 수 없는 걸 비유적으로 이르는 말로 동지는 24절기의 스물두 번째 절기로 양력 12월 22일 무렵이다. 요즘에는 비닐하우스에서 겨울에도 딸기가 나오지만, 옛날에는 한겨울에 딸기든 개딸기든 있을 리 없다).", "배꼽은 작아도 동지 팥죽은 잘 먹는다(별 볼 일 없는 겉보기와는 달리 하는 일은 평범하지 않다는 것을 가리킨다. 겉으로는 보잘것없어 보이는 사람의 행동과 일이 예상외로 뛰어날 때 사용된다).", "동지섣달 해는 노루 꼬리만 하다(동지섣달 해는 노루 꼬리처럼 짧아서 일할 시간이 없다는 의미의 속담)." 등.

올해 동짓날 날씨는 무척 추웠다. 충청북도에서 한파 특보 발표 중이니 안전과 건강에 유의하라는 안전 안내 문자가 올 정도로 매서웠다(최저기온 영하 14도, 최고기온 영하 5도). 옛날에는 동짓날 일기(日氣)가 온화하면 이듬해에 질병이 많아 사람이 많이 죽는다고 하며, 눈이 많이 오고 날씨가 추우면 풍년이 들 징조라고 여긴다. 또 동짓날이 추우면 해충이 적으며 호랑이가 많다는 믿음이 있었다니, 날씨가 매우 추웠으니 내년에 풍년이 들 것이라고 위안하여 본다.

세파(世波)의 세월 영향인지 게으름 탓인지 시나브로 무덤덤해지는 몸과 감성을 버리고 싶다. 동지는 팥죽 먹는 것뿐만 아니라 지난해의 자신을 되돌아보고 새해의 삶의 태도를 가다듬는 날이기도 하니, 송구영신(送舊迎新)하는 절호의 기회로 삼아야 하겠다.

《충청일보》 오피니언, 김진웅 칼럼, 2023.12.29.

청주 상당산성 앞 『매월당 김시습 시비(詩碑)』

꽃다운 풀향기 신발에 스며들고

활짝 갠 풍광 싱그럽기도 하여라

들꽃마다 벌이 와 꽃술 따 물었고

살진 고사리 비 온 후라 더욱 향긋해

웅장도 하여라 아득히 펼쳐진 산하

의기도 드높구나 산성마루 오르니

날이 저믄들 대수랴 또 본다네

내일이면 곧 남방의 나그네 일터니

– 「산성에서」, 매월당 김시습[1]

---

1) 저자의 직계 조상님.

제3부

산처럼 물처럼

청주 무심천 억새밭에서

가을 산

"독서는 충만한 사람을 만들고, 명상은 심오한 사람을 만들고, 담론은 명료한 사람을 만들다."란 벤자민 프랭클린의 명언을 되새겨 본다. 아끼고 즐겨 읽는 책을 틈틈이 반복해 읽으며 노랗게 물든 은행잎을 꽂아 놓았다. 외출했다가 집에 와서 한 번 더 읽자니 언제 그려 놓았는지 책장마다 가을 산 삽화가 아른거린다. 은행잎 책갈피가 동화 속의 요정이 되어 가을 산에 가자고 앞장선다.

초등학교 때 소풍 전날처럼 마음이 설레어 한껏 단풍이 물든 가을 산이 손짓하는 우암산으로 향하니, 고려청자 같은 가을 하늘 아래 가로수 은행잎이 노란 나비 떼가 되어 동행하여 주어 발걸음이 한결 가볍고 콧노래가 절로 나온다.

산기슭 오솔길에 들어서니 억새가 꽃이 되어 한들한들 춤을 추고, 다람쥐가 겨울 양식을 찾다가 손뼉 치며 반겨 주고, 참나무 가랑잎들이 산새들처럼 포르르-포르르- 머리 위로 고추잠자리와 어우러져 날아다닌다. 엊그제 내린 가을비로 서둘러 내려왔는지 부지런한 가랑잎들은 어느새 폭신한 양탄자를 길마다 산마다 골고루 포근하고 발그스름하게 깔아 놓았다. 대자연의 위대한 힘이 아니고는 어림도 없을 게다.

여름내 짓궂고 지루하게 내린 폭우와 시도 때도 없이 오르내리는 사람들의 발길에 지쳐 앙상하게 드러낸 뿌리가 안타까워서 덮어 주는지, 삭풍(朔風)과 눈보라에 조금이라도 따뜻하게 해 주려 내려왔는지 포근

시절인연 속에서

한 엄마 품처럼 감싸 주고 있다. 계절이 바뀌고 몇 달 지나면 온몸을 바쳐 거름이 되어 초목들이 자랄 수 있게 하는 낙엽이 오늘따라 위대하게 보인다. 마치 자식을 위해 제 몸까지 아낌없이 주는 벨벳거미의 모성애 같고, 몸을 녹여 어둠을 밝혀 주는 촛불처럼 숭고하고 거룩한 낙엽이다. 꽃병에 꽂아 둔 꽃보다 들판에 피어나는 꽃의 생명력이 더 강한 것처럼 오로지 자녀들 곁을 조건 없이 지켜 주려 하는 우리 어머니들의 삶도 그렇다.

　오솔길마다 바스락거리는 가랑잎들은 밤, 도토리를 숨겨 두면 다람쥐와 산짐승의 겨울 양식이 될 텐데, 올해는 해거리라서 도토리도 무척 귀하다고 하면서도 보물찾기하듯 줍는 사람들을 보곤 한다. 그것도 갈퀴로 박박 긁으면서 찾고 또 찾으니, 산짐승들이 춥고 긴 겨울을 어떻게 지낼까 걱정된다. 도심까지 내려와 심지어 사람들을 공격하기도 하는 멧돼지가 올겨울에는 더 극성을 부리지나 않을까. 몇십 년 전까지만 해도 땔나무가 모자라 가랑잎과 솔잎들까지 긁어서 땔감으로 썼던 때는 무얼 먹고 추위를 어떻게 이기며 살았을까. 옛날이야기 같지만 안쓰럽기 짝이 없다. 지금은 간벌한 나무들이 여기저기서 그냥 썩어 가고 있는 것을 보면 격세지감마저 든다.
　뭉게구름처럼 피어나던 산벚꽃과 연초록빛 움이 수줍게 자라나던 초목, 연분홍 진달래가 피어나던 때가 엊그제 같은데 어느새 가을도 끝자락이라니 새삼 세월의 빠름을 느끼게 한다. 어느 노인이 떨어지는 낙엽을 보며 눈물을 흘렸다는 이야기가 무슨 의미인지 칠십 고개를 넘으며 이제야 어렴풋이 알 것 같다.
　싱그러운 신록을 자랑하던 온갖 나무들이 벌써 앙상한 가지를 드러내며 겨우살이 준비를 하는 가을 산을 바라보니 사람도 나무와 많이도 닮았다. 봄, 여름, 가을, 겨울……. 계절이 바뀌듯 날마다 쉼 없이 변주(變奏)되는 우리의 삶도 계절이 있음을 깨닫는다. 20살까지는 봄, 40살까지는 여름, 60살까지는 가을, 그 후는 겨울이라는 인생 사계(四季)가 있는 것 같다. 그렇다면 나는 어느 계절인가 대입하여 보면 시간의 소중함을 거듭 느끼고 인생무상(人生無常)이란 상념에 빠지기도 한다. 잠 못 이루는 밤엔 마음속에 수많은 집을 짓고, 그 방을 다 채우기도 전에 기분 내키는 대로 허물었다가 또 짓고, 때로는 모래 위에 화려한 성을 쌓으며 자아도취에 빠지지는 않았는지. 어린애처럼 울다가 웃다가 세상사에 일희일비(一喜一悲)하며 줏대 없이 산 것은 아닐까. 이제라도 심사숙고하며 초지일관으로 중심을 단단히 잡고 소걸음처럼 우직하게 걸어가자고 다짐한다.

어렸을 때 많이 들었던 '철부지'라는 말도 생각난다. 사전적 의미로는 '철없는 어린아이, 철없어 보이는 어리석은 사람'이지만, '철不知'로 자신이 지금 가을인지 겨울인지 인식하지 못하고 철모르고 시절에 역행하는 것이란 의미도 보인다. 자연의 사계절에만 적응하는 것이 아니라, 인생 사계에도 맞게 세상을 살아가야 한다는 교훈을 준다는 것도 깨달아 본다. 신문과 방송을 오염시키는 철부지 어른들이 젊은이들에게 모범을 보이지 못하고 부끄럽게 행동하는 인생의 가을, 겨울을 맞은 철부지들이 줄어들어야 청소년들에게 귀감이 되고, 존경받을 텐데…….

우리 모두, 특히 내일의 주인공인 우리 젊은이들도 더욱 창의성과 인성을 기르며 아르키메데스가 목욕탕에서 물이 넘치는 것을 보고 '물체를 유체에 넣었을 때 물체가 받는 부력의 크기는 물체의 부피와 같은 양의 유체에 작용한 중력의 크기와 같은 원리' 즉 부력(浮力)의 이치를 알아내고, 알몸으로 "유레카(eureka)!"를 외친 것처럼 앎의 기쁨과 성취감을 만끽하면 얼마나 좋을까!

늦가을로 갈수록 마음은 수확의 기쁨처럼 푸근하고 넉넉해지고, 아름다운 단풍이 산하를 수놓듯, 우리 인생 또한 열심히 농사지었다면 많든 적든 거둬들인 곳간의 양식에 만족하고 찬란한 늦가을의 황홀함을 노래해야 한다. 요즘은 온난화로 초겨울까지 수확하듯 인생의 겨울까지도 일하고 소득을 얻는 사람도 있지만, 겨울엔 마음을 비울 줄도 알고 여름의 푸르렀던 신록과 가을의 아름답던 단풍을 내려놓고 앙상한 가지로 서 있는 저 나무들처럼 마음을 비우고 의연하고 대범하게 살아가고 싶다.

초목(草木)은 봄이 되면 다시 새싹을 틔울 수 있지만, 사람은 인생의 새봄을 맞이할 수 있는 것인지! 다시 봄이 온다면 팔순에서 백 살까지를 말하는 것은 아닐까? 인생 팔순을 산다면 아니 겨울 무렵부터는 잘 살았든 못 살았든 미련이 없어야 하지 않을까.

아무리 백 세 시대라고 해도 팔십 고개를 넘는다면 덤으로 사는 따사로운 봄날이니, 아침에 태양이 떠오름을 보면서도 매사에 감사하게 생각하며 살자.

여생을 가족과 이웃과 사회를 위해, 소중한 체험으로 터득한 지혜와 풍부한 인생 경험을 살려, 비우고 나눠 주며 봉사하며 살아야 한다고 가을 산이 귀엣말로 일깨워 준다.

행복한 완벽주의자

따사로운 봄볕에 시나브로 완연한 봄이 오고 있다. 감출 수 없는 봄기운처럼 가슴 따뜻한 소식이 많았으면 한다. 겨우내 앙상하던 매화나무가 꽃눈을 탐스럽게 터뜨리는 게 경이롭다. 매화(梅花) 위로 눈이 내리면 설중매, 달 밝은 밤에 보면 월매, 옥같이 고와서 옥매, 향기를 강조하면 매향이란다. 머지않아 볼 완벽한 꽃나무가 눈에 선하다 보니, 며칠 전 새벽에 라디오에서 들은 '건강 365'가 생각난다. 질병 관련 대담이 끝난 후, 건강 심리에 대한 책을 주제로 대화가 이어졌다. 심리전문가인 이동귀 교수 외 2인이 지은 『네 명의 완벽주의자』에 관한 북 칼럼니스트의 말씀을 들으니, 마치 나의 심경을 대변해 주는 것 같아 감명 깊다.

완벽주의는 말 그대로 완벽하고 싶은 욕구를 이기지 못해 스스로 더욱더 크고 높은 기준을 세우고, 그에 맞추기 위해 자신을 채찍질하는 심리적 경향성을 가리킨다. 교육대학원에서 교육심리를 전공했어도 이런 일을 겪을 때마다 미흡함을 절실히 느낀다. '과유불급(過猶不及)처럼 만사가 그렇듯이 지나치면 문제가 된다.'라는 것을. 만족할 줄 모르고 끊임없이 자신을 채찍질하고, 기준을 달성하지 못하면 자존감과 자신감이 떨어지고, 자책하고 한없이 실패한 사람으로 낙인찍는다. 갈수록 경쟁이 심화하고 있는 우리 사회에는 다양한 심리적 문제로 인해 고통을 겪고 있다. 공황장애나 불안, 우울증 등이 낯설게 느껴지지 않고, 부끄럽게도 OECD 국가 중 자살률이 가장 높은 불행한 현상과도 무관하지 않다고 여겨진다.

'완벽주의는 바람직할까? 현실적으로 만족할만한 완벽함을 달성할 수 있을까?'

경쟁 사회에서 뒤처지지 않고 살기 위해서 많은 사람이 자신을 채찍질하지만, 현실적으로 만족할 만한 완벽함을 달성하기란 절대 쉽지 않다는 것을 거듭 느낀다. 이동귀 교수가 20여 년간 완벽주의를 연구하면서 깨달은 것을 토대로 한국인에게 적합한 완벽주의 극복 방법이 큰 힘이 되어 고맙다. 눈치 백 단 인정 지향형, 스릴 추구 막판 스퍼트형, 방탄조끼 안정 지향형, 강철 멘탈 성장 지향형이란 네 가지 유형을 듣고 '나는 어디에 속할까?' 벽에 비뚤게 걸려 있는 모자만 보아도 잠을 못 자는 나는 아무래도 한 가지는 아닌 듯하다.

'행복한 완벽주의자'가 되는 방법은 무엇일까? 불행한 완벽주의자는 자신의 힘으로 어찌할 수 없는 것에도 집착하고 자책한다. 자신의 노력으로 바꿀 수 없는 코로나19, 기후 변화 같은 상황에도 비현실적 목표를 세우며 몸과 마음의 건강을 해친다.

행복한 완벽주의는 목표 달성 과정을 융통성 있게 조절하며 삶의 든든한 에너지원으로 삼는다. 일뿐만 아니라 대인관계, 취미 등 삶의 영역 전반에 높은 동기를 갖도록 힘을 실어 준다. 마지못해서 하는 게 아니라 열성을 다해서 높은 동기로 뛰어들어 실제로 많은 성과를 얻는다. 성공 경험이 축적될수록 매사에 더욱 자신 있게 참여하고 일상의 즐거움과 행복을 누린다.

진정으로 행복한 완벽주의자는 완벽주의를 조절해야 할 때(자신의 정신건강을 위해 완벽주의적인 기준을 낮추어야 할 때)를 알아야 한다니,

희망과 달리 실수를 범하거나 목표를 다 이루지 못했을 때도 긍정적으로 생각하자. 내가 새벽마다 실행하는 108배의 마흔 번째에도 "적은 것에 만족하며 아무리 작은 일이라도 최선을 다하기 위해 절합니다."라고 하지 않는가.

네 가지 유형을 타인의 눈치를 보기보다 내 마음에 집중하는 인정 지향형, 현실적인 시간 감각 키우기를 하는 막판 스퍼트형, 신중함에 유연함을 더하기, 다른 사람들과의 접점을 만들며 성장 지향형이 되도록 힘쓰겠다.

진인사대천명(盡人事待天命)을 좌우명으로 삼아 살아가며, 연을 날릴 때 강하게 연줄을 당겨야 할 때와 바람에 연을 맡기고 힘을 풀어야 할 때를 알고 실행하는, 의연하고 지혜롭고 행복한 완벽주의자가 되자고 거듭 다짐해 본다.

《충청일보》오피니언, 김진웅 칼럼, 2021.3.12.

아름다운 제주도

우리나라에서 유일하게 바다가 없는 도(道)인 충청북도에 살지만, 누구 못지않게 제주도를 좋아하고 자주 간다. 몇 번인지 헤아릴 수 없을 정도로 여러 번 다녀왔다.

희망찬 새해를 맞이하여 또다시 찾아갈 생각에 가슴이 설렌 적이 있다. 요즘에는 고등학생들이 수학여행을 흔히 제주도로 가지만, 나는 대학 다닐 때 수학여행으로 제주도를 다녀왔던 생각이 아스라하게 난다. 그것도 부산에서 배를 타고 14시간쯤 걸려서 갔다. 그 후, 목포에서 배를 타고 다녀오기도 하다가 요즈음은 내가 사는 청주국제공항에서 비행기를 타고 꼭 1시간 만에 갈 수 있으니 예전에 비하면 꿈만 같다. 몇 년 전 청주국제공항에서 아침 일찍 출발하여 제주도에 도착해 보니 출근을 해도 될 정도여서 놀란 적도 있다.

어떻게 보면 제주도와 충북은 바다를 기준으로 본다면 정반대이면서도 많은 공통점이 있기도 하다. 면적이나 인구 등이 다른 시도(市道)보다 좁고 적기 때문이다. 2023년 12월 31일 기준으로 한 충청북도 인구는 1,593,469명으로 강원특별자치도 1,527,807명보다 좀 많다고 하지만, 아직 전국적으로 보면 제주자치도 675,252명처럼 도세가 약한 것은 부정할 수 없다.

스위스에 본부를 둔 '뉴세븐원더스(The New7wonders)' 재단은 2011년 11월 12일(한국 시간), 홈페이지를 통해 제주도를 비롯한 7개 지역을 세계 7대 자연경관으로 선정하여 발표했다. '천혜의 보물섬' 제주도가 세계 7대 자연경관에 우뚝 선 것은 유네스코 세계자연유산 등재, 세계지질공원 인증, 생물권 보전지역 지정 등 유네스코 자연환경 분야 3관왕에 이은 또 다른 쾌거라서 뉴스를 보고 가슴 벅차게 반갑고 기뻤다. 마치 내가 제주도민인 것처럼.

제주도는 세계 7대 자연경관 선정 분야인 섬과 산, 해변과 동굴을 두루 갖춘 세계에서 보기 드문 천혜의 자연조건을 높게 평가받은 것이다. 제주특별자치도는 물론 국가적으로 큰 경사이며, 대한민국과 제주의 위상을 높이고 '관광 제주'와 관광 한국의 효과를 극대화할 수 있는 절호의 기회로 활용하여야 하겠다.

그 무렵 내가 근무하는 학교로 뜻밖의 택배가 왔다. 보낸 사람을 확인하니, 오래전에 흑산도와 홍도를 여행할 때 홍도 해변에서 만나 대화한 제주도 서귀포에 사는 분이 보내 준 감귤이었다. 마치 그분을 다시 만난 것 같은 반가운 마음에 전화하니, 감귤 수확을 하고 내 생각이 나서 보냈으니 맛있게 먹으라는 말씀을 듣고 가슴이 뭉클하였다. 생각해 보니 보은에서 근무할 때도 그분이 보낸 감귤을 받아 교직원들과 나눠 먹은 후, 특산물인 보은황토고구마를 사서 부쳐 준 일이 떠올라 따뜻한 인연과 인정에 행복한 미소를 지어 본다.

제주도에 가서 감귤 농장 체험을 할 때 들은 이야기이다. 감귤 농사도 옛날에 비하면 악조건이고 수익도 많이 떨어진다는데, 먼 곳까지 보내 준 그분의 따뜻한 정에 가슴 벅차고 눈시울이 뜨거워진다. 제주 특산물 전시시장에 갔을 때, 산삼 배양근 제품을 우리 고장에 있는 충북대학교와 제휴하여 개발하여 큰 소득원으로 발전시킬 것이라는 말씀을 듣고 가슴

뭉클하고 자랑스러웠다. 할아버지 소리를 들을 만큼 적지 않은 내 나이인데 지금도 슬픈 이야기나 감동적인 영화 등에 눈물 나니, 늘그막에 주책바가지에 나잇값도 못 하는 것은 아닐까. 좋게 말하면 다정다감한 사람이리라 스스로 칭찬해 본다.

받은 귤을 직원들에게 나누어 주며 그분 자랑과 홍보를 하였다. 몇 사람이 주문하여 체면치레는 했지만 큰 도움이 되지 못해 계면쩍고 멋쩍다.

친절하고 미소 머금은 그분을 생각할 때마다 제주도 사람들은 인정이 많고 품성이 착하고 훌륭한 따뜻한 정을 듬뿍 느낀다. 세계 7대 자연경관에 선정될 정도로 천혜의 아름다운 제주도를 닮은 사람들, 망망대해 태평양을 바라보며 살아가는 사람들이기에 마음씨도 아름답고 활달하고 진취적일 것이라는 생각이 든다. 때로는 소심하고 옹졸하고, 이기적이고 자기 합리화하며 현실 안주에 빠지려는 나 자신에게 채찍질하며 그분들을 닮고 싶다.

달콤한 향과 훈훈한 제주 감귤을 볼 때마다 제주도 모습이 떠오르고, 그곳에서 찍은 사진들을 보며 추억에 잠긴다. 언제 가 보아도 반겨 주고 수학여행의 추억이 서려 있는 용머리 해안의 용두암은 이름처럼 용의 머리를 많이도 닮았다. 겉으로 보면 평범하지만 좁은 통로를 따라 바닷가로 내려가면 수천만 년 동안 층층이 쌓인 암벽은 실로 자연이 빚은 예술품이요, 바다와 어우러진 천혜의 절경이다.

제주의 새로운 관광 명소로 떠오르고 있는 제주돌마을공원도 또 찾고 싶다. 제주 자연석만으로 여러 가지의 테마로 꾸며져 있으며, 화산이 폭발하여 용암이 흐르다 굳은 지형을 자연 지압을 할 때 저절로 피로가 풀렸고, 오복이 들어온다는 오층석탑, 신혼부부들이 영원히 헤어지지 못하게 묶는다는 사랑의 자물석 등을 볼 때 감탄이 저절로 나왔다.

또한, 우리나라에서 가장 아름다운 숲으로 선정된 저지오름, 해풍에 실려 오는 녹차 향기를 맛보는 우리나라 최초의 차(茶)박물관인 오설록 녹차박물관, 화산 발생 시 한라산 분화구에서 흘러넘친 용암이 바닷가 쪽으로 흘러내리면서 만들어졌다는 세계 최장의 용암동굴인 만장굴, 제주에서 제일 장관을 이루는 99개의 봉우리로 둘러싸인 성산일출봉, 하얀 백사장이 푸른 바다와 손잡은 소가 누워 있는 듯한 우도에서 차를 타고 일주하고 거닐던 아름다운 추억도 얼비친다.

제주도의 고유한 생활 모습이 잘 보존되고 한눈에 볼 수 있는 성읍민속마을, 일 년 내내 꽃과 나무가 아름다운 여미지식물원, 우레와 같은 소리를 내며 쏟아져 내리는 하늘과 땅이 만나서 이룬 연못이라는 천지연폭포, 제주도민의 일생의 의·식·주와 과거 산업자료들을 볼 수 있는 자연사박물관, 제주도의 고·양·부 씨의 삼성 시조가 솟아났다는 신화의 삼성혈, 나의 어릴 때 고향 모습을 재현해 놓은 듯한 테마공원인 선녀와 나무꾼, 일 년 사계절을 동시에 체험하며 수학여행 때 진달래밭까지 올라가 보고 몇 년 전에야 등정에 성공한 한라산 백록담…….

이런 아름다운 회상을 하는데, 책상 위에 세워 놓은 사진에서 나와 아내를 태운 조랑말이 달려 나오며 속삭였다.

'계획한 것처럼 꼭 아름다운 제주도에 또 와서 또 조랑말도 타고, 아름다운 추억을 많이 만들고, 성산일출봉에서 희망찬 새해를 설계하며, 새해 복 많이 받고 더욱 건강하고 행복한 새해를 맞이하라고.'

부러움에 대하여

"일찍 일어나는 새가 벌레를 잡는다."란 격언처럼, 지난 주말 새벽에 일어난 덕분에 좋은 라디오 방송을 들을 수 있었다. 모 방송국의 '황선숙의 건강한 아침입니다'는 평일에는 5시 5분, 주말에는 5시부터 시작하는 방송이라 부지런한 사람만 들을 수 있다. '라디오 주치의, 마음 클리닉' 등으로 편성되어 전문가와 진행자의 대담으로 매우 유익하여 애청하고 있다.

지난 주말(4일)의 방송도 알차고 흥미로웠다. 특히 '마음 연구소'에서 필자가 교육대학원에서 교육심리를 전공할 때부터 관심이 많았던 '부러움'에 대하여 인지심리학자인 이고은 박사와의 대담인데, 마치 내 마음을 대변하는 것 같아 공감하며 감명 깊게 들고 많은 것을 배울 수 있어 기쁘다.

부러워하는 것은 자연스러운 마음의 움직임인데, 사람들은 대체로 부러워한다는 말을 잘 안 한다. 잘 모르면서 잘 아는 것처럼 여기는 듯하다. "부럽지 않다."라고 말하는 것은 그 사람보다 못하고 부족하다는 것을 스스로 드러내는 것이라 한다. 부러운 마음 때문에 마음이 불편한데도 티를 내기 싫어서 또 다른 불편감을 감수하고 있다는 것이다.

흔히 "부러우면 지는 거다."란 말을 자주 하지만, 부럽지 않은 사람이 드물다. 필자도 실적이 좋은 사람, 실력이 좋은 사람을 보면 부럽다. 책을 읽으며 그 책의 저자가 글을 재미있게 잘 썼다고 생각될 때, 저명한

문학상 등을 수상할 때 무척 부러운 것이 사실이다. 특히, 필자도 응모했던 대회에서 지인이 수상할 때는 더욱 그렇다. 행복한 가정을 이루고, 경제적으로도 풍요롭고, 훌륭한 자녀들을 둔 사람 등 내가 갖지 못한 것이나 갖고 싶은 것 등을 누리고 있는 누군가를 보면서 끊임없이 부러워하고 있다. 때로는 반대로 나도 누군가의 부러움의 대상이 되기도 한다.

타인과의 비교에서 나보다 우월하고 좋은 상황에 있거나, 내가 원하지만 부족한 것을 가진 사람과 비교할 때 부러움이 일어난다. 이런 비교를 상향 비교라고 하고, 나보다 못한 사람과의 비교를 하향 비교라 한다. 전자는 의미를 주고, 후자는 자신이 최악은 아님을 자각하게 하여 행복을 준다.

부러움에도 종류가 있을까? 심리학에서 부러움을 세 가지 종류로 나누는데, 첫째는 건전하고 유순한 부러움이다. 크게 불순한 의도가 없고 단순한 부러움이다. 예를 들면 나처럼 키 작은 사람이 키가 큰 사람을, 뚱뚱한 사람이 날씬한 사람을 부러워하는 것이다.

두 번째 부러움은 경쟁적인 부러움인데 어떤 사람의 성취나 실력을 따라가려는 마음에서 비롯된 부러움이다. 나도 저 사람처럼 잘하고 싶고 잘되고 싶은 부러움이다.

세 번째는 악의적인 부러움이다. 파괴적이고 부정적인 형태이다. 때로는 질투하고, 잘코사니(샘통과 비슷한 말. 고소하게 여겨지는 일)라고 생각한다. 분노나 수치심을 동반할 수 있고, 심할 때는 부러움의 대상이 잘 안 됐으면 좋겠다는 나쁜 생각까지 한다. 인간은 원래 우월감을 추구하게 되어 있고, 타인에게 느끼는 열등감을 통해서 부정적인 생활 양식을 변화시키고, 자기완성과 발전의 계기로 삼을 수 있는 그런 존재라 한다.

살면서 부러움을 느끼지 않고 살 수는 없다. 부러움의 이면에 있는 나의 욕구나 결핍이 무엇인지 탐색 초점을 상대방에게 두기보다 자신에게 옮겨 보는 것이 좋다. 부러운 대상은 상대방이지만 내 마음은 어떤 면을 부러워하고 있고, 스스로 무엇을 부족하다고 느끼는지 살펴본다.

나도 누군가에게는 부러움과 선망의 대상이 될 수 있는 사람이다. 상대방에게 내가 부러워하는 영역이 있는 것처럼, 나에게도 나만이 가진 강점과 자원이 분명히 있다. 나에게 도움이 되는 방향으로 부러운 마음을 전환해서 실제로 생산적인 어떤 목표를 이룰 수 있게끔 하여야 한다.
다른 사람은 나의 어떤 면을 부러워할까. 나도 많은 사람이 부러워하는 사람이 되고 싶다.

《충청일보》오피니언, 김진웅 칼럼, 2023.3.10.

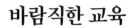

바람직한 교육

　며칠 전 ○○일보 신문 기사를 읽고 신선한 충격을 받았다. '국경 없는 교육'을 실천하는 폴 김 미국 스탠퍼드대 교수에 관한 기사였다. 필자는 정년퇴직한 지 어느새 10년이나 되었지만, 여전히 교육에 대한 관심과 기대가 커서인지 이따금 학교에 근무하는 꿈을 꾸기도 한다. 인천 부평에서 태어나 우리나라에서 고등학교까지 수학하고, 미국 조지아주에 있는 대학에 가서 공부하며 꿈을 펼친 이야기는 많은 교훈과 과제를 주고 있다.

　1970년 인천에서 태어난 소년 김홍석은 학교가 싫었다. 매일같이 이유도 모른 채 매를 맞았고 혼이 났기 때문이다. 부당하다는 생각에 유학을 결심했고, 고등학교를 마치자마자 미국 조지아주에 있는 대학에 들어갔다고 한다.

　그는 첫 학기에 실수로 듣게 된 음악 수업에서 5장짜리 감상문을 써 가야 했는데, 영어가 서툴렀던 그는 "This is good music."이라고만 쓴 리포트를 제출했다. 교수는 자초지종을 물었고, 한국어로 감상문을 다시 써 오라고 했다. 그는 감상문을 들고 교수를 찾아가 사전을 이용해 쓴 단어 하나하나를 설명했다. 교수는 A 학점을 주었는데, 이 수업은 음악 수업이지, 영어 수업이 아니라는 이유에서였다. 한국에서 '양', '가'만 받았던 그가 받은 최초의 'A'였다. 자칫 F 학점을 받을 수도 있었는데 되레 큰 꿈을 펼치는 계기가 되었다니…….

그는 스탠퍼드대 교육대학원 부학장이자 최고기술경영자(CTO)인 폴 김 교수다. 한국 교육에 환멸을 느껴 미국으로 떠났던 그는 세계적 권위를 가진 저명한 교육공학자가 되었고, 2009년에는 비영리 국제교육재단인 '시즈 오브 임파워먼트(Seeds of Empowerment)'를 설립, '국경 없는 교육'을 실천하고 있다. 최근엔 나이 쉰에 오지 교육 봉사를 위해 파일럿 자격증을 딴 파일럿 도전기를 책『다시, 배우다 RE:LEARN』으로 펴냈다.

그는 파일럿 교육을 받으면서 끝없이 배우는 학생의 자세로 살아야 한다는 것도 배웠다. 첫 교관은 계속 "잘한다."며 긍정적 피드백을 줬다. 기분은 좋았지만 세밀한 부분에서 놓치는 것이 많았다. 두 번째 교관은 "You just failed!"를 외치며 부정적 피드백만 줬다. 자신감이 사라졌고 훈련은 늘 두려움으로 시작됐다. 세 번째 교관은 정확한 피드백을 주는 분이었다. 내가 실수한 부분, 더 신경 써야 할 부분을 정리해 설명해 줬다. 네 번째 교관은 예순을 넘긴 베테랑이었는데, 상황마다 능력을 증진하는 방법을 들려주셨다. 이분이 주는 모든 피드백은 상당히 정교했다. 세 번째, 네 번째 교관은 '티칭'이 아닌 '코칭'을 해 주는 분이었다. 필자도 교육자로서 성찰해 본다. '나는 티칭이 아닌 코칭을 했을까?' 티칭은 일방향으로 지식을 전달하는 것이고, 코칭은 '어떻게 하면 학생을 더 잘 이해할까?'에 초점을 둔다. 우리도 학생들이 다양성을 존중하면서 각자 가진 독자적인 재능, 역량을 끌어내고 도와주는 코칭을 해야 하겠다.

'교육은 누군가의 인생을 바꾸는 일'이고, 미국에서 온갖 고생을 하였지만 발전해 가는 모습이 즐겁고 재밌었다고 한다. "미국에서 만난 선생님들은 학생의 인생을 바꿀 수 있는, 조력자로서의 기쁨과 보람을 찾는 이들이었다. 한국에선 맨날 '바보 같다, 공부 못 한다, 저능아냐?'는 소리만 들었는데…….

잘 계획하고 준비해야 한다. 생일과 사망일 사이를 무엇으로 채울지는 전적으로 나의 선택이다. 주어진 시간을 낭비하지 않고, 의미 있는 일을 해서 보람을 찾아야 한다. 사람은 죽을 때까지 배워야 한다. 가난도 신체적 결함도 문제가 아니다. 아무런 깨달음 없이 오늘 하루를 보냈다? 그럼 인생이 너무 아깝지 않은가. 잘 계획하고 준비해야 한다."라는 그분의 말씀에도 깊이 공감한다.

버락 오바마 미국 대통령이 재임 시절에 주요 연설 때마다 한국 교육열에 대해 언급하며 예찬했듯이, 우리 교육도 우수한 점이 많지만 알찬 교육 개혁으로 장점은 더욱 드높이고, 단점은 과감하게 혁신하여 더욱 바람직한 교육이 되도록 정진하여야 하겠다.

《충청일보》 오피니언, 김진웅 칼럼, 2022.6.17.

마음 관리

임인년 새해가 시작된 1월도 어느덧 중순으로 접어든다. 희망찬 설계로 가슴 벅찬 나날이면 얼마나 좋을까마는 여전히 코로나19 팬데믹으로 시달리며 불안하고 힘겹게 살아간다. 팬데믹(pandemic)은 세계보건기구(WHO)에서 정의한 감염병 경보 단계 중 최상위 단계로 감염병이 세계적으로 대유행하는 현상을 가리킨다. 이는 '(감염병) 세계적 유행'으로 순화하여 사용하는 것이 바람직하겠다.

'불안'하지 않고 살 수 있다면 얼마나 좋을까. 불안은 미래에 대한 염려를 증가시키는 동시에 오늘의 행복을 느낄 수 있는 마음의 여유를 앗아간다. 현재 전 세계는 '불안'과의 전쟁 상황이다. 어느 신문을 보니, 35국 성인을 대상으로 조사했더니, 팬데믹 스트레스로 중등도 이상의 극심한 불안 증상을 느끼는 사람이 세 명 중 한 명꼴이라고 한다. 코로나 불안은 두 요소로 나누어 볼 수 있는데, 하나는 지각된 취약성이다. 내가 코로나에 감염될지 모른다는 불안감이고 과도하면 부정적 감정 반응과 심리적 스트레스가 증가한다. 또 하나는 위협 반응으로 불안한 요인에 대해 회피 행동이 일어나는 것이다. 위협 반응의 증가는 긍정적인 면도 있어, 사회적 거리 두기 등 철저한 코로나 정책을 시행하면서 위협 반응이 증가했고 이는 코로나 확산 저지에 도움이 되고 있다.

문제는 균형이다. 여기에서도 중용(中庸·지나치거나 모자라지 아니하고 한쪽으로 치우치지도 아니한, 떳떳하며 변함이 없는 상태나 정도)

을 지키는 것이 현명하다. 과식은 비만을 가져오고 과도한 불안은 마음을 상하게 한다.

팬데믹 스트레스는 강력하며, 예상을 넘어 길게 지속되고 있다. 전에는 좀 떨어진 위치에서 기침하는 사람이나 마스크를 쓰지 않은 사람은 위협을 주는 스트레스 요인이 아니었지만, 지금은 그렇지 않다. 주위 사람들의 이목(耳目)이 집중되어 몸 둘 바를 모르게 된다. 무슨 큰 죄라도 저지른 것처럼.

마음, 뇌, 그리고 몸은 복잡하게 네트워킹되어 상호작용하기 때문에 마음이 지나치게 스트레스를 받으면 마음이 몸에 영향을 주어 감기에 걸리거나, 혈압이나 당 수치가 올라가는 경우가 적지 않다. 스포츠 경기 관람, 특히 국가 대항전은 강력한 흥분과 짜릿함을 준다. 지친 삶의 건강한 활력제가 될 수 있지만 지나치면 흥분과 분노가 심장에 무리를 주기도 한다니…….

일상생활 속에서도 원치 않게 화나는 일이 생긴다. 우리는 화가 날 때 보통 두 가지 행동을 한다. 화가 난다고 화를 다 내어 버리면 상대도 덩달아 화를 내기 때문에 화를 더 확대하게 되니 이 방법은 제일 하수이다. 반대로 화를 참는 것은 갈등을 확대하지는 않지만 참으면 자기가 스트레스를 받아 누적되면 화병이 생긴다. 화병이 생기면 목이 뻣뻣해지고 뒷골이 아프다가, 조금 더 심해지면 눈이 침침해지고 머리도 아프기도 하다. 즉 화를 내거나 참는다는 두 길밖에 없는 것 같지만 그렇지 않다. 실제로 필자가 시달린 증세라서 더욱 감명 깊다.

화를 내지도, 참지도 않는 제3의 방법이 있다는 법륜 스님의 말씀을 접하고 공감한다.

"화는 참으면 병이 되고, 터뜨리면 업(業)이 됩니다. 그렇다면 어떻게 할까요? 화를 잘 관찰해야 합니다. 도적을 잡으려면 도적의 정체를 알아야 하듯, 화를 다스리려면 화의 정체를 잘 파악해야 합니다. 화는 실체가 없습니다. 작용만 있을 뿐! 마음 따라 일어났다 마음 따라 사라지는 것입니다. 지켜보면 곧 사라집니다."

코로나 팬데믹 아니 코로나 세계적 유행의 험난한 위기에도 슬기롭게 대처하고 극복하는 지혜로운 마음 관리가 절실하게 필요한 때이다.

《충청일보》 오피니언, 김진웅 칼럼, 2022.1.14.

선호미와 호미

수해 복구 마무리 공사로 부득이 흙을 한 차 더 받았다. 마당에 흙을 더 넣으면 상수도 계량기함이 묻히기에 포기했는데, 상수도사업본부의 분에 넘치는 지원으로 계량기함 교체와 올리기 공사를 하게 되어 뒤늦게 흙을 더 넣으며 많은 것을 깨달았다. 모든 것은 치밀한 계획이 필요하고, 사람(업자)을 잘 만나야 하고, 과정과 순서가 있고, 순리대로 해야 한다는 것 등이다. 이를 거스르면 더 큰 노력과 시간과 경비가 들고, 그에 따른 심리적 고통도 가중된다는 것을 몸으로 겪으며 알았다.

보강토 옹벽 위에 펜스(fence)를 설치하기 전에 흙을 받아 놓고, 새 상수도함을 교체하고 올리는 작업할 때도 어려움이 많았다. 땅파기 할 때 마당으로 장비가 들어오기 힘들다고 어느 업자는 펜스를 임시로 철거하고 밖에서 파자고 하여 걱정된다고 하니, 고맙게도 청주시 상수도사업본부의 담당 직원이 어렵게 다른 업자를 선정해 주었다. 답사 나와서 대문과 진입로를 살피더니 소형 장비는 들어올 수 있다고 해서 한시름 놓았다. 곧 가을장마가 예보된 때라 더욱 걱정되었는데, 가랑비가 내리는 날씨에도 서둘러 진행해 주어 천만다행이었다. 포클레인(굴착기)이 소형인데도 마당 진입로가 좁아 바퀴 폭을 줄여가며 진입하는 것을 보니 고맙고 신기하다. 장비가 배관을 잘못 건드려 물웅덩이가 되자 양수기를 돌리며 밸브 설치와 계량기 보호통을 교체하고 올려주었다. 이런 줄도 모르고 진입로가 좁아 장비 출입이 힘들겠다는 업자에게 옛날처럼 인부들이 삽으로 파서 작업하자고 했으니…….

굴착기가 바닥 평탄 작업을 얼추 다 하고 갔어도 내가 할 일은 끝도 없는 듯했다. 삽과 선호미로 평평하게 고르고, 돌을 골라내고, 높은 곳의 흙과 자갈을 양동이로 퍼 담아 낮은 곳에 붓는 등 작업을 하자니 땀이 비 오듯 쏟아졌다. 한참 후 선호미가 꾀병을 하는지 자루가 부러졌다. 하필 자루를 끼우는 쇠붙이 속에서 부러져 난감하였다. 옆에서 지켜보던 아내에게 선호미를 사 오라고 했더니, 먼저 수리해 보자고 해서 우선 호미로 작업하자니 능률도 안 오르고 힘만 들고 허리도 아팠다. 마치 땅파기 할 때 포클레인이 하는 것을 삽으로 하는 것 같다. 고민 끝에 내가 선호미를 고쳐 보기로 했다. 먼 곳에 있는 철물점에 다녀오는 시간도 아깝고, 버리면 쓰레기가 될 뿐이지 않은가. 우선 박힌 못과 부러진 나뭇조각을 빼내야 했다. 필요한 연모를 가져오느라 몇 번이나 다녔다. 구부러진 채로 박힌 못 하나 빼내기도 어려웠다. 큰 드라이버와 노루발을 이용해서 휘어진 못과 조각을 가까스로 뽑고, 끼울 곳을 알맞게 깎은 후 정성껏 맞추고 못을 박았다. 반대편으로 나온 못을 휘어 박을 때도 그냥 두드리면 못 끝이 노출되니 드라이버를 이용해서 둥그렇게 구부린 후 박으니 못 끝이 자루 속으로 박혀 감쪽같았다. 부러진 선호미 자루를 고치는 일이 사소한 일 같아도 결코 쉬운 일이 아니고, 과정이 중요하다는 것도 알았다. 못도 전에 쓴 구부러진 것을 잘 펴서 재활용하니 안성맞춤이다. 적재적소(適材適所)란 말처럼 펜치, 노루발, 톱, 낫, 망치 등 그때그때 상황에 맞는 연모도 사용해야 한다. 철사를 자를 때 가위로 할 수 없지 않은가. 중차대한 용인술(用人術)도 마찬가지일 것이라는 평범한 진리도 몸으로 깨달았다. 망치에 관한 재미있고 교훈적인 속담도 흥미롭다.

'망치가 가벼우면 못이 솟는다.' - 윗사람이 위엄이 없으면 아랫사람이 순종하지 아니하고 반항하게 됨을 비유적으로 이르는 말.

'망치로 얻어맞은 놈 홍두깨로 친다.' - 앙갚음은 제가 받은 피해보다 더 크게 하기 마련이란다.

자루 아랫부분이 부러진 선호미를 정성껏 고치고 하던 일을 마무리하며 필자에게도 스스로 칭찬하여 주었다.

'포클레인과 삽', '선호미와 호미' 등이 시사하는 의미도 체험으로 깨달으며, '노력 끝에 성공'이란 말처럼 앞으로 모든 일을 허투로 하지 않고 진인사대천명(盡人事待天命) 하겠다고 다짐한다.

윈스턴 처칠은 "끊임없이 노력하라. 체력이나 지능이 아니라 노력이야말로 잠재력의 자물쇠를 푸는 열쇠다."라고 말했다. "설마 우리한테 그런 일이 생기겠어!"라며 강 건너 불 보듯 하다가 막상 필자가 수해를 당한 것처럼 위기에 부딪히면 '운(運)'이 없음을 탓한다.

이 세상에 위기로부터 자유로운 조직이나 개인은 없다. 또 위기를 재수나 운으로 돌리면 비슷한 위기를 반복적으로 당할 가능성이 크다. "피할 수 없으면 즐기라."는 말이 있지만, 위기를 즐기지 못하더라도 슬기롭게 잘 관리하고 기회로 만들어야 한다는 것을 '선호미와 호미'가 깨닫게 해 주어 흐뭇한 미소를 짓는다.

그리스어로 '찾았다' 또는 '알았다'라는 의미인 '유레카'라도 외치고 싶다.

《충청일보》 오피니언, 김진웅 칼럼, 2023.9.22.

말다툼하다가

지난 주말, 봄꽃 향기 따라 땅끝 해남 매화축제에 다녀왔다. 몰려든 상춘객으로 힘들어도 코로나19에서 벗어나 곳곳에 피는 청매, 홍매, 백매 등 다양한 색깔의 매화가 터널을 이루는 아름다운 풍광을 만끽할 수 있어 무척 기뻤다.

갖가지 봄꽃처럼 화사한 미담들이 많기를 바라지만 불행한 소식을 듣고 화가 나고 소름이 끼친다. 승용차를 타고 고속도로를 달리던 중년 부부가 말다툼 중 고속도로 한복판에 차를 세웠다가, 고속버스에 치여 아내가 숨지는 있을 수 없는 일이 발생했다. 일요일인 3월 19일 오전, 충북 청주시 서원구 경부고속도로 상행선 서울 방향 남청주 나들목 인근에서 고속버스가 버스전용차로에 정차해 있던 승용차를 들이받았다니 안타깝기 그지없다.

그날 승용차에는 60대 중년 부부가 타고 있었는데, 운전자인 남편은 사고 직전 차에서 빠져나와 다치지 않았으나, 조수석에 타고 있던 아내는 차량 문을 열고 내리려다 버스에 치여 사망했다. 또 고속버스 승객 중 3명도 경상을 입고 병원으로 옮겨졌다니 너무 어처구니가 없다. 운전자는 경찰 조사에서 아내와 말다툼을 벌이다 홧김에 차량을 세우고 먼저 내렸다니……

사람은 무슨 일이 생기면, 그 자리에서 해결하려고 하지만, 그냥 넘기는 것도 기술이다. "지는 것이 이기는 것이다."란 말처럼, 지는 것이 무시당하는 것이 아니고 이기는 방법일 수도 있다. 내가 주례할 때 강조한 것처럼 부부간에는 한 사람이 화를 내면 한 사람이 참아 주는 것이 가정의 평화와 행복을 지키는 길이지 않은가.

매년 3월 20일은 '국제 행복의 날'이라는 것을 방송에서 듣고도 잘 몰라 알아보았다. 행복 추구가 인간의 궁극적인 목표임을 인식하고, 인류의 행복을 위한 활동을 장려하기 위해 국제연합(UN)에서 제정한 기념일로 '세계 행복의 날'이라고도 한다. 2012년 7월 12일 국제연합 총회에서 "행복은 인간의 목적이다."라고 규정하며 결의안이 제정되었다고 한다.

북유럽에 있는 핀란드는 세계에서 가장 행복한 나라로 알려지는데 참으로 부럽다. 우리나라 사람들의 행복지수는 높지 않은 까닭은 무엇일까. 우리보다 GDP가 낮은 나라들도 행복감을 많이 느끼며 살고 있는데……

말다툼하다가 화가 난다고 고속도로에서 차를 세우고 내리는 등 상상조차 못 할 행동을 하는 사람들이 너무 많아 심히 우려스럽다.

세계적인 불교 지도자 틱낫한 스님의 말씀이 감명 깊다.

화가 풀리면 인생도 풀린다. 우리의 마음은 밭이며 그 안에는 긍정의 씨앗과 부정의 씨앗이 있으며 어떤 씨앗에 물을 주어 꽃을 피울지는 자신의 의지에 달렸다. 부처님의 가르침에 따르면 시기, 절망, 미움, 두려움 등은 모두 우리 마음을 고통스럽게 하는 독이라 했고, 이 독들을 하나로 묶어 화(anger)라고 했다. 화를 해독하지 못하면 우리는 절대로 행복해질 수 없다. 때로는 화를 너무 참아서 병을 얻고, 화를 표현하는 방법을 몰라서 폭력 등으로 변한다. 그렇게 자신과 남을 가장 고통스럽게 하는 것이 화다. 말씀마다 겪은 사람은 더욱 감동할 것 같고, 마치 내 얘기 같아 적극적으로 공감한다.

분노와 화에 관한 월호 스님의 말씀도 가슴에 와닿는다.
"화는 참으면 병이 되고, 터뜨리면 업(業)이 됩니다. 그렇다면 어떻게 할까요? 화를 잘 관찰해야 합니다. 도적을 잡으려면 도적의 정체를 알아야 하듯, 화를 다스리려면 화의 정체를 잘 파악해야 합니다. 화는 실체가 없습니다. 마음 따라 일어났다 마음 따라 사라지는 것입니다. 지켜보면 곧 사라집니다."

탐진치(貪嗔痴)는 삼독심(三毒心)이라 하며 우리를 파멸과 불행으로 유혹한다. 독(毒)이라는 말은 탐욕, 성냄, 어리석음이 바로 자신을 괴롭히는 결과로 이어지는 마음의 작용이다. 말다툼 등을 하다 많은 사람이 버럭 화를 내고 바로 후회되는 경우가 많다. '그때 조금만 더 참을 걸…' 하면서 후회하지 말고 슬기롭게 행동해야 하겠다.

화를 참아도 해롭고 심지어 암까지 발병될 수도 있다는 말도 두렵다. 그렇다고 화를 내버리면 시원하고 후련할 줄 알았는데, 오히려 찜찜하고 서로 상처가 되고 마음이 무겁고 습관이 된다. 화로부터 자유로워지는 방법을 마가 스님 말씀으로도 배울 수 있어 기쁘다.

첫째, 알아차림을 해야 한다. '지금 이 순간' 몸과 마음에서 일어나는 현상을 바라보면 화는 사라진다. 둘째, 숨을 깊게 들어 마시고 내쉬어 본다. 숨이 들어올 때 어떻게 들어오는지 나갈 때 어떻게 나가는지 관찰한다. 셋째, 객관화시켜 본다. 나와 상대방을 동시에 바라본다. 넷째, 이해한다. "그럴 수도 있지!"라고. 다섯째, 자비의 마음이다. 상대방도 나와 똑같이 삶에 대해 배우고 있고 행복을 원하고 있다고 생각한다. 여섯째, '이렇게 하면 내게 이로운가?'라고 자신에게 물어본다. 화를 내는 순간 화내는 자신의 몸에 독소가 먼저 발생된다.

지혜로운 사람은 남이 나에게 화를 내더라도 상대방의 화를 받아들이지 않는다면 상대가 낸 화는 다시 그 사람의 몫으로 돌아갈 수밖에 없다. 분노와 화에 관련한 심오한 말씀을 통해 늦게나마 많은 것을 깨달을 수 있어 무척 기쁘다.

《충청일보》 오피니언, 김진웅 칼럼, 2023.3.24.

걱정과 생각

요즘 봄꽃이 한창이다. 코로나19와 경제난 등으로 팍팍하게 살다가 꽃을 볼 때마다 절로 기분이 좋아진다. 길가에 억센 생명력으로 모질게 핀 민들레꽃, 산수유, 벚꽃 모두 곱지 않은 꽃이 없다. 발걸음을 멈추고 꽃 사진을 찍는 사람들을 보기만 해도 설레는 마음이 가슴을 뛰게 한다. 삶의 아픔도 걱정도 봄꽃을 보며 승화하고 꽃비 내리듯 떨구고 싶다.

마침 어느 신문에서 백영옥 소설가의 『걱정을 줄이는 법』을 감명 깊게 읽고 고개를 끄덕인다. 마치 교육대학원에서 교육심리를 전공한 필자를 대변하는 것 같고, 내 일기장의 일부분 같음에 또 놀란다.

걱정이 많을 때, 드라마나 영화를 보면 왜 휴식하는 느낌이 들까. '아무 생각 없이' 집중하기 때문이라고 생각하겠지만 오히려 영화나 드라마 속 인물에 감정 이입을 하며 자신의 불안에서 한 발짝 물러서기 때문이란다. '저 사람도 힘들구나. 나만 헤매는 건 아니구나.'라고 자신의 불안을 주인공에게 투사해 짓눌린 감정에서 멀어지기 때문이라고 한 것도 평소 필자의 생각이다.

이유 없이 불안할 때나 화가 날 때 '나'가 아니라 '제삼자(第三者)' 입장에서 바라보고 생각하면 현명하다. "무엇이 ○○를 불안하게 했을까?", "무엇이 ○○를 화나게 했을까?"처럼 1인칭 주인공 시점에서 3인칭 관찰자 시점으로 전환하여, 옷에 묻은 진흙처럼 여기면 걱정이나 분노에 휩싸여 흙탕물이 된 상황에 높이와 넓이를 부여한다. 시간이 지나면 흙탕

물은 가라앉고, 옷에 묻은 진흙도 저절로 떨어진다.

『법구 비유경』에도 지혜의 말씀이 있다. "남이 하는 비방을 옷에 묻은 진흙으로 여겨라." 옷에 묻은 진흙을 마르기 전에 만지면 옷은 물론 손도 지저분해지지만, 마른 후에 툭툭 털어버리면 쉽게 털리고 깨끗해지지 않는가. 그 시간을 잘 견디면 '성공'은 아니더라도 '성장'은 할 수 있다. 의도적인 시점 전환은 걱정을 줄이고 화를 삭이는 데 매우 효과적이라는 것을 거듭 공감한다.

데일 카네기의 책 『자기 관리론』은 존스 홉킨스 의대를 설립한 윌리엄 오슬러 경의 이야기로 시작된다. 의사 자격시험도 제대로 치를 수 없어 두려워하던 이 평범한 청년이 미래를 바꾼 건 "멀리 희미하게 보이는 것을 보려 하지 말고, 눈앞에 분명히 놓여 있는 것을 행해야 한다."는 토머스 칼라일의 문장을 새기면서였다. 그는 주기도문이 어제 먹어서 딱딱해진 빵이나, 밀농사를 망쳐서 먹지 못할 빵을 걱정하는 게 아니라 "오늘 우리에게 일용할 양식을 주시고."라는 말로 전달된다는 걸 기억하라고 말한다. 우리가 먹을 수 있는 유일한 빵이 오늘의 빵이란 의미라니 무척 감명 깊다.

『법구경』의 말씀도 가슴에 와닿는다. "마음은 모든 것을 만들고 다스린다. 나쁜 마음으로 말하고 행동하면 끌고 가는 마소 뒤의 짐수레처럼 괴로움이 그 뒤를 따른다. 깨끗한 마음으로 말하고 행동하면 형체에 따르는 그림자처럼 즐거움이 그 뒤에 있다."

셰익스피어의 명언도 같은 맥락이다.

"본래 좋은 것이나 나쁜 것은 없다. 다만 우리의 생각이 그렇게 만들 뿐이다."

걱정과 생각은 다르다. 걱정은 여러 가지로 마음이 쓰이는 감정을 의미하며, 불안의 일종으로 볼 수도 있다. 비슷한 말로 심려(心慮), 염려(念慮), 근심 등이 있다. 윌 로저스의 말처럼 걱정은 흔들의자 같아서 계속 움직이지만 아무 데도 가지 못한다. 필자가 산책길 소공원에서 타는 고정된 자전거도 그렇다. 페달을 밟아 계속 움직이지만 한 걸음도 나가지 않는다.

생각은 어떤 관념에 도달하기 위한 의식적인 정신적 과정, 헤아리고 판단하고 인식하는 것 따위의 정신 작용. 다른 말로는 사유(思維), 사고(思考)라고 한다. 인과관계를 따져 내일을 구체적으로 계획하는 것이 생각이다. 할 수 없는 일을 걱정할 게 아니라, 지금 당장 내가 할 수 있는 일을 해야 한다. 과거는 지나갔고 미래는 아직 오지 않았으니 현재에 몰입하고 열중해야 한다.

《충청일보》 오피니언, 김진웅 칼럼, 2023.4.7.

심각한 저출산 상황

삼월 첫 주말에 산책길에 나선다. 꽃샘추위에 바람이 차지만, 어느새 길가 양지바른 곳에는 새싹이 파릇파릇하다. 서둘러 개화 채비하는 매화 꽃망울을 보며 걷는데, 멀리서 유아차가 다가오고 있어 반갑다. 애완견과 함께 산책하는 사람은 많아도 아기를 데리고 다니는 사람은 보기힘들지 않은가. 가까이 왔을 때 반가운 마음에 살펴보니 조끼도 입고 목도리도 둘러 아기인 줄 알았지만, 하뿔싸! 강아지가 타고 있다니……. 갑자기 망치로 머리를 맞은 듯하다. 개와 견주를 폄훼하는 것은 아니지만, 왠지 당혹스럽고 무엇에 홀린 것 같다.

외국인들은 간혹 유모차를 지팡이 대용으로 쓰는 할머니들을 보고, 할머니가 데리고 나온 아기가 참 많다고 어리둥절하단다. 노인들이 유모차를 보행기로 쓰는 경우를 몰라서 그럴 테지만, 한편 공감이 가기도 한다.

최근 신문에서 본 "출산율 0.7 붕괴… 이러다간 '인구감소로 소멸' 현실 된다."(동아일보, 2024.02.29.)는 충격적인 기사처럼 안타깝고 걱정스러운 장면이 눈앞에 어른거린다. 통계청에 따르면 지난해 4분기(10~12월) 합계출산율은 0.65명을 기록하여, 분기 기준 처음으로 0.6명대를 기록했고, 지난해 연간 출산율은 가까스로 0.72명을 지켰다니 말문이 막힌다. 이런 추세라면 올해 출산율은 0.6명대로 주저앉을 전망이다. 우리는 경제협력개발기구(OECD) 중 유일하게 출산율이 0명대인

나라이며, 러시아와 전쟁 중인 우크라이나와 비슷한 수준이라니…….

출산율이 바닥을 모르고 매년 추락하면서 지난해 출생아 수는 23만 명에 그쳤다(2015년 43만 8천 명). 2020년부터 사망자 수가 출생아 수를 앞지르기 시작해 지난해 총인구가 12만 명 감소했으며, 통계청 장래인구추계에 따르면 2041년이면 총인구가 4,000만 명대로 줄어든다. 2024년 '입학생 0명'인 초등학교가 157곳이나 된다(충북 8, 충남 14…). 전쟁도, 재난도 아닌 인구 감소로 소멸하는 나라가 될 것이란 우려가 현실이 될 수 있다니, 재앙이고 맑은 하늘에 드리우는 먹구름 같다.

마침 4·10 총선거를 앞두고 있으니 여야를 불문하고 획기적이고 실현 가능한 공약이 나오길 갈망했는데, 어느 정당의 ○○○ 후보의 주장에 공감하고 반갑다. 22대 국회 1순위 과제로 '인구 소멸 문제 해결책 모색'을 꼽으며, "인구 감소는 국가적인 과제."라면서 "저출생의 문제를 넘어 경제의 동력을 잃고, 지방 소멸과 인구 소멸의 문제로까지 귀결될 수 있으니, 제대로 된 범정부 차원의 위원회를 구성해서 근본적인 원인을 찾아야 한다."라고 말했다.

"아이를 낳고 싶어도 낳을 수 없다."라고 호소하는 청년도 많다니, 엉킨 실타래를 풀 듯 하나하나 아이를 많이 낳는 환경을 만들어야 하겠다. 우리보다 먼저 저출산을 경험한 국가 중에선 과감한 정책으로 출산율을 반등시킨 사례가 있다. 프랑스는 가족 수당을 충분히 지원하고 이를 지원할 때 비혼 가정 자녀도 차별하지 않았다. 독일은 보육시설과 전일제 학교를 확충해 국가가 육아를 책임지는 등 힘쓴 결과 출산율 1.5~1.8명대를 유지하고 있다니 실로 부럽다.

우리도 이런 시책을 본보기로 출산율을 올려야 하겠다. 앞으로 보여 주기식 정책보다 효과가 검증된 정책으로 과감하게 지원해야 한다.

영국 BBC를 비롯하여 해외에서도 우리나라 저출산 상황에 놀라고 있다고 한다. 한국의 합계출산율이 세계 최저 수준으로 떨어지자, 선진국 주요 언론은 관련 소식을 대대적으로 보도했다. 선진국의 저출산은 세계적 현상이지만 한국은 다른 나라와 비교할 수 없을 만큼 빠른 속도로 바닥까지 떨어지고 있어서다. 이들은 과다한 사교육비, 일과 육아의 양립 불가능, 남성의 육아 분담 부족 등 한국 사회가 겪고 있는 다양한 문제점을 집중·부각하며 급격한 출산율 저하를 우려한다고 한다.

지난해 국내 출생아 수와 합계출산율이 역대 최저 수준으로 떨어진 가운데 충북만 유일하게 증가한 것으로 나타났다. 2월 29일 통계청의 2023년 인구동향(출생사망통계)에 따르면 지난해 충북의 출생아는 7,580명으로 전년 대비 1.7%(128명) 증가해 전국 17개 시도 중 유일하게 증가했다. 전국 출생아 수는 전년 대비 7.7%(19,216명) 줄어든 229,970명으로 집계됐다.

충북이 전국에서 유일하게 출생아 수가 반등한 것은 대단히 고무적이고 의미 있는 성과이다. 충북처럼 반값(실제로는 70% 정도) 아파트 건립, 다자녀 지원, 임산부 우대 등 알차고 획기적인 지원과 대책이 전국적으로 파급되길 염원한다.

《강건문화뉴스》 오피니언, 김진웅 칼럼, 2024.3.8.

바람직한 리더십

설레는 마음으로 기다린 6월 1일, 제8회 전국동시지방선거에 참여하며 우리 지방의 일꾼을 선출했다. 1차로 투표용지(3장)를 받아 기표소에서 기표(교육감, 시·도지사, 구청장·시장) 후 투표지를 접어 투표함에 투입하고, 2차로 투표용지(4장)를 받아 기표(지역구시·도의원, 구·시·군의원, 비례대표시·도의원, 구·시·군의원) 후 접어 투표함에 투입하자니 좀 복잡하였다. 집으로 배달된 선거 공보를 꼼꼼히 읽고 여러 후보의 정책과 공약 그리고 리더십(leadership)과 인성 등을 파악하고, 미리 낙점한 후보에게 소중한 한 표 한 표를 기표하였다. 지도자들은 제 할 일을 바르게 하는 선량(選良)에게 유권자들이 표를 준다는 것을 잊지 말아야 하겠다.

필자는 대학원에서 교육심리학을 전공해서인지 리더십에 대해 관심과 기대가 크다. 리더십은 집단의 목표 달성을 위해 집단 내의 어떤 구성원이 다른 행동에 대해 적극적인 영향력을 미치는 과정, 즉 지도자로서의 능력이나 지도력, 통솔력, 자질 등을 말한다. 요즘에는 각 구성원의 요구가 다양해져 '나를 따르라.'가 아닌, 상세한 공감 소통을 해야 동기 부여가 일어나는 경우가 많다.

리더십 이론을 탐색하니, 정년퇴직하기 전 학교장으로 근무할 때 겪었던 일들이 회상되며 공감이 간다. 훌륭한 리더가 되려면 구성원이 무엇을 원하는지, 무엇을 기대하는지를 알고, 그에 일치하는 방향으로 의사 결정 과정을 진행해야 한다. 구성원의 실제 상황과 기대를 잘 이해하려면 수평적이면서 양방향적인 의사소통이 필수적이다. 그런데 많은 리더가 본인은 소통을 잘하고 있다고 생각하지만, 사실은 일방향적인 메시지 전달에 그치는 경우가 흔하다. 소통의 핵심은 '의미 공유'이기 때문에, 서로 간의 동상이몽(同床異夢)을 해결할 때 참된 소통에 가까워질 수 있다.

좋은 리더십 실천이 어렵다. 요즘 강조되고 있는 마음 건강 관련 키워드가 '사회적 연결'과 '메타뷰(meta-view)'라고 한다. 사회적 연결은 '마음을 터놓을 힐링 친구가 있느냐.'는 것이다. 메타뷰는 하루 잠깐이라도 '나를 관객으로 바라보는 여유의 시간을 갖고 있느냐.'는 것이다. 주인공일 때 나를 위로하기는 어렵다. 한 발짝 물러서서 나를 바라볼 때 과도한 걱정에서 벗어나 스스로 위로하기가 쉽고 긍정성도 살아난다.

리더십에서 중요한 요소가 자기 인식, 관점 전환, 그리고 회복탄력성이다. '내가 나를 제일 잘 안다.'라고 생각하는 사람이 오히려 자기를 가장 모를 수도 있다. 따라서 내게 쓴소리를 기꺼이 하고 그 이야기를 나도 수용할 수 있는 사회적 연결, 즉 신뢰할 수 있는 누군가가 있어야 한다. 또한, 과거에는 일하다 지치면 힐링한다는 생각이 주류였지만, 지금은 힐링을 해야 일도 잘할 수 있고 리더십도 제대로 발휘할 수 있다는 생각이 대세인 것 같다.

이번 선거를 지켜보고 참여하면서 많은 생각을 했다. 첫째, 유권자는 공약과 리더십을 보고 선량에게 투표해야 하고, 후보는 출마하기 전에 성찰하고, 헌신적으로 봉사하는 바람직한 리더십을 갖추었나 파악하고 입후보해야 한다. 둘째, 사전투표 문제이다. 사전투표를 이틀간 하는 것은 본 투표와 주객전도 같다. 선거법에서 허용된다면 앞으로는 사전투표를 아예 없애든지 정 안 되면 하루만 했으면 한다. 본 투표일에 부득이한 사정으로 할 수 없는 사람들만 사전투표를 한다면 하루만 해도 충분할 것이다. 하루로 줄여도 천문학적인 선거관리 경비도 대폭 절감할 수 있고, 매번 각종 잡음과 어려움이 많은 투표함 관리 등 우려를 해결하는 데도 '신의 한 수'가 될 것이라고 강력히 제안한다. 사전투표를 모두 없애고, 전에 시행했던 부재자투표를 적용하는 것도 대안일 것이다.

　당선자에게는 축하를, 낙선자에게는 위로 말씀을 드린다. 이제 선거기간 중에 갈라졌던 민심을 아우르고, 당선자는 바람직한 리더십으로 유권자와의 약속을 꼭 지켜 지역 발전과 복리 증진을 실현하는 지도자가 되기를 간절히 바란다.

《강건문화뉴스》 오피니언, 김진웅 칼럼, 2022.6.9.

폭풍우 속에서

장마철을 앞두고 연일 푹푹 찌는 폭염이 지속되고 있다. 유난히도 심했던 봄 가뭄에 이어 때 이른 폭염에 시달리다 보니 장맛비라도 기다려졌다.

장마가 시작되기 전 태풍 소식이 있었다. 일본 오키나와 해상에서 북상 중인 제4호 태풍 에어리(AERE) 때문에 걱정했다. 기상청에 따르면 소형급 태풍 에어리는 7월 4일 진로를 변경해 일본 규슈를 향할 것으로 예측되어 우리나라로선 다행이었다. 이번뿐 아니라 앞으로도 우리나라로 큰 태풍이 오지 않기를 바란다. 태풍 에어리는 미국에서 제출한 이름으로 마셜어로 폭풍을 의미한다. 우리나라에서 제출한 태풍 이름은 개미, 제비, 나리, 나비, 장미 등 유순한 동식물 이름인데, 에어리는 폭풍이라니 미국에서 작명을 잘못한 것 같다.

태풍 에어리가 일본 큐슈로 향하고 있다는 지난 4일 오후 늦게 산책길에 나섰다. 햇볕이 쨍쨍 내리쬐어 모자와 선그라스를 쓰고 갔다. 명암저수지 방면의 소공원에 있는 각종 운동기구 덕분에 몸도 마음도 튼튼해진다. 집을 나선 지 30여 분 지났을 때 빗방울이 몇 번 떨어져 호랑이 장가가는 날에 내리는 장난꾸러기 비인 줄 알았는데, 잠시 후 먹구름이 하늘 전체를 뒤덮더니 세찬 소나기가 내렸다. 급한 김에 사거리 부근에 있는 커다란 그늘막 아래로 들어가 비를 피했다. 소나기는 '갑자기 세차게 쏟아지다가 곧 그치는 비'라서 곧 그칠 줄 알았는데 예상은 빗나갔다. 소나기가 아니라 몹시 세찬 바람이 불면서 쏟아지는 폭풍우라서 사방에서 장대 같은 비가 들이치고 철석같이 믿었던 큰 우산(그늘막)은 옛날 허술한 초가집처럼 비가 샜다. 물에 빠진 생쥐 꼴이 된 것은 감수하더라도 핸드폰 젖는 것이 제일 걱정이었다(방수가 되는지 모르지만).

몇십 년 전 핸드폰이 처음 나왔을 무렵, 냇가에 갔다가 옆 사람과 수다 떠느라 반바지에 투박스럽고 큼지막한 핸드폰을 넣은 채 냇물로 들어간 것을 뒤늦게 알았다. 나중에 핸드폰을 무심코 작동시킨 탓에 수리점에 가서도 안 되어 새로 샀던 일도 떠올랐다.

'이럴 때 비닐봉지 하나라도 있었으면…….' 아주 하찮은 물건도 요긴하게 쓰일 수 있다는 것을 되새기며 아내에게 가까스로 전화하니, 핸드폰은 집에 두고 우산을 갖고 나온다고 해서 힘을 낼 수 있었다.

발목까지 차오른 물에 철벅거리며 집 쪽을 향해 걸었다. 핸드폰을 모자챙 아래에 두어도 물이 들어갈 것 같아 급한 대로 시내버스 정류장으로 들어섰지만, 그곳도 폭풍우가 들이치기는 마찬가지였다.

'일기예보도 맞지 않고, 나는 한두 시간 후 날씨도 모르다니…….' 생각하며 야속한 하늘만 바라보고 있을 때, 인기척이 있어 옆을 보니 어느 청년이 "우산 씌워 드릴까요?" 하는 게 아닌가. 무척 반가웠으나 미안해서 사양하니 또 권유해서 함께 썼다.

"옷은 이미 다 젖었지만, 핸드폰이 젖을까 걱정이네요." 하며 그 청년과 함께 우산을 쓰고 교감하니 무척 고마웠다. 학생이냐고 물으니 충북대학교 학생이라고 했다. 필자의 아들도 그 학교를 나와서인지 반가운 마음에 대화하면서 요즘 젊은이에 대해 생각하며 나의 선입관과 확증편향이 틀렸다는 것을 깨달았다.

'대체로 이기적이고 주위의 어려움 따위는 신경 안 쓰고, 나 같은 노인들과 대화조차 꺼리고 백안시하는 줄 알았는데…….' 안타깝게도 노인 공경은커녕 부모 공경도 잘 모르고, 도덕이 땅에 떨어졌다는 말이 범람하고 있다. 필자가 어렸을 때는 모르는 것이 있으면 어른들에게 문의했는데, 지금 사회 추세는 어른들이 젊은이에게 묻는 것이 대부분이다. 이 청년은 참으로 바르고 착해 가정교육도 잘 받은 것 같고, 돋보이고 귀감이 되는 것 같았다.

폭풍우 속에서 많은 것을 느꼈다. 우리 삶에도 폭풍우처럼 난관이 있을 때는 슬기롭게 극복해야 한다. 지역과 이념 갈등에 이어 성(性) 갈등 문제가 대두되고 있지만, 정말 심각한 것은 세대 갈등일지도 모른다. 이제 노인 세대와 청년 세대는 사용 어휘는 물론 사고방식마저 달라진 것 같은 우려도 앞선다.

'후진국 시절 조부모와 개도국 시절 부모가 선진국에서 태어난 아이들을 키운다.'는 말이 있을 정도가 아닌가. 나이 든 세대는 도덕성을 바탕으로 한 모범을 보이고, 때로는 자녀나 청소년이 잘못하면 충고하고 선도하던 대쪽 같은 어르신의 역할이 절실하게 기다려진다.

《강건문화뉴스》 오피니언, 김진웅 칼럼, 2022.7.18.

스포츠 7330

산책 겸 운동을 하러 나선다. 생활체육은 우리 생활의 중요한 비중을 차지하고 있다. 얼마 전까지 집을 나설 때는 비가 내리지 않아도 우산을 가지고 갔다. 핸드폰의 일기예보를 보고, 비가 안 올 것 같아 그냥 나갔다가 갑자기 쏟아지는 소나기를 맞고서야 후회를 하느니 우산을 갖고 가야 마음이 편하다. 위드 코로나이고 장마철에는 마스크와 우산은 보험이고 외국 갈 때 여권 같다. 마스크와 우산뿐만 아니라 생활체육 실천은 선택이 아닌 필수 불가결(不可缺)이다.

라디오를 듣다가 스포츠 7330이란 말이 나와 알아보니 무척 뜻깊다. 대한체육회에서는 2005년부터 '스포츠 7330'이란 캠페인을 전개하고 있다. 궁금하여 대한체육회 홈페이지에 들어가니 자세하게 알 수 있어 기뻤다.

'스포츠 7330'이란 '일주일(7)에 세 번(3) 이상, 하루 30분 이상 운동하자.'이다. 운동을 얼마나 자주 할 것인가? 생리학적으로 우리 인체는 외부의 자극(운동)에 의해 영향을 받아 지속하는 시간은 약 2일(48시간) 정도라고 한다. 따라서 일주일에 3회 이상은 운동을 해야 그 효과를 얻을 수 있다. 이는 일주일에 5일 이상 운동을 했을 때 추가적인 효과가 없다는 논리가 아니다. 건강과 관련된 효과를 생각해 볼 때 3~4일간의 운동이 투자한 시간에 비해 최대의 효과를 거둘 수 있다는 것이다. 운동 습관이 길러지면 운동 빈도수를 늘려도 좋지만, 운동을 처음 시작할 경우는 페이스를 조정할 필요가 있다. 필자는 매일 한 시간 이상 운동을 하지만, 어려울 때는 7330이라도 꼭 실천해야 한다는 것을 알았다.

누구나 조금씩 할 때도 있는데, 왜 30분 이상 계속해야 하는 것이 좋은 까닭을 알아보았다. 여러 가지 연구 결과 5~10분 동안 지구성 운동을 하더라도 심폐지구력이 증가한다는 결과가 나왔다. 그러나 운동 효과 측면에서는 30분 이상이 유효한 것으로 드러났다. 여기서 유효하다는 말은 투자 시간에 비해 가장 많은 이득을 거둘 수 있다는 것이다. 그 원인은 운동 에너지 소모와 관련이 있다. 운동할 때 사용되는 주 에너지원은 탄수화물과 지방이다. 이 중 탄수화물은 낮은 중강도 운동 때 주요 기질로 작용한다. 그러나 장시간(30분 이상) 운동 시에는 탄수화물 대사로부터 점증적으로 지방으로 의존율이 증가한다. 즉 사람마다 개인차가 있지만, 일반적으로 운동 후 30분이 지나면서 서서히 지방이 분해, 소모된다는 것을 알았으니 가능하면 30분 이상 운동을 하겠다.

운동은 어느 정도의 강도를 유지해야 하는가에 대해서도 배웠다. 운동의 강도를 결정하는 데 중요한 표준이 되는 것은 최대운동 능력을 100으로 했을 때 약 몇 %의 강도로 할 것인가이다. 일반적으로 최대운동 맥박의 약 60%에서 시작하는 것이 바람직하다. 이 60% 정도의 운동 강도는 통상 목표 맥박수가 130 정도이다. 독일의 생활체육 슬로건인 'Trimming 130'은 바로 심박수를 130 이상으로 올리는 운동이라고 한다. 이 정도의 운동을 하고 나면 대체로 숨이 약간 차고 땀이 촉촉하게 난다. 앞으로 이렇게 되도록 항상 힘쓰겠다.

스포츠 7330을 비롯해 스포츠를 일상화하기 위한 대한체육회 등의 시책을 보니 믿음직하고 희망찬 미래가 보여 반갑다. 전 연령을 위한 체계적인 맞춤형 스포츠 지원으로 유아의 경우 운동 습관 형성을 통해 평생 체육의 기틀을 마련하고, 청소년은 전인적 성장을 위한 체육 활동을 이어 가며, 어르신은 건강 증진 및 건전한 여가 생활을 도모하기 위한 생활체육 활성화 여건을 제공하여 모든 연령의 국민이 다양한 스포츠 활동을 즐길 수 있도록 한다니 공감이 간다.

지극하고 정성스러운 마음으로 하는 운동과 수행은 몸과 마음을 튼튼하고 건전하게 하고, 스스로 단련하고 감동을 줘서 내면에 쌓여 있던 갈등을 해소하고, 긍정적인 에너지와 활달한 마음을 갖게 하는 참으로 고마운 생활체육이고 스포츠 7330이다.

《충청일보》 오피니언, 김진웅 칼럼, 2022.7.29.

독서삼매경(讀書三昧境)

절기상으로 가을이 시작된다는 입추(7일)도 지났지만, 여전히 막바지 찜통더위가 이어지더니, 2차 장마로 집중 호우가 쏟아져 큰 피해를 보고 있다. 갑작스레 쏟아지는 소나기는 잠시 열기를 식히나 싶더니 비가 그치자 끈적이는 습기가 되레 더위를 부채질하기도 한다. 통상 초가을에 찾아오는 가을장마라고도 하는 2차 장마가 올해는 일찍 시작되었다. 북쪽 대륙의 찬 공기와 남쪽 무더운 공기가 충돌하며 폭우 구름이 발달하여, 국지적 집중 호우가 쏟아지는 것인데 피해가 최소화되기를 간절히 바란다.

이열치열(以熱治熱)이란 말도 있지만, 독서삼매경(讀書三昧境)에 빠져 폭염과 코로나19 등을 극복해 보니 대견하고 성취감과 보람이 크다. 여러 책을 두루 읽고 많은 교훈과 지혜를 배웠지만, 특히 감동한 이야기를 요약하며 곱씹어 본다.

"삶이란 무엇인가?" 법정 스님은 이런 근원적인 물음을 지녀야 한다고 한다. 우리는 때로 어부의 그물에 갇힌 물고기처럼 어쩔 줄 몰라 한다. 삶의 애증과 희로애락이 우리를 가두고, 욕망이 빈틈없는 그물 속으로 영혼을 몰아간다. 불타고 있는 집 안에 앉아 있으면서도 시간이 촉박함을 깨닫지 못한다.

많은 사람이 삶에서 고통과 불만족을 느낀다. 그 원인은 무엇인가. 그들은 원인이 상대방에게 있고 세상에 있다고 하지만 실상은 모든 것은 변화하며 어떤 것도 고정되어 있지 않다는 사실을 마음 깊이 받아들이고 있지 않기 때문이다. 무상함의 진리에 대한 자각은 자유를 가져다준다. 이제 어떤 짐도 지고 있을 이유가 없다. 어떤 것도 영원하지 않음을 알기 때문이다.

덴마크 작가인 '안데르센(Andersen)'의 동화 중 『썩은 사과』 이야기도 각박한 세상을 살아가는 데 많은 가르침을 준다.

어느 시골에 가난한 농부 부부가 살고 있었다. 그들이 가진 재산 가운데, 가장 값나가는 것은 말 한 마리였다. 어느 날 부부가 "말을 좀 더 쓸모 있는 것으로 바꾸는 게 좋겠다."고 생각했다. 그래서 말을 끌고 장에 간 남편이 자신의 말을 송아지와 바꾸었다. 그런데 장터를 돌아다니다가 털이 복슬복슬하고 보기 좋게 살이 찐 양을 보고는 송아지와 바꾸었다. 그러다가 깃털이 탐스럽고 몸집이 큰 거위와 또 바꾸었다. 그 후에 암탉을 보고는 암탉과 바꾸었다. 그러다가 마지막으로 돼지 먹이로 하려고 들고 가던 썩은 사과를 보고 그 썩은 사과와 암탉을 바꾸었다. 너무 어이없지만, 눈을 크게 뜨고 계속 보았다.

어느 두 명의 부자가 냄새나는 썩은 사과를 들고 가는 그 사람의 사연을 들었다. 그리고 말하기를 "아이고, 영감님! 집에 가면 할머니에게 크게 혼이 나시겠네요."하며 놀렸다. 그러자 남편은 "아니요, 우리 할멈은 내게 뽀뽀를 하면서 영감이 하는 일은 언제나 옳다고 말할 거요." 하였다. 그 두 부자가 "금화 백 파운드를 걸고 내기를 하자."고 제안했다. 그렇게 해서 3명이 함께 농부의 집으로 갔다. 썩은 사과를 가져오게 된 과정을 설명하자 부인이 말했다. "옆집에 허브를 빌리러 갔는데 '썩은 사과 하나도 줄 수 없다.'고 하더라고요. 그런데 이렇게 썩은 사과가 한 자루나 있으니 너무 좋아요. 정말 잘했어요, 여보!" 그러더니 남편의 볼에 뽀뽀해 주었다. 이를 지켜보던 두 명의 부자는 농부에게 금화 백 파운드를 줄 수밖에 없었다. 마치 가수 하춘화의 〈잘했군 잘했어〉 노래처럼 부부의 절대적인 믿음과 사랑이 있었기에 가능했던 것이라 여겨진다.

　연일 폭염 경보가 내렸던 때이지만 독서삼매경에 빠져 무더위를 이기며 많은 공감과 감동을 하며, 독서와 '신뢰'가 얼마나 막중한가를 거듭 깨닫게 해 주었다. 학창 시절에 읽었을 때는 이 농부가 너무 어리석고 바보 같다고 생각했는데, 요즘 읽으며 되새겨보니 세상은 너무 이기적이고 약삭빠른 사람보다 신뢰를 지키고 양심껏 소신껏 사는 사람들이 더 인간적이라는 것을 깨달았다.
　"물이 너무 맑으면 고기가 없고, 사람이 너무 비판적이면 친구가 없다."라고 하듯이.

《충청일보》 오피니언, 김진웅 칼럼, 2022.8.12.

제4부

자비희사(慈悲喜捨)

청주 것대산 봉수(2024.6.24.)

자비희사(慈悲喜捨)

　기대가 크면 실망도 크다고 했던가. 온 국민이 똘똘 뭉쳐 심각한 경제난과 고물가, 저출생과 인구 대책, 이·팔전쟁 같은 국내·외적으로 산 넘어 산 같은 난관에 부닥쳐 있다. 이런 위기를 지혜롭게 대처하고 극복해야 하는데, 일부 철면피 같은 범법자들이 독립운동이라도 한 듯, 개선장군이라도 된 듯 우쭐대고, 정치권에서는 위기 극복과 국태민안과 비전(vision) 정책보다 온갖 권모술수로 마치 조선시대의 당파싸움 같은 정쟁을 일삼고 있어 심히 우려된다. 국민도 지역과 이념 갈등, 이기심으로 서로 불신하며 싸우는 것을 보면 안타깝기 그지없다.

　국제 불한당 같은 북한이 더욱 겁박하는 전쟁 위기는 과거의 상황과는 결이 다른 것 같다. 연초부터 포사격과 순항미사일 발사를 거듭하고, 김정은은 우리 동족 의식을 지우고 '제1의 적대국', '불변의 주적'으로 규정하는 등 대남 적대 수위를 높이고 있다. 이들은 3월에 예정인 한미 연합훈련과 4월 총선 등을 노리고 도발적 행동을 감행할 가능성이 크다고 하니, 우리는 이에 여야(與野)는 물론 온 국민이 이념·지역 갈등 등을 하루속히 청산하고, 하나로 뭉쳐 철통같이 대비해야 한다. 문밖에서 강도가 호시탐탐 난입(亂入)하려고 하는데도 집안싸움만 하고 있다면 어떻게 될까.

　이런 엄중한 위기일수록 현실을 냉철하게 바로 보며 슬기롭게 행동해야 하고, 유비무환의 자세로 투철하게 대처해야 한다. 이렇게 마음을 다스리며 다짐하다 보니, 문득 몇 년 전 금강불교대학에서 공부한 자비희사(慈悲喜捨)와 사무량심(四無量心)의 교훈을 우리 모두 되새기고 실행하자고 외치고 싶다.

이는 어떤 특정 종교를 떠나 안으로는 바로 보고(正見) 수행하며, 명상과 기도를 하며 생활하는 내면적인 부분만으로 지탱할 수 없다. 반드시 외적으로 남과 함께 하게 된다. 타인과 더불어 살아가야 하기에, '남을 어떻게 대해야 할까?'라는 쉽고도 어려운 화두(話頭)에 직면한다.

현대 사회에서 이기심의 만연은 오늘날의 사회가 봉착하는 많은 문제의 원인이다. '이기적'은 아집의 표출이다. 아집은 가아(假我)에의 집착이다. 가아는 눈, 귀, 코, 혀, 몸, 뜻으로 되어 있는 육근(六根)의 모습이다. 6근은 결코 영원하지 못하며, 참된 나(眞我)라고 할 수 없다. 이처럼 거짓 나(假我)에 불과한 6근을 우리는 '나'라고 집착하고 있고, 이것이 아집이라는 것도 깨닫는다. "집착하는 감정 버리고 있는 그대로 바라보는 마음 갖기를 원하며 절합니다.", "내 안의 깊은 곳에서 빛나고 있는 참된 성품을 향해 절합니다."란 내가 새벽마다 명상하며 수행하는 '행복을 찾는 108배' 말씀이 오늘따라 더욱 감명 깊고 경종을 울린다.

일단 '나'라고 집착한 이상 영원해야 하고 즐거워야 한다. 그래서 아집은 6근을 괴롭히는 것이 닥쳐오면 적극적으로 그것을 거부하고, 즐거움에 조금이라도 도움이 되는 것은 반드시 취하려 한다. 자기만의 이익 추구에 골몰하게 되어, 가급적 많은 것을 자기 것으로 확보하고 심지어는 남의 것까지도 빼앗으려 한다. 이때 양심의 가책을 느끼기도 하고 죄의식도 생긴다. 너무 이기적일 때 그냥 남이 아니고 적이 된다. 이기적인 나와 이기적인 적과 보이지 않는 전쟁이라고 해도 과언이 아니라는 것도 깨닫는다.

이제 적대적인 관계를 동반자적 관계로 바꾸어야 한다. 무수히 이질적인 대상과 갈등하고 협상하고 이해하며 살아가며 제일 중요한 공통분모를 찾아내어야 한다. 자신의 것뿐 아니라 상대의 무게도 인정해 주는 저울추처럼 자기와 남의 이익도 함께 추구하는 자리이타(自利利他)로 행동하여야 하겠다. 이것은 선의 윤리를 실천하는 자세라고 볼 수 있고, 단순히 도덕심에만 의존해서는 안 되고, 국가사회 차원의 정책과 제도와 리더십이 요구된다.

이처럼 개인이 윤리적으로 살아가는 것이 급선무인데 그러려면 자비를 실천해야 한다. 자비의 가르침은 동반자의 관계를 추구하는 것과 다름없기 때문이다. 대자대비(大慈大悲)는 깊고도 넓은 것으로 윤리적 실천 덕목이다. 우리에게는 선의 윤리에 입각한 사무량심의 자비 실천이 현실적이다.

자비희사(慈悲喜捨)를 사무량심이라고도 한다. 이 자비희사는 세상에 복잡하게 얽혀 있는 실타래를 푸는 실마리이고 열쇠라는 것도 알게 되어 뒤설렌다.

'자(慈)'는 '우정'이고, '사랑'이라는 뜻으로 남을 적으로 대하지 말고 벗으로 사랑으로 대하여야 한다는 것이다. 대체로 남이라고 여겨서 홀대하는 것이니, 바로 내 몸, 내 가족, 내 이웃이라고 여기면 사랑할 수밖에 없지 않은가. 번뇌로 괴로워하는 중생들에게 즐거움을 주는 것이다. 모든 인류가 서로를 적이 아니라 벗으로 여기며 진정한 공리를 제대로 실현하는 삶을 살라는 가르침을 준다.

지금까지는 사찰에 가서 미륵불(彌勒佛)을 볼 때 의미를 잘 몰랐는데, 이는 메타야(Metteyya) 붓다를 음역한 것이며, 자씨불(慈氏佛)이라고도 하고 '우정의 부처님'이란 것을 알고 가슴 벅차다. 앞으로 잘 모르는 것이 있으면 지나치지 말고 알아내겠다. 잘 모르는 스마트폰 기능을 젊은 이에게 묻는 것처럼.

'비(悲)'는 슬픔이란 뜻으로서 남을 대하는 첫 번째 자세이다. '슬플 悲'이지만 연민이고, 남을 불쌍하게 여기는 것이며, 남이 불이익을 당했을 때 '내 일처럼 슬퍼하자.'라는 것이다. 악한 중생을 보고 슬퍼하여 그들의 괴로움을 없애 주려는 마음이란 의미도 있다니 무척 뜻깊다.

'희(喜)'는 기쁨이란 뜻으로, 남이 이익을 얻었을 때 역시 자기 일처럼 기뻐해 주라는 것이다. 남이 잘되는 것을 좋아하는 사람이 잘 되는 것을 흔히 볼 수 있다. 또 청정한 수행을 닦는 중생을 보고 기뻐하고 격려하는 마음이다. "사촌이 땅을 사면 배가 아프다."란 속담처럼 허투루 마음먹지 말고 진심으로 축하해 주고 본보기로 삼아 정진하면 바람직할 것이다.

그리고 '사(捨)'는 평정의 뜻으로, 그러한 자신의 우정을 상대방이 못 알아주거나 오해를 해도 섭섭해하거나 화내지 말고 평정심을 유지하라는 것이다. 그리고 기다릴 줄도 알고, 포기하지 말라는 교훈도 주고 있다. "억울함을 당해도 원망하지 않고 스스로 돌아보는 기회로 삼기 바라며 절합니다."란 108배 말씀을 명심하며 '사(捨)'의 가르침을 내면화하고, '자비희사'를 정리하며 곱씹어 본다.

자(慈)는 남에게 즐거움을 주려는 마음, 비(悲)는 남의 괴로움을 덜어 주려는 마음, 희(喜)는 남이 괴로움을 떠나 즐거움을 얻으면 기뻐하려는 마음, 사(捨)는 남을 평등하게 대하려는 마음. 이것은 수행 방법으로 한량없는 중생에 대하여 일으키는 마음이므로 사무량심(四無量心)이라 한다는 등 많은 것을 깨달아 기쁘고 자랑스럽다.

나의 이익도 도모하며 공동체 전체의 이익을 추구해야 하지만, 남의 이익을 함께 추구하기란 말처럼 그렇게 쉬운 것만은 아니라고 여겨진다. 공동체 전체와 개인의 이익을 함께 추구하기란 결코 쉬운 것은 아니지만, 공존공영하기 위해서는 그 길밖에 없다. 흔히 "기쁨은 나눌수록 배가 되고 슬픔은 나누면 반이 된다."는 말도 있지 않은가. 이런 관점에서도 우리에게 '자·비·희·사'의 마음가짐과 실천이 참으로 좋은 길이 된다는 것도 깨닫는다. 몰입하고 명상을 하고 각고의 노력으로 무엇을 알아내고, 성취했을 때의 희열감은 겪어 보기 전에는 짙은 안갯속인 것도 체험으로 배운다.

이제 모든 것을 바로 보고, 안으로는 수행하고 밖으로는 매사에 자비롭게 살아가자. '항상 바로 보고[正見], 단단히 기억하여 잊지 않도록 때맞춰 명상과 기도를 하고, 매사에 자비롭자!'고 마음을 잘 다스리며 다짐한다.

이렇게 '자비희사'를 스스로 실천할 때 위기를 극복하고, 혼탁하고 삭막한 사회는 깨끗하고 바르고 정겹고 행복한 사회가 되리라 굳게 믿는다.

물난리의 악몽

무척 오래전 어느 날, 출근하느라 충청북도청 서문 앞을 지나자니 많은 사람이 현수막을 요란하게 걸어 놓고 절을 하고 있었다. 운전 중이었지만 차량 정체가 심해 살펴볼 수 있었다. 4대강 사업을 중지하라고 항의 집회를 하는 것이라는데, 나는 국가공무원의 한 사람이라서 그런지 정부에서 추진하는 4대강 사업은 꼭 필요하다고 생각했다.

당장 그해 여름만 생각해도 유난히도 폭염이 기승을 부렸고 폭우도 많이 내렸다. 장마 전선이 한반도를 오르내리면서 엄청난 피해를 주었다. 어느 지방에는 하늘이 뚫린 듯 300mm가 넘는 폭우가 쏟아부어 물폭탄이라 표현할 정도였다. 텔레비전에서는 장마로 인해 곳곳이 침수되고 주민들이 대피하는 모습을 방영하여 주며 장마에 대비하자고 하였다. 해마다 연중행사처럼 끊이지 않는 수해이다. 국민의 혈세로 가까스로 수해 복구를 하면 이듬해 또 무너지고 쓸려나가고…….

문득 보은 지방 물난리의 악몽이 떠올라 괴로웠다. 40여 년 세월이 흘렀어도 지금도 생생하게 기억나는 것은 생사를 넘나든 심각한 상황이어서 그럴 것이다. 1980년 7월 22일이라고 지금도 기억된다. 당시 보은 ○○학교에 근무할 때였다. 마침 그날은 읍내에 있는 어느 학교로 출장을 갔었다. 교사지도기능대회가 있어서 글짓기부문에 나가서 글을 쓰면서 가끔 창밖을 내다보니 비가 억수로 쏟아졌지만, 글을 쓰는 데 몰입하여 자세히 몰랐다. 작품을 90분 정도에 걸쳐 작성하고 제출한 뒤 밖으로 나오니, 당시 ○○○ 교감 선생님께서 점심을 먹자고 기다리고 계셨다. 지금은 고인이 되셨다니 안타깝고 인생무상이라는 말이 실감 난다. 무척 정이 많고 건강하고 부지런한 분이었는데…….

폭우가 워낙 많이 쏟아져서 걸어가기가 어려워, 교감 선생님께서 잘 아는 택시기사에게 전화하니, 폭우 때문에 앞이 안 보이고 도로에 물이 많이 괴어 도저히 운전할 수 없다 한다. 갑자기 학교와 가족이 궁금하여 교무실 전화를 빌려 근무하는 학교로 전화를 하니, 학교 인접 마을도 침수가 되기 시작하여 산으로 대피하여야 한다는 이야기 도중 전화가 끊겼다. 그 순간 전봇대가 넘어져 전화선이 끊어진 것 같았다. 그 당시 나는 허름한 사택에 살았고, 그분은 학교 뒤편 주택에 살았다. 집 걱정이 되어 점심도 먹지 못하고 자전거를 끌고 학교로 향했다. 아침도 점심도 굶은 처지가 되었다. 보은에서 청주로 이어지는 도로변에 있는 학교라서, 침수되는 도로에서 자전거를 끌며 걸으니 벌써 도로 곳곳이 끊어지고, 물이 점점 차올라 도저히 갈 수가 없어 구입한 지 얼마 안 된 새 자전거를 포기하고 보은농고 뒷산으로 대피할 수밖에 없었다.

산으로 올라갔어도 폭우가 마치 양동이로 쏟아붓는 것 같았고, 천둥과 번개가 칠 때마다 산사태까지 밀려 내렸다. 할 수 없이 어느 묘지 제절이 그나마 넓은 편이어서 그곳으로 피하니, 산사태가 밀려와서 팥죽 같은 흙들이 허리까지 밀려들었다. 마치 피구를 하듯 이리저리 대피하면서 우리는 사투를 벌였다. 아침밥도 굶은 몸으로 장대비를 맞으니 우박을 맞은 듯 머리가 아프고 온몸이 사시나무 떨 듯하였다. 나 혼자 같으면 겁에 질려서 죽을 지경이었다. 평소 담력이 강하다는 그분도 당황하기는 마찬가지였다. 모깃소리 같은 떨리는 목소리로, "우린 이제 죽은 목숨이야. 상궁저수지가 터져 바닷물처럼 물이 들어와 이쪽 산에서 저

　　　　　　　　　　　　　시절인연 속에서

쪽 신함리 산까지 온 들판이 물바다가 된다니 내려갈 수노 없잖아. 헬리콥터가 오기 전엔 우리는 가망 없어. 죽기 전에 담배나 한 대씩 태울까?"

하시며 주머니에서 담배를 꺼내니 성냥은 물론이고 담배가 비에 젖어 한 덩어리가 되어 그냥 버려야 했다. 너무 춥고 배에서는 쪼르륵거려 근처를 간신히 헤매어 보니, 좁다란 비탈밭에 비닐이 씌워져 있고 보잘것없고 꼬부라진 자그마한 오이가 몇 개 달려 있었다. 그 오이로 허기를 달래며, "사흘 동안 굶으면 도둑질 안 하는 사람이 없다네."라고 말씀하셔서 그 와중에도 웃음이 나왔다. 너무 춥고 마치 우박 같은 장대비를 맞아 머리가 아프고 추워서 밭이랑에 씌운 흙투성이 비닐을 벗겨 머리부터 뒤집어썼다. 거지도 안 걸칠 진흙 범벅이 된 비닐을 뒤집어써서 조금 덜 추워서 그나마 다행이었다.

평소에는 물이 없던 계곡에 흙탕물이 콸콸 흘렀지만, 죽지 않기 위해서는 건너야만 했다. 그 도랑을 멀리뛰기로 건너려니 지친 몸에 옷은 젖어서 물에 빠지고 말았다. 떠내려가다 걸쳐 있는 나무를 간신히 붙잡고 올라왔다. 한낱 쓰러진 벚나무가 나를 살리다니……. 지금 같으면 119를 부르겠지만, 핸드폰도 없으니…….

저녁때까지 사투를 벌이다 물이 좀 빠진 듯하여 내려오니 보은 북다리도 한 칸이 끊겼다. 그 위쪽에 있는 일제강점기 때 놓은 다리는 옆 둑만 터졌다. 마을 청년들이 다리 부근에다 밧줄을 연결하여 놓았기에 밧줄을 잡고 천신만고 끝에 건널 수 있었다.

집에 가 보니 물바다가 되었고 아내와 아이들은 보이질 않아 가슴이 덜컥 내려앉았다. 나중에야 학교 옥상으로 대피하여 있는 가족을 만날 수 있었다. 한 시간에 100mm 정도 물 폭탄이 쏟아졌다는 것도 뒤늦게 알았다. 물에 떠내려갔을지도 모른다고 생각한 가족을 보자 나도 모르게 얼싸안고 엉엉 울었다.

나중에 들은 이야기로는 평소 담장 사이로 왕래하며 다녔던 마을 사람들마저 자기들만 황급히 대피하고 우리에겐 알리지를 않았다고 한다. 아무리 급했어도 함께 대피했으면 얼마나 좋았을까! 세상에 믿을 사람이 아무도 없다고 원망해도 소용없다. 더구나 사택은 흙벽돌로 지은 집이라서 침수가 되고 얼마 안 가서 허무하게 무너져 버렸으니, 지금 생각만 해도 소름이 끼친다.

연락을 안 해 주었다는데 어떻게 집에서 나왔느냐고 아내에게 물으니, 청천벽력 같은 대답이었다. 마당에 줄로 매어 놓았던 개가 하도 짖어대어서 문을 열어 보니, 방으로 물이 도랑물처럼 들어와 급한 김에 어린 아기 둘을 쌀통에 올려놓고, 부엌칼로 목사리를 자르니 개는 어디론가 달아났다고 했다. 잠시 후 아내와 아이들은 마을 청년의 도움으로 학교 옥상으로 올라갔다니 지금 생각해도 아찔하고 소름이 돋는다.

다행히 학생들은 방학했기에 교실로 대피하여, 전기도 라디오도 없는 교실에서 한 달 이상 살아야 했다. 그것도 한 교실에서 5가구 정도가 함께 사용할 수밖에 없었다. 피난살이할 때, 아내가 두 살배기 아들을 업고 뜨거운 국을 푸는데, 어깨너머로 냄비를 끌어당겨 팔을 데어 지금도 팔뚝에 흉터가 남아 있는 것을 볼 때마다 그때의 악몽이 떠오르곤 한다. 대한적십자에서 모포 같은 생필품과 식량이 지원되어 버틸 수 있었지만, 그 식량도 일주일밖에 나오지 않았다. 공무원이라고 그랬던 것으로 기억한다. 나는 갓난아기 때 6.25 전쟁이 발발한 관계로 전쟁을 겪어 보았어도 기억날 리가 없지만, 노인들 이야기를 들으니 전쟁 때 피난살이만큼이나 힘이 들고 고생이 된다고 했다. 그 당시 전두환 전 대통령이 무슨 상임위원장 자격으로 헬리콥터를 타고 위문을 와서 잠시 악수를 하며 만났던 기억도 난다.

물이 어느 정도 빠진 뒤 운동장에는 산더미 같은 흙더미가 온갖 쓰레기와 함께 쌓여 있었다. 지금 같으면 포클레인 같은 중장비로 작업을 수월하게 했을 것인데 웬일인지 교직원들이 삽과 괭이로 치우느라 방학 내내 고생했다.

이듬해 학교 부근의 마을은 보은농고 쪽 강산리에 새로 마을을 조성하여 이주하였고, 나는 10년간의 보은 생활을 접고 청원군으로 와서 고향이고 모교인 ○○초등학교에 근무하게 되었다. 1년만 먼저 학교를 옮겼어도 객지인 보은에서 물난리를 만나 죽을 고비를 겪지는 않았을 텐데 무슨 운명의 장난이었을까!

고향에 와서 1년쯤 뒤에, 보은에서 기르던 개(누렁이) 생각이 나서 아내에게 물으니 무릎을 치면서 탄식을 자아냈다. 그 누렁이가 아니었으면 사택에서 빠져나오지도 못했을 수도 있었는데, 생명을 구해 준 그 누렁이 생각도 못 할 정도로 물난리가 우리의 정신을 빼놓았나 보다. 물이 빠진 뒤 마을에 임자 없는 개가 돌아다닌다는 이야기를 듣고도 나도 아내도 우리 누렁이 생각을 못 했으니 기가 막힌다.

그처럼 목숨이 위태로울 정도로 고생을 한 보은인데, 교감 승진 후 첫 발령을 받은 곳도 보은이요, 교장으로 승진을 하여 또 그 부근에 가서 근무했으니, 아무리 시절인연이라도 보통 인연이 아닌 것 같다. 그래도 악연이라고는 생각하지 않으려 한다.

그 후에 청주시 큰 학교에 와서 그 당시의 악몽을 잊고, 교육 발전과 학생 교육에 최선을 다하며 긍지와 보람을 갖고 근무를 하다 정년퇴직

했지만, 홍수 같은 재해는 미리 근본적으로 대비하여야 한다는 교훈을 뼈저리게 얻었다.

지금도 그 물난리 때 놀랐는지 그런 꿈도 꾸고, 우레가 칠 때면 소스라치게 놀라곤 한다. 지금까지 내 양심껏 착하게 살고 법 없어도 살 사람이라는 주위의 평을 듣고 있어도 아직도 벼락이 무섭다. 백발이 성성할 만큼 나이를 먹었어도 그런 날이면 어린아이처럼 귀를 막고 있는 내 모습을 내 손자·손녀가 본다면…….

예로부터 '치산치수(治山治水)'라고 했다. 산과 물을 다스려 재해(災害)를 예방하고 잘 관리하여야 한다. 강은 물길이며 생명의 터전이고, 하천은 사람에 비유하면 핏줄과 같다. 다행스럽게 4대강 사업으로 여러 댐과 제방이 건설되어, 홍수가 발생해도 큰 피해가 없어 천만다행이다. 이런 데도 무슨 연유인지 댐을 방류하거나 철거하자고 주장하는 사람들은 도대체 어느 나라 사람이란 말인가.

앞으로 더욱 물 부족 현상이 심화하고, 이상 기후 영향으로 수자원 관리가 더욱 절실하다. 유비무환(有備無患)의 교훈처럼 완벽하게 대비하여, 내가 40여 년 전에 겪은 것 같은 물난리를 예방하고, 소중한 수자원을 빈틈없이 잘 가꾸어야 한다는 것을 목숨조차 잃을 뻔했던 물난리 악몽을 떠올리며 뼈저리게 깨달았다.

상당산성옛길

책을 읽다가 "지도를 읽는 사람이 세계를 이끈다."란 명언을 되새기며 상당산성을 다녀왔다.

지난 2014년 11월 초에 개통된 청주 상당산성옛길을 올랐다. 상당산성을 갈 때 청주랜드 왼쪽으로 오르는 등산로를 이용했는데, 그날은 상당산성옛길을 벗 삼았다. 전에는 차량이 달리던 길에 한쪽은 걸어 다닐 수 있도록 했고, 한쪽은 화단, 조형물, 쉼터 등을 가꾸고 설치해 산성 가는 길이 한층 운치 있고 정겨웠다. 산성고갯길은 차량이 달릴 때는 너무 난코스였다. 마치 속리산 말티고개처럼 커브와 경사가 심해, 초보 운전자들이 이곳만 무사히 운전할 수 있으면 초보를 면했다는 세평(世評)이 나돌 정도였다.

몇 년 전 도로를 새롭게 개설하고 산성터널이 개통되면서 전에 다니던 산성고갯길은 위험하여 차량 통행도 막고, 인적도 한산해졌는데 시민 건강과 복지를 위하여 이 고갯길을 걷기 길로 조성한 청주시의 참신한 시책에 박수를 보낸다.

"지도를 읽는 사람이 세계를 이끈다."란 김이재 선장처럼, 통찰하며 앞날을 바로 내다보는 혜안(慧眼)과 통찰력을 겸비한 리더십으로, 이 옛길을 고색창연한 길이 되도록 구상하고 조성한 훌륭한 분들 덕택에 험한 고갯길에 불과한 옛길이 새롭고 멋지게 재탄생해서 가슴 벅차고 고맙다.

상당산성옛길은 몸을 치유하는 힐링길, 희생된 환경을 되살리는 회생길, 지역성을 표현한 흔적길로 되어 있다. 바닥은 시멘트 포장길이 그대로 있어 좀 아쉬웠지만, 아마 경비를 아끼고, 폭우에 파이지 않게 배려한 것 같다.

영산홍, 매자나무 등 갖가지 나무, 쉼터, 칸막이로 막고 물을 가두어 종류별로 가꿔 놓은 수생 식물, 옛길 설화, 물 마시러 내려온 토끼가 있는 샘터, 연리지 소나무와 함께하는 만남 쉼터, 보수공사 후 더욱 돋보이는 출렁다리 등 하나하나 다양하고 특색 있게 조성해 무척 감명 깊다.

특히 굽이굽이 고갯길에 있던 반사경은 임무를 다하고 철거의 위기에 놓여 있었는데, 커다란 해바라기로 새롭게 태어나게 한 발상의 전환이 놀랍다. 나무와 풀 한 그루 한 포기, 조형물 하나하나가 모두 우리의 감성과 낭만을 키워 주고, 훌륭한 관광 자원이라는 것을 깨닫게 하는 옛길이다. 오래전 독일에 갔을 때, 베란다 바깥쪽에 가꾼 꽃들도 호감이 가고 훌륭한 관광자원이듯이……

함께 걷던 친구들과 잠시 떨어져 걷기 길을 걸으며 옛 생각에 잠겨 봤다. 통합 청주시가 되니 지금은 상당구에 속한 낭성면도 미원면도 버스 요금이 모두 기본요금이다. 한때는 시내버스 요금이 시외구간 요금을 적용해 먼 곳은 3,000원 가까이 주고 탄 적도 있었다.

나의 고향 낭성 문박은 지금은 산성터널로 통행하면 25분 정도면 갈 수 있지만, 내가 고등학교에 다니던 60년대 말 무렵에는, 주말이면 지금 옛길로 조성된 산성고개 또는 상봉고개를 넘어 30여 리 길을 걸어 다니곤 했다. 그래서인지 체육대회 할 때 장거리를 달려도 숨이 가쁘지 않아, 그 후 단축마라톤 경기 등에 참여하여 입상도 하였다.

어느 토요일, 하교(下校) 후 아르바이트를 마친 후 청주에서 땅거미가 내릴 무렵 출발해 밤길을 걷다가 화들짝 놀란 일을 생각하면 지금도 소름이 돋는다. 적막하고 칠흑같이 어두운 고개 꼭대기에 8척도 넘을 듯한 무시무시한 도깨비가 버티고 서 있는 것이 아닌가! 손아귀에 돌을 움켜쥐고 앙다물고 가까이 가서 살피니, 머리에 보따리를 인 아주머니라는 것을 알고 가슴을 쓸어내렸다. 만약 어둠 속에서 겁에 질리고 놀라서 마구 뛰어 도망갔다면……. 내 담박질 소리도 도깨비 걸음처럼 쿵쿵거리며 쫓아오고, 돌부리에 걸리든지 나뭇등걸이나 가시에 찔리고 고꾸라져서 다치는 등 위험한 상황에 부닥쳤을 것이 뻔하다고 생각하니 지금도 가슴이 두방망이질 친다.

무서울 때나 위급한 때일수록 더 냉철하고 자세히 보아야 한다는 지혜를 공포 분위기를 이겨내며 터득한 그 당시 용감한 고등학생에게 미소를 보낸다.

산 넘고 물 건너는 30리 넘는 길을 맨몸도 아니고 마치 보부상처럼 등짐을 짊어지고 3시간 이상 힘겹게 걷기도 하였다. 지금 학생들에게 그렇게 하라면 "학교를 안 다니면 안 다녔지 그렇게는 못 한다."고 외칠 것이다. 요즘 학생들은 학원도 다니지만, 학원은커녕 틈틈이 아르바이트하여 학비도 보태고, 주말이면 시골집에 가서 농사일도 거들다 월요일에 등교하면 수업시간에 꾸벅꾸벅 졸던 내 모습이 떠오른다. 산전수전(山戰水戰) 겪으며 주경야독 끝에 선생님이 되고, 학교장으로 퇴직한 내가 자랑스럽고 대견하기도 하다. 그래서인지 어느 친구는 나에게 세계에서 가장 큰 사하라사막이나 시베리아에 혼자 떨어져도 살아날 사람이라고 하였다.

지금 학생들은 상상조차 어렵겠지만, 그 무렵 어느 날 고향에서 참고서 살 돈 대신 가지고 온 감자 두 말을 짊어지고 30여 리 길을 와서, 당시 세광고교(지금은 대성동 우성아파트) 부근에서 상인에게 팔아넘기니 날아갈 것 같았다. 감자 한 말은 두 관이고, 한 관(3.75kg)에 50원이니 한 말이라야 100원이었지만, 그때 100원짜리 동전 한 닢은 제법 가치 있었다. 요즘 감잣값을 알아보니, 감자 한 개에 2,000원 정도나 했다니 도깨비에 홀린 것 같고 헛웃음이 나온다.

체험으로 터득한 것은 지금도 기억이 생생하니, 경험은 무엇보다 소중한 것이고 그래서 겪은 것과 안 겪은 것은 천양지차이고, 체험학습이 필요한 것이라고 강조해 본다.

상당산성옛길은 지금은 통합 청주시가 된 낭성면·미원면, 상당산성, 명암동과 청주 도심을 이어 주는 명품 산책길이고, 많은 학생과 시민은 물론 우리 고장을 찾는 관광객들이 많이 찾아와 즐기는 관광자원과 역사 학습장이고 생태체험장이다. 상당산성과 이어진 힐링과 휴식공간으로 참신하고 정겹게 거듭 태어난 이 옛길이 무척 자랑스럽다.

초정약수, 상당산성, 청주박물관, 청주동물원, 청주랜드, 명암저수지 등과 함께 시민은 물론 많은 관광객이 찾아오는 사랑받는 청주의 명소(名所)가 되길 상당산성옛길을 걸으며 두 손 모아 기원한다.

가을 햇살

가을 햇살이 손짓하여 밖으로 나간다. 모진 태풍까지 힘겹게 견디어 내고 엄마 품처럼 따사로운 가을 햇살을 받으며 알알이 영글어 가는 온갖 곡식과 과일들이 파란 가을 하늘 아래 황금물결을 출렁이고 있다.

불청객 태풍이 몰고 온 악몽 같은 일도 잊으라고 일러 준다. 장마철보다 더 심한 폭우가 내릴 때는 원망도 하였지만, 산골짜기 계곡물이 만드는 작은 폭포가 정겹다. 졸졸 노래하는 시냇물도 넉넉하게 흐르고, 저수지마다 만수 된 것을 보는 마음도 푸근하다. 극심한 가뭄 때 어느 곳은 식수까지 부족하여 소방차로 급수를 하고, 호수와 바다에 녹조로 몸살을 앓아 황토를 뿌리며 안간힘을 쓸 때는 안타깝기 그지없고, 대자연 앞에서는 한없이 미약한 인간이라는 것을 안다. 우리가 각종 공사로 분별없이 자연을 파헤친다고 경종(警鐘)을 울려 주는 것이다.

가을 햇살은 엄마 품처럼 포근하다. 갓난아기의 대소변도 얼굴 한 번 찡그리지 않고 받아내고, 몸이라도 아플 때면 밤을 지새우며 보살피고, 모유를 먹이며 모정(母情)도 자연스레 전해지며 무럭무럭 자라나게 하고 평생 살아갈 건강을 준다. 걸음마를 배우며 한 발자국씩 걸을 때마다 따뜻한 가슴으로 안아 주고, 살아가며 겪는 온갖 어려움을 이기는 용기와 인내심과 사랑을 아낌없이 주는 어머니처럼, 삼라만상을 어루만져 주고 자양분을 주어 튼튼하게 자라나게 하고 씨앗과 열매를 맺게 한다. 길가에서 짓밟히는 질경이까지 이름 모를 잡초와 모든 생명체에게 아낌

없는 사랑을 골고루 쏟아 대를 잇게 하고 생명을 잉태하게 하고 대를 잇게 하는 원동력이 되어 준다.

가을 햇살은 추석을 준비하고 마중하느라 분주하다. 들녘마다 알알이 통통하고 누렇게 익어 가는 벼, 밤송이 속에서 커질 대로 크고 은은하고 탐스럽게 몸단장해서 내려온 아람. 후두둑-후두둑- 도토리 장대비가 되어 행인의 머리를 두드려도 들국화 닮은 미소를 짓게 하는 것이 가을 햇살의 은덕이고 대자연의 힘이리라.

모진 비바람을 이겨 내고 빨갛게 익어 가는 대추, 노랗게 부풀어 살쪄 가는 감, 군침을 삼키게 하는 빨간 사과, 송이송이 주저리주저리 탐스러운 포도, 묵직한 이삭을 높이 달고 있는 수수, 가을 해님을 닮고 있는 해바라기…….

벼도 수수도 익을수록 고개를 숙이듯이 자중하고 겸손해야 한다고 일러 주며, 온갖 곡식과 과일들을 맛있고 탐스럽게 살찌우며 여물게 한다.

우리 먹으라고 곡식과 과일들이 여무는 것이라고 알았는데 과연 그럴까. 곡식도 나무도 풀도 제 대를 잇기 위하여 열매를 맺어 여물어서 후손을 퍼뜨리는 것이라는 것도 깨닫는다.

가을 햇살이 목청껏 추석을 불러 성큼 다가온다. 추석에는 대자연과 어른과 조상의 은혜를 기리고 감사하라는 가을 햇살의 속삭임도 바람결에 들린다.

가을 햇살은 온 세상을 풍요롭게 한다. 가을 산에 가면 모두 넉넉해지고 웃음꽃이 핀다. 겨울도 대비하게 해 준다. 잣나무 위에서 꼬리를 치켜세우고 영검스럽게 내려다보는 청설모는 먹을 만큼 배불리 먹고, 보물창고에 두고 겨울을 거뜬하게 날 것이다. 앙증맞은 다람쥐도 부잣집 아가씨처럼 번지르르하다. 바위를 타는 솜씨는 날렵하다 못해 미끄러지

듯 다니며 겨울 양식을 모은다.

눈앞에서 알밤이 제 무게를 못 이겨 떨어지더니 금방 가랑잎 속으로 숨는다. 도토리는 모자도 쓰지 않고 내려오더니 또르르- 하며 다람쥐가 일구어 놓은 구덩이로 들어간다. 잘 구르라고 동그랗게 생긴 것이라는 평범한 진리도 이제야 알다니.

'도토리'라는 말도 정겹고 앙증맞다. 이 어원을 '도톨하다'에 '-이'를 붙인 것으로 생각했는데, 사실은 (멧)돼지가 먹는 밤이라서 '(돼지)돌밤 → 도톨밤'으로 되었다가 시대가 변화하면서 밤이 탈락되고 '-이'가 붙었다는 설('도톨 + -이 → 도톨이 → 도토리')이라는 국립국어원 자료를 보고 새롭게 알게 되어 기쁘고 신기하다.

자드락길을 걷다가 정강이가 따끔거려 살펴보니 바짓가랑이에 무언가 잔뜩 묻어 있다. 필사적으로 매달려 떨어지지 않는 도깨비바늘이다. 무임승차하여 온 성가신 불청객이다. 억새꽃도 이름 모를 풀씨도 말라가며 비상할 준비를 한다. 민들레 홀씨만 날아다니는 줄 알았는데…….
아! 이렇게 해서 새 생명을 잉태하고 퍼뜨리는구나! 사람이 사람다워진다는 것은 대자연과 얼마나 깊게 교감하고 있는가에 따라 알 수 있지 않을까.

말없이 솟아 있는 산을 바라보며 산의 품격과 너그러움을 배우고, 산의 무게와 산의 높이를 배워야 한다. 산자락 아래 아옹다옹 살아가는 인간들이 하는 행동을 산은 알고 있다. 그래도 알아도 모르는 척 의연함을 보라. 마파람 불고 높새바람 불 때도 안다. 시계가 없어도 달력이 없어도 산은 계절을 놓치지 않는다. 꽃필 때 꽃피우고 익어야 할 땐 가을 햇살을 벗 삼아 열매와 씨앗을 맺는다. 절대로 늑장을 부리지 않고 서두르지도 않는다. 잠시도 쉬지 않고 철마다 옷을 갈아입으며 분주하면서도 유유자적하고 곰살맞다. 가을 햇살 아래서 만끽하며 우리 우암산도 오래전에 내가 다녀온 금강산보다 못지않다는 것도 이제야 안다.

　가을 햇살은 하늘도 높고 푸르게 바꾸어 놓았다. 눈이 시리도록 청잣빛처럼 파란 하늘이 되었다. 그래서 예로부터 천고마비의 계절이라고 했을 것이다. 폭염도 폭우도 심술부리다 못해 광기 서린 태풍도 모두 쫓아내고 완연한 가을, 어느 나라보다도 아름답고 행복한 우리의 가을 하늘이다. 짓궂은 비와 태풍에 행여 흉년이 들까 봐 노심초사한 사람들의 아픈 마음도 보듬어 준다.

　때로는 힘겹고 고통스러워도 인내와 지혜로 이겨 나가면, 가을 하늘과 가을 햇살처럼 신바람 나고 상쾌하고 행복한 때가 온다고 속삭여 준다. 고추잠자리는 파란 하늘 아래 마음껏 유영하는 베테랑 비행사이고, 유명한 화가의 그림보다도 멋진 한 폭의 그림이다. 고추잠자리 날개가 가을 햇살에 황금처럼 반짝인다.

　맑고 청명한 하늘에 뭉게구름 두둥실 떠다니고, 가을 햇살은 가을 향기를 온 누리에 퍼뜨린다. 그러기에 "가을이 되면 말발굽에 고인 물도 마실 수 있다."란 속담도 있을 정도로 가을 햇살에 오곡이 여물도록 날씨가 좋고 하늘도 맑고 푸르러지는 것이다.

　가을 하늘과 가을 햇살은 바라만 보아도, 손등에 닿기만 해도 마냥 행복하고 가슴이 설렌다. 언제까지나 내 몸도 마음도 가을 햇살처럼 아낌없이 베풀며 살아가고 싶다.

　항상 함빡 웃으며 크고 넓은 여유로운 마음으로 즐기며, 풍요롭고 따사로운 삶을 살아가라고 가을 햇살이 속삭여 준다.

특별한 광복절 선물

지난 8월 15일은 77번째 광복절(光復節)이었다. 아침 일찍 태극기를 게양하고 뜻깊은 광복절의 의미를 되새겨 보았다. 서울 용산 대통령실 잔디마당에서 '위대한 국민, 되찾은 자유, 새로운 도약'을 주제로, 광복의 의미와 자유의 가치를 되짚고, 국민통합을 이뤄 새로운 미래로 나아가자는 뜻깊은 의미로 거행되는 등 전국에서 다양한 광복절 행사가 개최되었다. 특히, 서울 진관사 고찰에서 있었던 아주 특별한 템플스테이 소식을 신문에서 읽고 크게 감동하며 큰 박수를 보낸다.

광복절이던 15일 오후, 서울 은평구 진관사 입구 한문화체험관에서 진관사 회주 계호 스님은 특별한 손님들(해외의 독립유공자 후손들)에게 한국의 혼(魂)을 선물했다. 이분들은 미국과 카자흐스탄에 거주하는 독립운동가 후손 20여 명이었는데, 한국불교문화사업단과 국가보훈처 그리고 진관사가 공동으로 마련한 '국외 거주 독립유공자 후손 초청 당일형 템플스테이'였다.

진관사는 고려 8대 현종이 왕위 계승 과정에서 자신을 구해준 진관 대사를 위해 1011년에 창건한 천년고찰이고, 미국 대통령 부인 질 바이든 여사를 비롯한 국내외 명사들이 사랑하는 사찰로 유명하다. 서울 도심에서 1시간 거리 북한산 자락에 자리잡은 수려한 풍광을 자랑하는 아름다운 사찰이며, 사찰 음식 명가로 다양한 전통문화를 체험할 수 있는 곳이다. 이 사찰에서는 지난 2009년 붕괴 직전의 칠성각을 해체 수리하던 중 3·1 운동 당시의 태극기와 독립신문 등이 90년 만에 발견되었는데, 일장기의 붉은 원 위에 태극을 덧칠하고 건곤감리를 그려 넣은 태극기라고 한다. 한쪽 귀퉁이가 불에 탄 모습으로 당시의 급박한 상황을 보여 주는 진관사 태극기는 독립운동가인 백초월 스님이 사용한 태극기로 작년에 보물로 지정되었다니 참으로 다행이고 기쁘기 그지없다.

해외 독립유공자 후손 초청 템플스테이 참가자들이 진관사 회주 계호 스님, 주지 법해 스님과 함께 '진관사 태극기'를 배경으로 촬영한 사진 또한 감명 깊다. 매년 해외 거주 독립운동가 후손을 초청하는 보훈처가 독립운동의 요람인 진관사를 방문지로 선택한 것도 신의 한 수 같다. 후손들은 8월 12~18일 국립현충원, 독립기념관, 국립중앙박물관, 비무장지대 등을 방문하는 빡빡한 일정 가운데 이날 광복절 기념식 참석 후 뜻깊은 행사와 체험을 했다. 독립운동의 역사 공부와 함께 다도(茶道)와 명상을 통해 민족혼과 힐링을 선물했다.

선우 스님의 유머 속의 지혜도 배웠다.

"차를 마실 때 맛이 쓰든 싱겁든 왜 어떤 경우에도 웃으라고 할까요? 이미 나는 차를 마셨기 때문입니다. 인상 찌푸리면 주름은 누구 얼굴에 생기지요? 바로 나입니다. 그래서 현명한 사람은 언제나 인상 쓰지 않는 것입니다."

명상 체험 시간엔 책상다리로 앉는 좌선(坐禪)과 방바닥에 누워서 참선하는 와선(臥禪)이 이어졌다. 스님은 "어제 일이 후회된다면, 그 어제는 오늘을 만든 소중한 시간이었다는 점을 생각하며 어제 일은 바람처럼 물처럼 보내 주세요. 내일이 걱정된다면, 오늘처럼 생각지 못한 아름다운 일이 일어날 것이라 생각하세요."라며 등과 맞닿은 지구와 감촉에 집중하라는 말씀도 공감된다.

　다도와 명상을 마치고 진관사를 순례할 때, 선우 스님은 걸을 때에도 "'발을 든다, 내린다, 누른다.'는 생각을 잊지 말고 걸어 보라."고 권했다. 몸과 마음의 상태를 시시각각 관찰하라는 뜻이라 한다. 일행은 태극기가 발견된 칠성각 견학도 했다. 칠성각은 작은 전각인데, 6·25 전쟁 중 진관사 건물은 대부분 불탔으나 칠성각을 비롯한 3채만 남았다고 한다. 그 전각에서 3·1 운동 태극기가 발견되었다니 기적 같은 일이다.

　해외의 독립유공자 후손들에게 특별한 광복절 선물로 '한국의 혼(魂)'을 준 특별한 행사이고, 온 국민에게도 많은 보람과 교훈을 주고 있다.

《충청일보》 오피니언, 김진웅 칼럼, 2022.8.26.

벌초를 하며

'모든 일은 미리미리 해야 한다.'는 당연하고 평범한 의미를 거듭 깨달 았다.

벌초는 해마다 하는 연중행사이지만 올해는 어려움이 더 많았다. 늦 어도 추석 2주 전에는 벌초해야 마음이 놓이는데, 함께하는 사람들의 사 정이 있었고, 올 추석은 이른 편이라 폭염을 염려하여 추석 직전 일요일 로 계획했기 때문이다.

우리나라로 향한다는 대형 태풍인 제11호 태풍 힌남노(HINNAMNOR) 때문에 더욱 끌탕하였다. 오래전부터 일기예보에 집중하다가 이삼일 전 부터는 더욱 분석하고 기상콜센터(131번)까지 문의하였다. 하루 전에도 비가 많이 내린다는 예보가 있어 추진하는 사람이 추석 지나고 하자고 하여, 필자는 고심 끝에 오후에는 흐리기만 한다니 오후라도 추석 전에 하자고 설득하여 관철하였다.

당일 새벽 5시에도 오전에도 비 예보가 없더니 7시 예보에는 오전에 가끔 온다고 하더니 실제로 비가 조금 내렸다. 이 정도면 할 수 있겠지 만, 1시에 모이기로 했으니 어쩔 수 없었다. 벌초하는 동안 날씨가 흐려 더위를 덜어 주어 더욱 기뻤다. 아무리 현대 사회이고 과학이 발전했어 도 자연의 힘 앞에서는 인간은 무력한 존재이다. 필자가 젊었을 때는 어 른들이 하자는 대로 하면 되었는데 어느새 내가 막중한 리더 역할을 해 야 하다니……

서울, 부산 등 원거리에서 오는 사람들도 흔쾌히 와서 무척 고마웠지만, 이 핑계 저 핑계로 오지 않은 사람들은 서운하기도 하다. "안 온 사람 집의 산소는 벌초하지 말자."는 의견에도 결국 해 주게 되니 인지상정일까. '나 하나쯤이야.'가 아니고 좋은 일은 '나부터 앞장서야 한다.'는 교훈도 되새겨 본다.

산소 망두석이 많이 기울어져 벼르기만 하다가 벌초하며 몇 사람이 함께 바로 세우고 나니 협력의 위력도 실감한다. 망두석을 바로 세우며 일상에서도 바로잡을 것은 쇄신해야 한다는 것도 알았다.

평소에 필자는 '금초'라는 말을 많이 했는데, 언론에서 '벌초'라고 하여 알아보았다. '금초(禁草)'는 '금화벌초(禁火伐草)'의 준말로 무덤에 불조심하고 때맞추어 풀을 베어 잔디를 잘 가꾼다는 뜻이고, '벌초(伐草)'는 무덤의 풀을 깎아 깨끗이 한다는 뜻이며, '사초(莎草)'는 오래되거나 허물어진 무덤에 떼를 입히어 잘 다듬는 일이라니, 추석 전 무렵에 산소의 풀을 깎고 깨끗이 손질하는 일은 '벌초'라고 하는 것이 알맞은 표현 같다. 무슨 일에 정성을 들이지 않고 건성 건성으로 대충하는 것을 이르는 "처삼촌 뫼에 벌초하듯."이란 속담을 "처삼촌 뫼에 금초하듯."으로 표현하지 않는 점으로 미루어 보아도 그렇다.

"벌초 자리는 좁아지고 배콧자리는 넓어진다."는 말도 흥미롭고 공감한다. 벌초를 하다 보니 힘이 들어 그 구역이 차차로 줄어들고, 좁아도 될 배콧자리는 쓸데없이 자꾸 넓어지기만 한다는 뜻으로, 주객이 전도되어 주되는 것은 밀려 나가고 부차적인 것이 판을 치게 됨을 비유적으로 이르는 말도 뜻깊다.

우여곡절 끝에 벌초를 마칠 무렵 비가 올 것 같아 서둘러 마무리를 하고 회의를 했다. 일가친척들이 모여서 함께하는 벌초는 보람도 크지만 어려움도 많아 언제까지 이어질는지 우려스럽다. 돌아가시면 화장해서 납골당에 모시거나 나무 밑에 묻는 수목장도 늘고 있다. 이제 매장을 하고 널따랗게 산소를 조성하여 산림을 많이 훼손하고, 벌초하기도 점점 어려우니 화장 후 평장(平葬)으로 하자고 입을 모은다.

이런저런 대화 중 좋지 않은 말을 하는 사람도 있어 옥에 티 같아 언짢고 힘이 빠진다. 최인철 교수님 말씀인 "행복이 고통의 완벽한 부재 상태일 것이라는 생각은 완벽하게 틀린 생각." 같다. 때로는 고통은 우리를 성장시키는 힘을 가지고 있고, 품격 있는 사람은 자신에게 불고 있는 맞바람만 탓하기보다 뒤바람에 감사하는 사람이다. 나 자신 관리도 충실해야 하고, 나를 둘러싼 환경에도 잘 적응해야 행복하고 의미 있고 품격 있는 삶이라니 인생이란 참 난해하고 오묘하다.

《충청일보》 오피니언, 김진웅 칼럼, 2022.9.9.

살면서 공감하는 것

수확기를 앞두고 초긴장되고 우려되던 제14호 태풍 난마돌(NANMA-DOL)은 제주와 남부 지방을 근접해서 지나쳤어도 곳곳에 크고 작은 피해를 남겼다. 제11호 태풍 힌남노의 상처가 아물기도 전에 또 많은 피해가 있어 더욱 안타깝다. 난마돌은 미크로네시아에서 제출한 이름으로 유명한 유적지의 이름이라 한다.

살다 보면 나의 고집대로, 내가 의도하고 원하던 대로 흘러가지 않는 상황들이 많다. 그런 와중에 새로운 깨달음을 얻기도 하고, 나 자신이 더 성숙한 사람으로 연마되는 과정을 겪기도 한다.

얼마 전, 행복을 만드는 사단법인 '행복한가'에서 보내온 이메일을 읽고, 살면서 깨닫고, 공감하는 7가지를 곱씹으며 내 마음을 추스르고 다독인다.

첫째, 돈이 인생의 전부는 아니지만 중요하긴 하다. '물질만능주의'는 모든 가치를 돈에 두고, '돈이면 뭐든지 할 수 있다.'고 생각하는 관념을 의미한다. 물질만능주의가 좋은 것만은 아니지만, 필자도 그 누구도 돈을 떠나 생각하지 않을 수는 없다. 경제적 안정이 되어야 내가 원하는 것을 할 수 있고, 베풀 수 있는 역량이 생긴다. 손주들도 훈계보다 돈을 더 좋아한다.

둘째, 자나 깨나 말조심해야 한다. "쏟은 물은 다시 주워 담을 수 없다.", "말 한마디로 천 냥 빚을 갚는다."는 속담도 있다. 말은 꽃이 되기도 하고, 칼이 되기도 한다. 그렇다고 매 순간 자기 검열하면서 말 한마디마다 신경을 쓴다면 스트레스가 어마어마할 것이다. 매스컴에서 보도되는 잊을 만하면 일어나는 갖가지 설화(舌禍)만 보더라도 상처를 주는 말이나 책잡히지 않도록 조심하고, 내적인 수양과 언행에 항상 신중하자고 다짐한다.

셋째, 사회생활에서 성실, 선량함은 기본이다. 기본만큼 중요한 것이 있을까. 사회생활, 조직 생활에서 성실함과 선량함은 기본적인 덕목이다. 열심히만 하는 사람이 아니라, '잘하는 사람이 되자.'라는 교훈도 실행하자. 바른 인성을 갖추지 못한 사람들이 갖가지 악행을 저지르는 사례가 많아 경종을 울린다.

넷째, 너무 많이 참으면 참을 일이 더 생긴다. 인간관계에 있어서 적당한 수준의 인내는 필요하다. 사람은 다 다른 환경에서 자라났고, 다른 가치관과 개성을 지니고 있어 갈등은 필연적이라고 할 수 있다. 그러나 지나치게 인내하고, 불쾌해도 참고, 무리한 부탁을 거절하지 못하면 화병으로 혼자서 참고 힘들어질 일이 점점 더 불어날 수 있다. 성범죄 예방처럼 자신을 보호하기 위해서라도 싫은 것이 있으면 '싫다'는 거절의 표현도 반드시 필요하다는 방어기제에도 공감한다.

다섯째, "고맙다."와 "미안하다."를 적절히 말하면 사람을 잃지 않는다. 사람 간의 오해가 생기는 이유는 다양하다. 정치판에서 많이 보듯이 잘못했을 때 인정하지 않고 넘겨 버린다든지 또는 타인의 호의를 당연한 것으로 받아들이는 경우 등을 제대로 해결하지 못하면 관계는 멀어진다. "고맙습니다."와 "미안합니다."를 적절히 사용하면 개인이나 사회가 더 웃을 수 있고 더 건강해질 것이다.

여섯째, 건강이 최고다. 운동하자. 즐겁게 자신이 하고 싶은 바를 행하고 뜻하는 목표를 이루며 살기 위해서는 가장 기본적으로 몸이 건강해야 한다. 나에게 맞는 운동을 익히고 실천하는 것이 건강에 큰 도움이 된다. 몸을 움직이면 기분이 상쾌해지는 호르몬이 분비되고 많은 긍정적인 부대 효과가 있으니……

일곱째, 인생에서 가장 중요한 것은 나 자신이다. 세상은 넓고 아름답고, 할 수 있는 일도 많다. 그러나 이런 세상을 만끽할 수 있는 나 자신이 없다면 무슨 의미가 있을까? 삶에서 가장 소중한 존재는 나 자신이다. 나보다 타인을 앞세우면 지나치게 남의 눈치를 보게 된다. 나의 행복과 내가 하고 싶은 것을 우선시하고 자존감과 자신감으로 살겠다.

건전한 사회 변화와 차별 없이 모두가 행복한 세상을 만들고자 힘쓰는 분들께 감사드리며, 모든 일에 성과 못지않게 수행(修行)과 과정의 중요성도 깨닫는다.

신문에서 본 이동규 교수의 두 줄 칼럼을 인용하며 '살면서 공감하는 것'을 되새겨 본다. "성공도 일종의 습관이다./쉬운 것부터 시작하라." 국내 직장인들이 가장 듣기 싫어하는 말은 "기본이 안 돼 있다."는 말이라는 데도 공감이 간다.

일본인들은 그 사람을 알고 싶으면 인사와 청소, 두 가지만 시켜 본다고 한다. 캐나다의 조던 피터슨 교수는 "세상을 탓하기 전에 네 방부터 정리하라."고 일갈한다. 알고 보면 성공도 일종의 습관이다.

《충청일보》오피니언, 김진웅 칼럼, 2022.9.23.

가을 숲속에서

천고마비의 계절답게 날씨가 더없이 좋다. 가을 숲이 손짓하여 산에 오른다. 가을은 사색의 계절이고 누구나 시인이 되는 것 같다.

등산객들이 많이 왕래하는 등산로를 벗어나 호젓한 오솔길을 택해 숲속에서 나를 돌아보고 삶을 관조하여 본다. 도토리가 구르는 재주가 있고, 어떤 때는 알밤이 호두보다 더 맛난 것도 산 경험으로 안다. 멧돼지가 흙 목욕한 흔적이 보이는 곳은 좀 을씨년스럽기도 하지만 나름대로 호연지기와 대범성을 함양하는 좋은 기회이다. 어느새 나무들이 시나브로 색동옷으로 갈아입고 있는데 성미 급한 낙엽 하나가 휘돌며 떨어진다. 나무뿐만 아니라 누구나 삶의 끝도 낙엽 같다. 떨어지기 전에 좀 더 건강하고 즐겁게 살자는 소망은 모든 동식물의 공통분모일 것이다.

어느 작가는 따뜻한 봄을 상쾌한 아침에 비유했고, 가을은 차분한 저녁으로 표현했다. 독일의 철학자 니체는 "가을은 영혼의 계절."이라 불렀고, 시인·소설가·화가인 헤르만 헤세는 가을은 "더 높은 삶으로 들어가는 계절."이라 말했다.

숲속에서 명상에 잠기니 이런 명언이 가슴에 와닿고, 평소에 관심이 많았고 여러 책에서 감명 깊게 읽은 '늙음'에 대해서도 통찰하게 된다.

낙엽 지기 전의 모습은 어떠했을까. 신록을 자랑하던 푸르른 청춘이었고 아름다운 단풍이었다. 인생 말년의 모습도 나뭇잎처럼 혈기 왕성한 푸르름을 거친 화사하고 아름다운 단풍이라는 생각이 든다.

시절인연 속에서

늙음의 미학 중 첫 번째는 '비움의 미학'이다. '비움'의 실천은 '버림'으로써 여백을 만드는 일이다. 꽃이 비록 아름답지만, 그 꽃을 버려야 열매를 맺을 수 있다. 성취의 청춘도 아름답지만 비움(버림)의 노년은 더욱 아름답다. 두 주먹을 꽉 쥐고 태어남은 세상에 대한 욕심이요, 손바닥을 쫙 펴고 죽는 것은 모든 소유로부터의 비움이다.

늙음의 미학 두 번째는 '노련함의 미학'이다. 노련(老鍊)이란 단어에는 늙을 로(老) 자를 쓴다. '노' 자에는 '노련하다'는 의미가 있다. 산전수전 다 겪으며 오랜 세월의 경륜에서 오는 노하우(know-how)가 있어 노인은 노련한 경험의 결정체다. 그래서 "노인 한 사람이 죽으면 도서관 하나가 없어지는 것과 같다."란 아프리카 속담도 있지 않을까. 평범한 노인이라도 하나의 역사가 될 수 있으며, 노인은 평생의 삶을 통해 체득한 다양한 지혜와 지식을 국가와 사회와 가정을 위해 등대가 되고 자양분이 되어야 한다.

며칠 전 10월 2일은 노인의 날이었다. 경로효친 의식을 고양하고, 노인 문제에 대한 국가적 대책을 마련하며 범국민적 관심을 제고하기 위해 제정된 날로 매년 10월 2일이다. 1990년 국제연합 총회에서 10월 1일을 '세계 노인의 날'로 제정하였고, 우리나라에는 1997년 〈노인복지법〉 및 〈각종 기념일 등에 관한 규정〉 개정과 함께 국군의 날인 10월 1일과 겹치지 않도록 10월 2일을 '노인의 날'로 제정한 것은 참으로 뜻깊다. 저출산 고령화 시대가 되면서 어린이와 청소년들이 보물 같은 존재이지만, 노인들도 마땅히 존경받고 우대받아야 한다. '너 늙어봤니 나는 젊어봤단다.'라는 인생의 오묘함이 있는 서유석의 노래는 이애란의 〈백세인생〉처럼 풍자적이고 뜻깊어 사랑을 받고 있다. "너 늙어봤냐 나는 젊어

봤단다./이제부터 이 순간부터/나는 새 출발이다……."

　남은 내 인생의 가장 젊은 날이 바로 오늘이고, 오늘 중에서도 바로 지금 이 순간이니 '지금 여기에서' 최선을 다하고 행복해야 한다. 아름다운 가을날, 해종일 숲속에서 단풍과 동식물과 벗하고 교감하며 자연의 섭리를 되새기자니 필자의 첫 번째 수필집이『지금 여기에서』의 책 제목을 잘 정한 것 같고 자랑스럽다.

　오늘은 평범한 날 같아도 어제 죽은 자가 그토록 소망하던 아주 간절하고 소중한 날이지 않은가.

《충청일보》오피니언, 김진웅 칼럼, 2022.10.7.

김치의 날

바야흐로 김장철이고 한 해가 마무리되어 가는 시점이다. 김치의 날이 있는지 몰랐는데 지난 11월 22일 아침, 라디오를 듣다가 우연히 알게 되어 관련 자료를 통해 알아보며 미처 몰랐던 많은 지혜를 알게 되어 무척 설레었다.

'김치의 날'은 김치의 가치와 우수성을 알리기 위해 제정된 법정기념일로, 11월 22일이다. 김치산업의 진흥과 김치 문화를 계승·발전하고, 국민에게 김치의 영양적 가치와 중요성을 알리기 위하여 제정되었다. 2020년 2월 11일 '김치산업 진흥법' 제20조의2가 신설됨에 따라 정해졌다. 이날이 김치의 날로 정해진 것은 김치 소재 하나하나(11월)가 모여 22가지(22일)의 효능을 나타낸다는 의미를 담고 있어서라고 하는데, 필자의 견해로는 효능이 22가지 이상이고, 이 무렵이 김장철인 것에도 연유하는 것 같다.

김치는 우리나라 전통 발효 식품으로 소금에 절인 채소에 젓갈과 고추·파·마늘 등 갖가지 양념을 버무려 담근 음식이다. 김치는 각종 무기질과 비타민이 풍부해 영양학적으로 우수한 식품으로, 면역력 증진 및 바이러스 억제, 항산화 효과, 변비와 장염 및 대장암 예방, 콜레스테롤 및 동맥 경화 예방, 다이어트 효과, 항암효과 등의 효능을 가지고 있다. 김장할 때 찹쌀이나 멥쌀로 풀을 쑤어 넣는 것은 유익한 세균들의 번식(발효)을 위해서이고, 김치를 눌러 담는 것은 유산균들이 산소를 싫어하는 혐기성 세균이기 때문이라는 것도 알았다.

농림축산식품부가 주최한 '2023 제4회 김치의 날' 기념식이 22일 성황리에 마무리됐다. 특히 올해는 '김장 문화'가 유네스코 인류무형문화유산으로 등재된 지 10주년이 되는 해로 이를 기념해 특별 전시도 진행해서 더욱 뜻깊다.

김치는 케이팝(K-pop) 열풍과 함께 세계인의 입맛을 사로잡으면서 수출 대상국이 2011년 60개국에서 2022년 87개국으로 늘었다. 최근 5년 간 수출액은 연평균 10%씩 증가했으며 올해 사상 최대치를 기록할 것으로 전망된다. 또한, 미국·영국 등 해외 4개국 13개 지역에서도 11월 22일을 '김치의 날'로 지정할 만큼 김치는 세계인의 입맛을 돋우며 대한민국의 위상을 높이고 있다.

필자의 집에서 김장을 한 날도 11월 22일이니 우연일까. 며칠 전부터 김장 재료를 사들이고, 당일 아침엔 절임배추를 실어 오고, 품앗이하는 몇 분의 도움을 받아 김장하고, 아들네 집으로 택배로 몇 상자 부치고……

십여 년 전까지 배추를 사다 집에서 절이는 것에 비하면 좀 수월해졌어도 몸살 날 정도로 힘들다. 세상에 짝사랑도 이런 짝사랑이 없다.

"너무 힘들면 며느리가 직접 담그라고 해요."

"해 줄 수 있을 때까지는 해 줘야지요."

'내리사랑은 있어도 치사랑은 없다.'는 속담처럼 보답 받지 못할지라도 주고만 싶은 내리사랑일까.

한국사에서 김장 김치에 대한 기록은 1,300여 년 전으로 거슬러 올라간다. 정혜경 호서대 식품영양학과 명예교수는 "속리산 법주사에는 커다란 돌항아리가 묻혀 있다."며 "신라 33대 성덕왕 19년(720년) 설치된

이 돌항아리는 김칫독으로 사용한 것으로 추정된다."고 했다. 이처럼 유구한 역사와 전통을 지닌 김장인데, 김장하지 않는 가정과 김치를 사 먹는 사람들이 점점 늘고 있다니 걱정도 되고 격세지감이 든다.

권오길 강원대 생물학과 명예교수의 『괴짜 생물 이야기』의 "풋내 나는 겉절이 인생이 아닌 농익은 김치 인생을 살아라. 그런데 김치가 제맛을 내려면 배추가 다섯 번 죽어야 한다."란 구절이 무척 교훈적이다. 맨 처음 죽음은 땅에서 배추가 뽑히는 것이고, 부엌칼이 통배추의 배를 허옇게 가를 때 또 한 번 죽는다. 소금에 절여지며 세 번째로 죽고, 매운 고춧가루와 짠 젓갈에 범벅이 되면서 네 번째로 죽고, 장독에 담기고 응달에 묻혀(지금은 김치냉장고) 다시 한번 죽어야 비로소 제대로 된 김치 맛을 낼 수 있다니…….

김치처럼 그렇게 깊은 맛을 전하는 품위가 있고 푹 익은 인생을 살아야 한다는 것도 김치의 날 덕분에 알았다.

《충청일보》 오피니언, 김진웅 칼럼, 2023.12.1.

핼러윈의 악몽

　도저히 믿을 수 없는 일, 차마 일어나서는 안 될 일이 서울의 한복판에서 일어나, 11월 5일까지 국가 애도 기간으로 선포하고 온 국민이 비탄에 잠기고 있다. 축제하다가 꽃다운 젊은이들이 엄청난 희생을 했다. 외래문화를 무분별하게 받아들여 일부 업자들의 상술과 안전 불감증이 겹쳐 핼러윈의 악몽이 발생한 것이다.

　핼러윈 데이(Halloween Day)는 기원전 500년경 아일랜드 켈트족의 풍습인 삼하인(Samhain) 축제에서 유래하며, 영국 등 북유럽과 미국 등지에서 10월 31일 유령 분장을 하고 치르는 축제라고 한다.

　지난 10월 29일 밤, 서울 용산구 이태원에서 핼러윈 파티를 즐기려던 인파가 한꺼번에 몰리면서 벌어진 압사 사고로 수많은 인명이 희생되는 참사가 발생했다. 우리나라에서 실제로 핼러윈이 대중화된 것은 2010년대 중반부터다. 이태원이나 홍대 등 원어민 강사 등 외국인들이 자주 찾는 번화가의 클럽이나 카페를 중심으로 핼러윈 파티가 열리면서 20대 젊은 층을 중심으로 핼러윈을 즐기는 이들이 점차 늘어났다. 핼러윈 파티가 우리 유치원, 초등학생에게 생일잔치만큼 중요하게 된 지 10년 가까이 된다고 한다. 어린이 영어 교실에서 교육에 핼러윈 축제를 활용하면서 유행하게 되었고, 성인들에겐 젊은 원어민 영어 강사들의 파티가 영향을 미쳤다. 외국인이 많이 사는 서울 이태원이 핼러윈 성지가 된 것도 이 때문이다.

　　　　　　　　　　　　　　시절인연 속에서

우리 정서와는 동떨어진 먼 외래문화가 입소문을 통해 빠르게 확산하면서 유통가를 중심으로 핼러윈 마케팅이 일어났고, 이에 일부 연예인과 인플루언서들도 가세하면서 핼러윈은 최근 몇 년 사이 젊은 층에게 관심 많은 기념일로 자리 잡았다. 출처 불명의 외래문화에 일부 상업주의가 결합하며 퇴폐적이고 자극적인 한국식 핼러윈 문화가 되었고, 3년 가까이 코로나19로 억눌렸던 젊은이들이 해방구 같은 이태원으로 운집하였다.

정부에서 선포한 국가 애도 기간이다. 매스컴에서는 연일 대대적으로 보도하고 관공서에서는 조기를 게양하고 있다. 외신은 전 세계로 우리의 이태원 참사를 보도하고, 미국 대통령을 비롯한 정상들이 위로 전문을 보내며 협력하겠다고 위로한다. 이런 불행한 사건이 아니고, 대한민국에 경사스럽고 자랑스러운 일로 전 세계에 알려지고 외신들이 대서특필한다면 얼마나 좋을까.

대형 압사 사고는 대부분 종교적 장소와 스포츠·문화 행사에서 벌어졌든가 공공 안전 체계가 부족한 개발도상국에서 발생해 왔기에 더욱 부끄럽고 안타깝다. 우리의 국력은 선진국 문턱에 와 있고, 한류 문화는 세계로 떨치고 있는데…….

중앙재난안전대책본부에 따르면 오후 이태원 참사 사상자는 313명으로 집계됐다(11월 1일 23시 기준). 사상자는 사망자 156명, 부상자 157명이다. 부상자 중 중상 33명, 경상 124명이고, 외국인 사망자는 14개국 26명이다. 서울광장 등 이태원 참사 합동분향소가 전국적으로 마련되어 고인의 명복을 빌고 있다.

이번 불행한 참사를 겪고 통렬한 반성과 뼈를 깎는 심정으로 대책을 세워야 한다. 안전 대비에도 아쉬운 점이 많지만, 이런 불행한 일이 재발하지 않도록 원점에서 돌아봐야 한다. 외래문화를 잘못 받아들인 것이 사고의 원인은 아닐까. 영미권에서 핼러윈 사고가 없는 것은 아니지만, 아이들이 이웃을 돌아다니며 사탕을 받아 오는 것처럼 그들에게 핼러윈은 공동체의 결속을 확인하는 문화라고 한다. 앞으로 모든 축제의 본래 의미도 찾고 바람직하게 발전시켜야 한다. 지금까지 우리의 핼러윈 속엔 축제라는 가면을 쓴 악마 때문에 핼로윈 악몽이 일어난 것이다.

　너무 슬프고 부끄럽고 안타깝다. 희생자들을 애도하고 명복을 빌고, 부상자의 빠른 쾌유를 빌며, 사고의 원인을 철저히 파악하여 이런 일이 다시는 벌어지지 않도록 국가적으로 심혈을 기울여 철통 대비를 하여야 한다.

《충청일보》 오피니언, 김진웅 칼럼, 2022.11.4.

명상(冥想)에 대하여

　형형색색의 단풍이 아름답게 물든다. 붉은색 단풍나무도 눈길을 끌지만, 황금빛 은행나무는 더없이 품위 있고 우아하다. 산책길에 자그마한 공원에 들어서니 은행나무 아래 벤치가 나를 기다린다. 장의자(長椅子)에 앉아 위를 보니 온통 황금빛이다. 머리, 어깨와 무릎에 노랑나비 같은 은행잎이 몇 잎 내려와 귀엣말한다.

　이른 봄에 앙증맞은 연두색으로 태어나 시나브로 자라나 따가운 여름 볕에 열정을 불태우며 소임을 다한 잎들이 아니던가. 언제까지나 고운 자태를 보여 주면 좋겠지만 머지않아 하나하나 떠나 앙상한 가지만 남을 나무들을 생각하니 애처롭고 명상에 잠기게 한다.

　명상(冥想)은 생각에 집중하고 마음을 훈련해 자신의 내면을 객관적으로 바라보는 수행법으로, 마음의 평온을 되찾는 것부터 지혜와 깨달음을 얻기 위한 목적까지 다양한 범위에서 활용된다. 명상에는 집중 명상, 초월 명상, 마음 챙김 명상 등이 있는데 더 연수하겠다.

　명상은 왜 할까. 필자는 교육대학원에서 교육심리를 전공해서인지 이에 관심이 많고 틈틈이 명상 수행을 하고 있다. 우리가 명상하는 이유 중 하나는 스트레스를 감소하기 위해서이다. 흔히 정신적, 육체적 스트레스는 스트레스 호르몬인 코티솔(cortisol·부신 겉질에서 분비되는 호르몬의 하나) 수치를 증가시키는데, 이는 수면을 방해하고 우울과 불안을 조정하는 등 건강에 안 좋은 영향을 준다. 여러 연구에 의하면 명상은 스트레스로 인한 염증 반응 등을 줄일 수 있다. 피로, 불안, 통증 등을 감소하는 데도 도움을 주며, 수면 장애를 개선하고 정신 건강 증진, 집중력 향상 등에 긍정적인 영향을 준다. 이 밖에도 마음 건강을 챙기고 목적이 있는 삶을 살 수 있도록 방향을 잡아 주는 역할을 한다니 명상을 더욱 성실히 해야 하겠다.

명상하는 방법은 왕도가 없는 듯하다. 다양한 형태의 명상법이 있지만, 기본적으로 누구나 시도할 수 있으며, 어떤 운동처럼 특별한 기구나 장비가 필요하지 않다는 공통점이 있다. 명상하기 위해서는 나에게 오롯이 집중할 수 있도록 외부의 자극이 없는 공간을 선택하는 게 좋으며, 마음을 차분하게 해 주는 음악이나 명상 가이드를 틀어 놓는 것이 도움 될 수 있다. 명상할 때는 최대한 가벼운 복장으로 스트레칭한 후 본인에게 가장 편한 자세를 취한다. 명상에 적합한 시간은 약 20분으로, 처음 명상을 할 때는 5~10분 정도로 시작해 점점 시간을 늘리는 게 좋다. 처음부터 오랫동안 하다 보면 지루하고 오히려 역효과가 날 수 있는 것을 경험으로 알았다.

마음의 고통으로부터 인간을 해방하여 아무런 왜곡 없는 순수한 마음 상태로 되돌아가는 것을 초월이라 하며 이를 실천하려는 것이 명상이다. '마음은 왜 내 마음대로 되지 않을까?' 마음은 방과 같다. 마음을 두 개의 방으로 나누면, 큰방은 주인방, 작은방은 손님방이다. 마음 방의 원래 주인은 '행복한 나'인데, 가끔 손님으로 짜증, 수치, 죄책감, 질투 등의 번뇌가 찾아온다. 이 번뇌들은 손님방인 작은방에 넣어 두면 된다.

짜증이 나는 순간 '지금 짜증이 나지만, 행복한 나는 항상 여기 있어.'

라고 알아차려야 한다. 수치스러운 느낌이 드는 순간 '수치스러운 느낌은 손님일 뿐이다. 주인인 행복한 나는 아무 영향도 받지 않아.'라고 알아차리자. 마음 방을 원상태로 되돌릴 수 있는 것은 바로 '나'뿐이니까.

인(因)은 결과를 만드는 직접적인 힘이고, 연(緣)은 그를 돕는 외적이고 간접적인 힘이다. 인과 연이 모일 때마다 내 마음에 놀러 오는 번뇌라는 손님을 두려워하지 말고, 피하지 말자. 주인인 나는 큰방을 지키며 행복한 상태를 유지하자. 너는 너, 나는 나! 마음 방에서 손님이 뭐라 하든 무엇을 하든 상관없이 행복하게 지내는 단련을 하겠다.

소리에 놀라지 않는 사자처럼, 그물에 걸리지 않는 바람처럼, 진흙에 더럽히지 않는 연꽃처럼 행복의 뿌리가 깊고 튼튼해지도록 생활 속의 명상을 하자.

《충청일보》오피니언, 김진웅 칼럼, 2022.11.18.

마음의 평화, 부처님 세상

지난 5월 27일은 불기 2567년 부처님 오신 날이었다. 전국적으로 다채로운 행사를 4년 만에, 코로나19의 제약을 받지 않고 개최할 수 있어 무척 반갑고 기쁘다. '부처님 오신 날'은 석가모니의 탄생을 기념하기 위해 제정한 대한민국의 법정기념일 및 법정공휴일 중 하나로 음력 4월 8일이다.

불기 2567년인 올해의 부처님 오신 날의 봉축 표어는 '마음의 평화, 부처님 세상(Peace of the Mind, World of the Buddha)'이다. 그동안 코로나19로 불안한 일상을 이겨 낸 국민들이 부처님 가르침으로 마음의 평화를 되찾고, 모두가 평등하게 공존하는 부처님 세상이 되기를 염원하는 의미라서 더욱 뜻깊고 감명 깊다.

음력을 기반으로 하므로 윤달의 유무나 음력 초하루의 날짜에 따라 양력 날짜는 매년 달라지며, 불교계는 '석가탄신일'이라는 과거 명칭에서 '석가(釋迦)'는 고대 인도의 특정 씨족을 지칭하는 것이어서 사리에 맞지 않고, '석탄일'이라고 약칭을 쓰면 광물인 석탄(石炭)과 헷갈린다며 '부처님 오신 날'로 명칭을 변경할 것을 요구해 왔다. 이를 수용해 2017년 10월 10일 국무회의에서 '관공서의 공휴일에 관한 규정' 일부 개정안을 의결했고, 석가탄신일의 공식 명칭은 '부처님 오신 날'로 변경된 것이 공감이 가고 반갑다.

부처님 오신 날(5월 27일)을 1주일 앞둔 5월 20일에 열린 대규모 연등

행렬도 무척 장관이었고, 부처님 오신 날에는 거리두기나 마스크 착용 의무 등에서 벗어나 전국 사찰에서 일제히 봉축법요식을 개최하여 국민 축제로 정착되고 있어 매우 기쁘다. 이에 대해 대한불교 조계종 총무원 장 진우 스님은 봉축사에서 "상대방을 배려했던 따뜻한 마음, 최악의 상 황에서도 공동체의 질서를 해치지 않은 희생정신, 나보다 어려운 이웃 을 먼저 보살피는 자비심이 우리 모두를 구했다."고 밝혔다.

자비(慈悲)는 자(慈)와 비(悲), 두 낱말의 합성어이다. 자는 애념(愛 念 : 사랑하는 마음)을 가지고 중생에게 낙(樂)을 주는 것이요, 비는 민 념(憫念 : 불쌍히 여기는 마음)을 가지고 중생의 고(苦)를 없애 주는 사 랑이다. 이 자비는 사랑과 연민의 뜻을 함께 포함한 것으로, 이기적인 탐욕을 벗어나고 넓은 마음으로 질투심과 분노의 마음을 극복할 때에만 발휘될 수 있다.

비가 오락가락하는 날씨였지만 우리 충청 지역에서도 천년고찰인 '보 은 속리산 법주사'와 '덕숭총림 예산 수덕사'를 비롯해 모든 사찰에서도 '부처님 오신 날' 봉축법요식을 봉행하는 것을 메모하며 시청하고, 산사 (山寺)에도 다녀오며 마음의 평화로 부처님 세상이 되길 발원했다.

법주사 주지 정도 스님, 수덕사 주지 도신 스님과 방장 달하 스님의 봉 축사 법문이 가슴에 와닿고 감명 깊었다.

"오늘 이 자리의 불자들이 정성스럽게 올리는 등불 공양에 이러한 염원을 담 아 우리 사회가 화해하고 친교를 나누는 평화로운 불국정토가 되길 축원합니 다.", "지구 온난화뿐만 아니라 전쟁이라는 암흑한 속에서 부처님 오신 날을 맞 이하고 있습니다. 부처님 오신 날을 맞이하는 이날이 바로 우리의 희망이어야 하고, 우리의 긍정이어야 하겠고, 우리의 등불이어야 하겠습니다.", "세상 모든 것이 부처님입니다. 초파일은 나를 회복하는 날로, 내 주인이 나라는 것을 깨닫는 날입니다."

부처님 오신 날, 서울 조계사에 참석해 연등을 올린 윤석열 대통령의 축사도 국태민안(國泰民安)의 염원이 가득하여 기쁘고 공감했다.

"국민의 기쁨과 아픔을 함께 나누고, 나라가 어려울 때는 이를 극복하기 위해 앞장섰습니다. 국민의 삶과 함께해 온 호국불교의 정신은 우리 역사 곳곳에 깊숙이 스며들어 있습니다. 인권 존중, 약자 보호라는 현 정부 국정 철학 역시 공동체와 이웃을 위하는 부처님의 가르침에서 비롯되고⋯⋯."

불기 2567년 부처님 오신 날을 계기로 마음의 평화를 되찾고, 모두가 평등하게 공존하는 부처님 세상이 되고, 진흙 속에서도 아름답게 피어나는 연꽃처럼 우리의 번뇌도 소멸되고 승화되어 더욱 새롭게 태어나길 기원한다.

《충청일보》 오피니언, 김진웅 칼럼, 2023.6.2.

달라지는 설 명절

2023년 계묘년(癸卯年) 검은 토끼의 해의 설 명절은 여러모로 뜻깊다. 거리두기가 풀리고 처음 맞이하는 설 연휴여서 고향 찾는 사람도, 그동안 못 갔던 여행 계획 세운 사람들도 많았다. 1월 30일부터는 감염 취약 시설, 의료기관·약국 및 대중교통을 제외한 대부분 장소에서 실내 마스크 착용이 의무에서 권고로 전환된다니 반가운 현상이다.

영하 60도가 넘는 북극의 찬 공기가 그대로 밀려 내려오며 발생한 역대급 강추위와 폭설, 강풍으로 항공기 결항 등으로 발이 묶여 힘들게 해서 안타깝다.

"10년이면 강산도 변한다."는 말처럼 명절 풍속도가 급변하고 있는 것을 이번 설에도 실감한다. 차례를 지내는 장소도 종갓집이나 고향이 아니어도 편하게 모실 수 있는 곳, 심지어는 관광지나 휴양지에서 지내는 등 다양하게 바뀌고, 역귀성 현상도 늘어나고 있다. 설 명절 분위기는 달라지고 있지만, 고향에 찾아가 부모님과 웃어른을 뵙고 차례와 성묘를 하며, 조상들의 뜻을 기리며 가족과 이웃과 덕담을 나누며 새해를 맞는 전통은 미풍양속으로 지켜야 하겠다.

작년 설 때는 요양병원·시설은 설 연휴를 전후로 임종 등 긴박한 경우를 제외하고는 예약을 통한 비대면 면회만 가능해서, 면회객들은 요양병원 등에 입소해 있는 가족들을 유리창 밖에서만 마주해야 했다. 이번 설 명절엔 실내 마스크 착용 외에 사실상 제한이 없어 코로나19 이전의 일상적인 설 풍경과 크게 다르지 않아 다행이다. 요양병원 등 시설 입소자에 대한 대면 접촉 면회도 가능하다. 면회객은 시설 방문 전 자가 진단키트로 음성 확인을 받아야 하고, 입소자는 3·4차 백신이나 동절기 추가 접종을 마친 사람만 외출이 가능하다.

차례상에도 외국산이 많아진다. 조율이시(棗栗梨柿) 위주의 전통 과일에서 탈바꿈하고 있다. 시물(時物)이라 하여 그 시기에 구할 수 있는 것을 홍동백서(紅東白西)에 관계없이 올리기도 한다. 일가친척이 오순도순 모여 고인(故人)이 좋아하던 사연이 있는 음식을 올리면 좋을 듯하다.

신풍속도로 빼놓을 수 없는 것이 여행이다. 대체휴일제도 있으니 연휴 기간 가족과 함께 해외로 떠나는 '설캉스족(설+바캉스)'들이 해마다 증가하고 있고, '호텔'과 '바캉스'를 합친 말로 호텔에서 휴일을 보내는 '호캉스'도 있다. 고향에 가서 가족 친지들과 함께 쉬는 것을 당연히 여겨 귀성객들이 일제히 나서면서 '민족 대이동'을 하였는데, 요즘은 귀향을 포기했다는 '귀포족'도 많아지고, 꽉 막힌 도로 못지않게 명절에 해외 여행을 떠나는 이들로 북적이는 공항 모습은 흔히 볼 수 있는 풍경이 되고 있다.

용돈 때문에 많은 사람이 고심한다. 참고로 어느 회사에서 코로나19로 약 3년 만에 찾아온 '대면 설'을 맞아, 최근 일주일간 자사 및 계열사 임직원을 대상으로 설문조사를 진행했다. 부모님께 명절 용돈을 드린다면 얼마를 드릴 예정이냐는 질문에 1위는 36.2%가 선택한 30만 원에 이어 20만 원(26.6%), 50만 원(23.5%), 50만 원 초과(9.7%), 10만 원 이하(1.9%) 순서였다고 한다.

저출산 문제는 국가적인 큰 과제이다. 한국의 주민등록 인구가 작년

한 해 동안 약 20만 명 줄었다. 2020년 이후 3년 연속 감소다. 외국인을 포함한 총인구도 작년부터 줄고 있다. 작년 합계 출산율은 0.81명(2021년 0.84명, 일본 1.3명대)으로 OECD 회원국 중 압도적 꼴찌다. 5년 전 1명 아래로 내려간 뒤 계속해서 하향하고 있다. 나라 전체가 '인구 절벽'에서 추락 중이니 국가적인 큰 위기라 아니할 수 없다. 이런 심각한 난제이지만, 자녀나 젊은이들에게 아이를 낳으라고 권장하는 덕담도 언제부터인지 금기어가 되었으니 슬픈 일이다. 아들이나 며느리에게도 할 말을 다 못 한다. 아이를 낳으라는 말을 하면 따가운 눈총의 대상이 되기가 일쑤이니, 저출산 문제 해법은 요원하고 첩첩산중이다.

'설날'이라고 하면 어떤 이미지가 떠오를까. 한복을 곱게 차려입고 어른들께 세배하는 아이들의 모습, 세뱃돈을 주시며 덕담해 주시는 어르신의 모습, 따뜻한 떡국을 먹고, 연을 날리는 모습, 집으로 돌아가는 자식들에게 한가득 음식과 생필품을 챙겨 주시는 부모님의 모습…….

'귀성길'과 '고향 집'이 우리나라 설 풍경의 전부는 아니라는 것을 새삼 깨닫게 된다. 사회 구성원들의 가치관과 삶의 방식 변화로 인해 새로운 방식이 나타나 달라지고 있다. 올해 설 연휴는 혹한까지 엄습했지만, 모두에게 마음만은 가장 따뜻한 설 명절이 되고, 2023년 새해 복 많이 받고, 웃음 가득한 한 해가 되기를 간절히 기원한다.

《충청일보》 오피니언, 김진웅 칼럼, 2023.1.27.

소문만복래(笑門萬福來)

입춘날(2월 4일) 입춘첩을 시(時)에 맞추어 현관에 붙이며 경건한 마음으로 봄맞이를 했다. 입춘대길 건양다경(立春大吉 建陽多慶·봄이 시작되니 크게 길하고 경사스러운 일이 많이 생기기를 기원합니다), 소문만복래(笑門萬福來·웃는 문으로는 만복이 들어온다)를 붙이고 그 의미를 되새기며 크게 길하고 경사스러운 일, 웃는 일이 많고 만복이 가득하기를 기원하였다.

계묘년 새해가 시작된 지 어느덧 한 달이 훌쩍 지났다. 날마다 좋은 일이 많으면 좋겠지만, 각종 물가는 고공행진이고, 지난달 가정용 전기·가스·난방비 등 연료 물가가 1998년 외환위기 이후 가장 많이 오른 것으로 나타났다. 1월분이 부과되는 이번 달에도 난방비와 가스비 폭탄 등에 따른 서민 고통이 계속될 전망이다. 그래도 '소문만복래'라는 말처럼 웃음의 힘을 믿고 슬기롭게 극복해야 하겠다. '웃음'에 대하여 전에 읽은 감동적인 교훈도 되새겨 보며 실행하자고 다짐하여 본다.

"웃는 사람은 실제로 웃지 않는 사람보다 더 오래 산다. 건강은 실제로 웃음의 양에 달렸다는 것을 아는 사람은 거의 없다(제임스 윌스).", "유머 감각이 없는 사람은 스프링이 없는 마차와 같다. 길 위의 모든 조약돌마다 삐걱거린다(헨리 와드 비처).", "우리는 행복하기 때문에 웃는 것이 아니고 웃기 때문에 행복하다(윌리엄 제임스). …….

시절인연 속에서

웃음학의 아버지라고 불리는 '노만 카슨스'는 미국의 유명한 '토요리 뷰'의 편집인이었는데 어느 날 러시아에 출장 갔다 온 후 희귀한 병인 '강직성 척수염'이라는 병에 걸린 것을 알았다고 한다. 이 병은 류머티즘 관절염의 일종으로서, 뼈와 뼈 사이에 염증이 생기는 병으로 완치율이 낮은 편이라, 나이 오십에 이 병으로 죽는다고 생각하니 원통하고 분했다. 그는 서재에 있는 몬트리올 대학의 '한수 셀 리'가 지은 『삶의 스트레스』라는 책을 보고 "마음의 즐거움은 양약이다."라는 말에 감동하였다. '아하, 가장 좋은 약은 마음의 즐거움에 있구나!'라고 생각하고 '나는 오늘부터 웃어야지. 즐겁게 살아야지.'라고 다짐하고 계속 웃었다. 계속 웃으니 아픈 통증이 사라지기 시작했고 어느 날부터 손가락이 하나하나 펴지게 되었고, 가족들과 같이 웃음을 실천하니 몸이 점점 호전되어 완치되었다고 한다. 그 후 편집인을 그만두고 의과대학 교수 밑에서 보조 일을 시작하여 웃음 치료에 대해 연구하여, 의과대학을 정식으로 다닌 사람이 아닌데도 의과대학 교수가 되었다. 노만 카슨스는 베스트셀러가 된 그의 저서 『질병의 해부』에서 "웃음은 방탄조끼다."라고 강조한다. 어떤 세균, 병균, 바이러스도 웃는 사람에게는 들어갈 수 없다는 교훈일 것이다.

한바탕 웃고 나면 몸 안에서 감마인터페론이 2백 배 이상 증가하는데, 이것은 면역체계를 작동시키는 T 세포를 활성화해 종양이나 바이러스 등을 공격하는 백혈구와 면역 글로불린을 생성하는 B세포를 활발하게 만들어 외부로부터 침입하는 세균에 저항할 수 있는 최상의 몸 상태를 만들어 준다고 한다.

웃음은 마음과 정서를 강하게 하는 힘이 있고, 한 번 크게 웃을 때마다 엔돌핀을 포함해 21가지 쾌감 호르몬이 생성된다. 웃음은 불안, 짜증, 공포와 관련된 교감신경을 억제하고 안정, 행복, 편안함을 지배하는 부교감 신경을 자극해 혈압을 낮추고 혈액 순환을 돕는다고 한다. 박장대소와 요절복통으로 웃으면 650개 근육, 얼굴 근육 80개, 206개의 뼈가 움직이며 에어로빅을 5분 동안 하는 것과 같아 신소 공급이 2배로 증가하여 신체는 시원해지고 자신감이 생기고, 활력이 솟구치고, 늘 긍정적인 상상을 지속할 수 있다니……

예전에는 경쟁에서 성공하기 위해서는 기술의 발전이 중요시했지만, 현대는 서비스 즉 고객을 감동하게 하는 웃음이 성공의 중요한 열쇠이고, 'Fun 경영'이 유행어가 된 요즈음 유명한 사람들과 성공한 사람들의 공통점은 표정이 밝거나 늘 웃는 인상이라고 한다.

소문만복래(笑門萬福來)란 입춘첩처럼 웃는 문에는 만복이 들어오고, 웃으면 복(福)이 온다. 오래전 방송에서 방영하던 〈웃으면 복이 와요〉를 온 가족이 모여 재미있게 보던 생각도 난다. 웃어야 웃을 일이 저절로 생기고, 웃음은 인생을 행복하게 하는 힘이 있다. 웃을 일 없어도 웃으면 웃을 일이 생긴다. 행복한 사람이 웃는 게 아니라 웃는 사람이 행복해진다. 내가 웃으면 거울도 웃는다. 일소일소 일노일노(一笑一少 一怒一老·한 번 웃으면 한 번 젊어지고 한 번 화내면 한 번 늙어진다)이니 웃음으로 고물가, 경제난 등을 봄눈 녹듯 몰아내고 '소문만복래'라는 웃음의 힘으로 가정과 사회와 국가에 상서로운 일과 웃음꽃이 만발하길 기원하여 본다.

《충청일보》 오피니언, 김진웅 칼럼, 2023.2.10.

제5부

우리나라 우리 고장

청주 명암저수지(2022.4.30.)

육거리종합시장에서

"더도 말고 덜도 말고 한가위만 같아라." 언제 들어도 넉넉하고 징거운 말이다. 추석을 하루 앞두고 육거리전통시장을 가다 보니 어느 백화점 앞에 '추석 마중'이란 현수막이 가을바람에 흔들리고 있다. 전통시장과 대조되는 대형마트는 아니지만, 백화점에서도 발 빠르게 추석 손님맞이를 하고 있다.

전국적으로 알려졌다는 유명한 청주 육거리종합시장답게 시장에 들어서니 사람들에게 밀려 저절로 들어갈 정도로 왁자지껄하였고, 상인들도 싱글벙글하는 모습이 '날마다 오늘만 같았으면.' 하는 듯하다.

제수용품을 사러 이곳저곳을 다니니 어느 때보다 물건도 사람도 많아 활기찬 모습에 신바람이 났다. 아내와 함께 밤, 배, 사과 등 과일 하나하나도 정갈하고 좋은 것을 정성껏 골라 사서 장바구니에 담았다. 어느 분은 덤으로 몇 개씩 더 주기도 하고 값을 깎아 주기도 하여 인정이 넘치는 재래시장으로 오기를 잘했다고 생각했다. 그날 아침에 이웃에 사는 젊은 분이 대형마트에 함께 가자는 전화를 받고 망설이다 우리는 재래시장으로 왔다. 대추는 아직 풋대추라 사지 않았다.

'나도 풋대추 같은 사람은 아닐까?' 생각하고, 발걸음을 옮기니 마늘종이 있어 자세히 보았다. 종이박스(box) 조각에 '중국산 마늘종'이라 삐뚤삐뚤한 글씨로 씌어 있었다. 좌판을 지키며 앉아 있는 할머니 글씨 같다. '마늘종까지 중국산이라고. 지금은 제철도 아닌데. 중국에서는 요즈

시절인연 속에서

음 생산되는 곳도 있나?' 더 살펴보니 중국산은 마늘종뿐이 아니었다. 고사리, 번데기, 도라지, 연근, 참깨, 당근, 운동화, 모자…….

당근을 보니 몇 년 전 생각이 났다. 체질을 바꾸고 건강에 좋다는 말을 듣고 아침 식사 대신 당근과 사과를 갈아 마셨는데 입술과 혀에 붉은 물이 묻어 깜짝 놀라 알아보니, 바로 중국산 당근에 붉은 색소로 착색한 탓이라니 남자인 내가 입술에 연지까지 바른 것이다. 식품에 표백제나 농약 성분도 나올 때가 있다니 원산지를 잘 보겠다.

제수품도 알게 모르게 중국산 등 외국산이 점점 많아져 조상님들이 깜짝 놀라실 것 같다. 세상 참 많이도 달라졌다는 것을 거듭 실감한다.

배추를 사려는 사람들이 입을 딱 벌린다. 크지도 않은 배추 한 포기에 만 원 가까이 한다니! 올여름에 극심했던 가뭄과 폭염 탓이리라. 속히 경제가 좋아지고 물가 안정이 되어, 가을 김장 때라도 걱정이 없어야 할 텐데…….

정육점 앞에도 줄을 서 있어서 다른 볼일부터 보려고 발길을 옮기니 의외의 문구에 놀랐다. "진짜 한우(韓牛)가 아니면 일억 원을 드립니다." 틀림없는 한우 고기라는 자랑이겠지만 불신 사회가 낳은 현상이다. 이렇게 큰소리를 쳐도 아내의 발걸음은 오랫동안 다니는 단골집으로 향한다.

언젠가 어느 상점 앞에 써 붙인 쪽지글을 보다가 혼자 웃으니 지나가는 사람이 이상한 눈으로 쳐다보아 멋쩍었다. 쪽지글에 주인의 애교가 담겨 있어 웃음가마리는 아닌 것 같다. "진짜 참기름.", "진짜 진짜 참기름…."

《공무원연금지》에서 보낸 추석 선물도 받아 무척 기뻤다. 지지난달 《공무원연금지》를 읽고 '연금지에 바란다'에 보낸 의견이 채택되어 '온누리상품권' 한 장을 받아 고기를 살 때 보탰으니 조상님들도 기뻐하실 게다. 그 전에도 여러 이벤트에 응모하여 모바일상품권을 받은 적이 있지만…….

몇십 년 전에는 명절을 앞둔 오일장이 서는 날 재래시장은 대목장이었다. 인산인해를 이루었고 심지어는 미아(迷兒)가 발생하기도 했다. 청주 오일장은 지금은 잊혔지만 2일, 7일이었다. 그래도 어느 분 이야기를 들으니 요즘도 이런 장날에는 사람이 더 많다고 한다. 편리하다고 제수용품까지 마트에서 사는 사람도 많지만, 물건을 고르고 흥정하는 가운데 인정이 넘치고 사람 사는 냄새나는 재래시장의 기쁨을 만끽할 수 있을까. 아직은 주차장이 멀리 떨어져 있어 주차 문제 등 보완할 일은 있지만…….

이처럼 청주뿐 아니고 전국적으로 명소가 된 육거리종합시장이기에 여러 선거를 할 때마다 입후보자들이 빼놓지 않고 찾아와 지지를 호소하고 있다. 얼마 전에 대통령께서 다녀갔듯이 고위 인사들도 이곳에 자주 와서 전통시장을 다니며, 경제와 여론 동향 등을 살피며 시민들을 만나는 것이다.

추석을 앞두고 그날 육거리시장의 모습처럼 활기차고 행복한 추석 명절, 언제나 더도 말고 덜도 말고 한가위만 같은 인정이 넘치는 넉넉한 나날, 물가도 안정되고 경제난도 해결되며 생동하는 국가, 예전처럼 아이들도 많이 데리고 나와 더욱 활기차고 웃음꽃이 울려 퍼지는 육거리종합시장이 되기를 간절히 소망한다.

《충청일보》 오피니언, 김진웅 칼럼, 2016.9.23.

대한민국 내일의 주인공

어린이와 청소년은 대한민국 내일의 주인공이고, 가정과 나라의 미래이고 보배이며 희망이다. 나는 교육자 출신이라서 누구보다도 어린이와 청소년 교육에 지대한 관심을 두고 있다.

얼마 전, 어린이·청소년 문제가 심각하게 대두되어 이에 대한 자료를 검색하다가 월간 《소년 영웅》을 창간한다는 소식을 접하고 마치 나의 인생철학과 교육관을 대변하는 것 같은 창간 목적에 몰입하여 공감할 수 있었고, 기쁜 심정으로 나도 모르게 내일의 주인공 육성에 대하여 재삼 숙고하였다.

창간 목적은 구구절절 나의 심금을 울려 주어 감동했다.

"대한민국 내일의 주인공인 어린이·청소년들에게 역사 속 영웅들의 위대한 삶과, 탐구·실천정신, 호연지기를 심어주어 미래를 향한 무한한 꿈과 포부를 갖게 하고, 어릴 적부터 나라 사랑하는 마음과 올바른 역사관, 국가관, 세계관을 적립시켜 민족의 숙원인 남북통일과 통일 조국의 국가 번영을 주도하여……."

교육대학을 거쳐 방송통신대학교 초창기에 초등교육과를 졸업하고 교육대학원에서 교육심리를 전공하며, 청소년 교육에 대한 전문지식도 더욱 넓히며 최선을 다하며 근무하였다. 교사, 부장교사, 교감, 학교장으로 근무하다가 정년퇴직하였지만, 지금도 학생들을 보면 반갑고 기대되고, 학교에서 근무하는 꿈을 꾸기도 할 만큼 각종 사안에 관심이 많다. 한눈팔지 않고 오로지 교육이라는 한 우물을 파며 달려온 나의 발자

취와 부합하는《소년 영웅》의 창간 목적에 큰 박수를 보낸다.

작품 공모를 공동주최하는 '(사)색동회, 방정환연구소'는 교과서에도 나오는 익숙한 이름이지만, '도서출판 꼬레아우라'는 무척 생소하고 궁금하여 알아보았다. "꼬레아 우라!" 이 외침은 "대한민국 만세!"라는 뜻이고, 1909년 10월 26일 오전 9시 30분, 무렵 만주 하얼빈에서 을사늑약을 강제 체결한 침략의 원흉인 이토 히로부미를 죽이는 거사를 성공시키고, 안중근 의사가 러시아어로 외친 말이라니……. 안중근 의사의 거룩한 애국·희생정신, 평화 사상을 담은 바른 생각·바른 출판사가 '꼬레아우라'라는 것을 알고 감동하며, 나도 미력이나마 참여하고 싶어 정성껏 글을 써 보내며 가슴 설렌다.

반만년 오랜 역사를 자랑하는 우리나라이지만, 예로부터 지정학적으로 엮인 강대국들에 시달리며, 길가의 질경이처럼 짓밟히면서도 강인한 민족성으로 역사를 이어 왔다. 악몽 같은 일제강점기에서 벗어나 광복을 맞이하였지만, 우리 민족의 의사와는 아랑곳없이 비극의 분단국가가 되었다. 동족상잔(同族相殘)인 6·25 전쟁으로 잿더미 속에서 오늘날의 번영을 이룬 것은 무엇보다 교육의 힘이 지대하다. 부존자원이 없는 나라에서 이만큼 잘살고 있는 것은 교육의 힘이라 해도 과언이 아니지만, 결코 여기에서 주저앉아서는 안 된다.

어린이·청소년을 우물 안 개구리처럼 좁디좁은 한반도에 국한하지 않고, 국제화 시대에 대한민국의 위상을 세계만방에 드높이는 글로벌 인재로 육성하여야 한다. 우리 대한민국의 건국이념인 홍익인간(弘益人間)의 뜻을 펼쳐, 세계 자유·평화에 기여하며, 세계를 무대로 눈부신 활약을 하는 글로벌 인재가 되도록 해야 한다.

시절인연 속에서

초·중·고등학생들이 가장 선호하는 직업은 선생님인 것으로 여러 번 확인됐다. 취직이 하늘의 별 따기만큼 어려운 시대에, 학생들은 적성과 능력보다 사회적으로 안정적인 직업을 희망하는 것으로 풀이된다. 한국직업능력개발원이 전국 초·중·고교생 18만 402명을 대상으로 실시한 '2014년 학교진로교육 실태조사'를 분석한 결과인데, 최근 조사 자료도 비슷하다.

예전에는 어렸을 때 장래 희망을 물으면 대통령, 국회의원, 판·검사, 의사 등을 자랑스럽게 말했던 것과 너무나 대조적이고 현실적이다. 이 조사처럼, 청소년들이 교사와 공무원 등 통념상 안정된 직업들을 선호하는 현상이 갈수록 굳어지는 현상이라 여겨진다. 학부모 역시 자녀가 갖기를 원하는 직업 1순위로 교사라고 답했다니, 자녀의 희망과 적성을 따지기보다 살아갈 걱정이 적은 안정적인 직업 선택을 바라고 있고, 이런 학부모의 영향을 자녀들이 받을 수밖에 없지 않은가.

적성이나 열정과 도전 정신이 없이 삶의 목적을 안정과 물질에 둔 청소년이 많다는 세태는 결코 바람직하다고 볼 수 없고, 이런 근시안으로 보는 나라의 장래가 걱정된다.

도전은 용기가 바탕이 되어야 하고, 용기란 스스로 '가치 있는 사람'이라고 생각할 때만 발현된다. 자신의 가치를 낮게 매기는 사람들은 항상 자신의 단점만 보인다. 그래서 어렵사리 용기를 내려면 그때마다 귀신같이 단점들이 나타나 걸림돌이 된다.

삶은 타고난 대로 사는 것이 아니라, 일체유심조(一切唯心造)란 교훈처럼 마음먹은 대로 사는 것이라는 것을 새삼스레 되새겨 본다.

이제는 가정과 학교에서 바른 품성의 창의적인 사람으로 육성해, 미래를 내다보고 설계하고 정진할 수 있도록 교육제도와 사회 분위기를 충실히 마련해야 한다. 따라서 바른 품성의 창의적인 사람으로 육성하여야 한다. 아름답고 창의적인 인생은 선택이 아니고 필연이고, 창의적인 사람은 대체로 새로운 경험, 명상, 도전을 좋아한다.

내면에서 우러나오는 동기에서 힘을 얻고, 적성과 좋아하는 일에 몰입해 즐기면서 혁신하는 창의적인 사람이 되어야 하겠다. 또한, 나라 사랑하는 마음과 올바른 역사관, 국가관, 세계관을 적립시켜 민족의 숙원인 남북통일과 통일 조국의 국가 번영을 주도하도록 지도하여야 한다.

나는 나름대로 최선을 다하여 근무하던 중, 1995년에는 유공교원으로 선정되어 통일된 독일과 프랑스, 네덜란드 등 유럽 선진국 연수를 다녀왔고, 2003년에는 금강산 연수, 2011년에는 학교장으로서 자매결연학교인 중국 헤이룽장성 닝안시 조선족소학교 행사를 마친 후, 우리 민족의 영산 백두산도 다녀오는 특별하고 소중한 기회가 있었다.

이 연수를 통하여 많은 것을 배울 수 있었지만, 특히 분단국의 아픔을 극복하고, 독일처럼 하루속히 통일하여야 한다는 것을 절실히 통감하였고, 통일 교육에도 적극 활용하며 힘쓴 것이 자랑스럽다.

평화를 유지하고 나아가 남북통일이 되려면 막강한 국력 없이는 자칫 그들의 기만전술에 속아 넘어갈 수 있다. 강한 나라가 되려면 나라 사랑하는 마음으로 철통같이 뭉쳐야 통일 조국의 숙원을 앞당길 수 있다. 북한이 핵을 포기하고, 남북이 손잡고 통일된 한반도를 이룩하기 위해서는 온 국민의 피나는 노력, 단합된 힘과 자라나는 청소년들의 역할이 막중하다.

"역사를 잊은 민족에겐 미래가 없다."라는 말처럼 올바른 역사관과 국

시절인연 속에서

가관으로 무장하지 않고는 내일의 주인공이 될 수 없으니, 안중근 의사 같은 위인들의 애국심과 희생정신, 평화 사상을 배우고 실천하는 바르고 슬기롭고 자랑스러운 어린이와 청소년으로 자라나야 하고, 모든 국민은 청소년들의 귀감이 되고 본보기가 되어야 한다.

조국과 독립을 위해 헤아릴 수 없는 위대한 업적을 남기신 안중근 의사를 비롯해, 목숨 바쳐 조국을 위해 싸운 많은 독립운동가와 순국선열이 계셨기에 지금의 대한민국이 있지 않은가. 항상 감사한 마음으로 더욱 내가 하는 일에 최선을 다해야 한다.

위인들의 소중한 가르침이 많지만, 특히 안중근 의사의 명언 중에서 아래 말씀을 대한민국 내일의 주인공인 청소년들은 물론 온 국민이 알고, 개인과 나라의 발전과 행복한 삶이 되도록 모두 하나가 되어 정진하기를 갈망한다.

'뿌리 없는 나무가 어디서 날 것이며, 나라 없는 백성이 어디서 살 것인가?'를 되새기며 나라 사랑하기를 간절히 바라면서.

"一日不讀書 口中生荊棘(일일불독서 구중생형극)(보물 제569-2호)."
"하루라도 책을 읽지 않으면 입안에 가시가 돋는다."
"人無遠慮 難成大業(인무원여 난성대업)(보물 제569-8호)."
"사람이 멀리 생각하지 못하면 큰일을 이루기 어렵다."

우주강국의 꿈

"카운트다운을 시작하겠습니다. 10, 9, 8, 7, 6, 5, 4, 3, 2, 엔진 점화, 누리호가 이륙 발사되었습니다."

지난 2022년 6월 21일 오후 4시, 하얀 연기를 내뿜으며 우주를 향해 솟구쳐 오르는 누리호의 모습은 평생 잊지 못할 감동이었다. 우리 한국형 발사체 '누리호'를 발사하는 역사적인 장관을 보려고 외출도 미루고 텔레비전 앞에 앉았다. 전라남도 고흥에 가서 직관하면 더 좋겠지만, 생중계를 보는 것만으로도 손에 땀을 쥐게 하는 감동과 우려가 교차하였다.

작년 10월에 있었던 누리호 1차 발사에서는 총 3단계의 발사체 분리와 페어링 분리가 계획대로 이뤄지며 목표 고도인 700km에 위성 모사체를 올려놓았으나, 최종 3단 엔진의 연소가 46초나 일찍 종료되며 안타깝게도 실패했던 일이 떠올라 걱정되었다.

누리호가 지축을 박차고 포효하듯 오르는 모습에 잠시도 눈을 뗄 수 없었고 손에 땀이 흥건하였다. "모든 과정이 순조롭게 진행되고 있다."는 해설을 듣고서야 안도하며 환호의 박수를 보낼 수 있었다. 1단 분리 확인, 페어링 분리 성공, 2단 분리 성공, 성능 검증 위성 분리, 위성 모사체 분리 성공……. 우리나라가 독자 개발한 한국형 우주 발사체 누리호가 화염을 내뿜으며 힘차게 날아올라 목표 궤도인 700km 성능 검증 위성을 진입시켰고, 위성과 지상국의 양방향 교신도 성공했다. 이로써 우리나라는 실용 인공위성을 자력으로 발사할 수 있는 세계 7번째 국가가 되었다니 참으로 자랑스럽다.

이번 2차 발사에서는 위성 모사체뿐만 아니라 큐브위성 4기를 포함한 위성을 함께 탑재했다. 성능 검증 위성은 초속 7.5km 비행 속도 달성 후 이를 분리한 후 통신까지 성공하였다는 해설을 듣고 뛸 듯이 기뻤다. 우주 당국은 물론 온 국민이 오랫동안 염원하던 우주강국의 꿈을 실현하는 첫발을 뗄 수 있어 우리 과학자들과 대한민국이 마냥 자랑스럽다. 이번 누리호 성공을 바탕으로 2027년까지 4차례의 추가적인 발사를 할 계획이라니 크게 기대된다.

날씨 등의 어려움이 있어 2번이나 연기가 되며 우여곡절 끝에 진행됐던 누리호 2차 발사였다. 그 무렵 장마 전선이 제주를 시작으로 남해안으로 북상할 수 있다는 예보를 듣고 발사를 하루 앞당기면 좋겠다는 생각도 했지만, 계획한 21일 고흥 지방의 날씨가 무척 좋아 나로호 발사 성공을 도와주어 천우신조였다. 이로써 대한민국의 위상이 몇 단계 높아지고, 한국을 단숨에 세계에서 7번째 우주강국 대열에 올려놓으며 꿈만 같던 우주로 가는 길을 처음으로 연 것이다. 세계 우주강국에 비하여 출발은 늦었지만, 피와 땀으로 무에서 유를 창조한 자랑스러운 쾌거이다. 특히 순수 국내 기술로 제작된 한국형 최초 우주발사체 '누리호(KSLV-Ⅱ)'가 우리 발사대에서 성공적으로 발사된 기적 같은 역사적인 순간이었다.

개발한 분들은 "결과보다는 과정을 지켜봐 달라."고 강조했다고 한다. 실패하더라도 과정은 남고, 이를 바탕으로 우리 우주 기술이 발전한다는 것이다. 일상에서도 과정이 중요하다는 것을 거듭 깨닫는다. 내가

'행복을 찾는 108배'를 할 때도 한 번 한 번 절명상을 하며 느껴지는 충만하고 풍요로운 지금 이 순간에 감사하며 수행할 수 있지 않은가. 물론 108배를 다 마쳤을 때도, 매사(每事) 최선을 다하여 완수할 때마다 보람과 성취감도 크다.

이번 누리호 성공 전에도 수많은 실패가 있었다. 나로호는 2009년과 2010년 두 번 발사에 실패하고 2013년에 성공했다. 나로호를 개발할 때는 러시아의 도움을 받았지만, 누리호 때는 우리 힘으로만 만들어야 했다. 국가 기밀로 관리되는 우주 기술을 배우기 위해 연구진은 전 세계의 공개된 자료를 샅샅이 뒤지고 연구하며 수많은 시행착오를 겪었다. 불면증과 악몽에 시달릴 정도로 심적 부담이 컸다니……. 쇠붙이가 불에 달궈지며 더 강하게 연마되듯 수많은 역경을 극복하고 가슴 벅찬 성공을 하였다.

항우연 과학자들은 "다음 세대를 위해 연구하는 것."이라고 입을 모은다. 우주 개발은 보통 10년이 넘는 장기 프로젝트이니 "젊은 세대들이 끊임없이 이어 가야 한다." 실제로 이번 누리호 개발에 참여한 한 젊은 연구원은 고등학생 때 나로호 발사를 직접 보며 우주 개발자의 꿈을 키웠다고 한다. 오래전 내가 지도했던 학생들도 과학적 소양을 기르며 꿈을 키워 행복한 삶을 가꾼다면 얼마나 좋을까.

우리나라 우주기지가 있는 고흥에 가 보고 싶다. 지난 유월, 거문도와 백도를 관광할 때 녹동항에서 승·하선했지만, 주마간산으로 지나쳐서 아쉬웠다. 고흥은 전국적으로 유자(柚子) 생산지인데 이제 '우주'라는 이름이 더 유명하다. 고흥에 있는 '우주로 가는 길'도, 보성군 벌교읍에서 시작해서 고흥군 도양읍까지 가로지르는 '우주항공로'도 달려 보고 싶다. 고흥에 우주와 관련한 상호들이 급증하는 것도 흥미롭다. 우주꽃집, 우주떡방앗간, 우주공인중개사, 우주민속주점, 우주산장, 우주해수욕장…….

누리호 성공에 힘입어 금년 8월에는 우리 기술로 만든 첫 번째 달 탐사선 '다누리호'가 우주로 향한다니 반갑다. '다누리'는 '달을 모두 누리라'는 뜻이라니 더욱 뜻깊고 정겹다. 이번에도 반드시 성공하길 거듭 기원한다.

누리호 2차 발사 현장에도 많은 학생이 우주로 향하는 누리호를 지켜봤다. 과학자들이 수많은 실패를 하고 때로는 비난을 받으면서도 불굴의 신념으로 도전하는 피나는 노력 덕분에 우주 꿈나무들이 더 큰일을 할 수 있을 것이다.

앞으로 모든 분야에서 더 알차고 좋은 교육과 환경을 조성하여 하루속히 대한민국의 국력이 더욱 막강해지고, 선진 우주강국의 꿈을 실현하도록 정진하여야 하겠다.

《충북수필》 제38집, 2022.11.25.

집중호우를 겪으며

길을 가다 보면 평탄한 길만 있는 것이 아니고, 급류도 건너야 하고, 오르막길도 가시덤불도 걸어야 한다는 것을 뼈저리게 알게 되었다. 이런 역경을 겪고 극복하는 것도, 우리 삶 모든 일상도 수행(修行)이고 수양(修養)이라는 것을 늦게나마 깨닫게 되어 기쁘다. 올여름은 평년보다 극심한 폭염이 기승을 부리더니, 지난 7월 9일 무렵부터는 많은 양의 비가 짧은 시간에 좁은 지역에 집중되어 내리는 집중호우도 이어져 전국적으로 엄청난 피해를 보았다. 다른 사람들의 일로만 알았는데, 직접 겪으며 나도 수재민의 한 사람이 되다니……

올해 장마 때 국지적 폭우가 특히 충청과 남부 지방에 집중적으로 폭포처럼 퍼부었다. 지난 7월 14일 군산에는 하루 372.8mm가 쏟아졌고, 15일에도 70.2mm가 내렸다. 세종시에는 이틀간 466.4mm, 청주에는 427.8mm가 내렸는데, 같은 기간 서울에는 단지 75.0mm 비가 왔다고 한다. 소나기와 폭우의 지역적 편차가 매우 큼을 잘 보여 주고, 천재지변으로 인한 피해에 철저히 대비해야 한다는 교훈을 깨우쳐 준다.

지난 2023년 7월 15일, 먼동이 틀 무렵 일어나 현관문을 열고 나가자마자 소스라치게 놀랐다. 담장이 있어 아늑하던 곳이 훤하고 허전하였다. 가까이 가서 자세히 살펴보니 옹벽과 담장이 붕괴하여 마당이 몽동발이가 된 듯하다. 좀 오래된 시설이지만, 부분적으로 무너진 것이 아니라 마치 폭격당한 듯 10m 넘게 한꺼번에 없어지다니……. 이럴 때는 아파트에 사는 사람들이 부럽기도 하다.

　날이 더 밝기를 기다렸다가 심호흡을 한 후 아내와 마을 통장에게 알렸다. 밖에 나와 본 후 발을 동동 구르며 놀라는 모습을 보고 침착하게 알린 나 자신을 칭찬했다. 만약 여과 없이 허둥대며 소리쳤으면 심신이 여린 아내가 병원에 실려 갔을지도 모르는 상황이니.

　뜻밖에 이런 일을 당하니, 급하게 서두르다 오히려 일을 망친다는 의미인 발묘조장(拔苗助長)이라는 말이 생각난다. 중국 고전『맹자』에서 유래한 사자성어로 '급하게 서두르다 오히려 일을 망친다.'는 의미이고, 이를 줄여서 조장(助長)이라고도 한다. 조장은 '사행심 조장', '지역감정 조장'처럼 '바람직하지 않은 일을 더 심해지도록 부추김'의 의미라서 당연히 부정적인 의미로 사용되는데 매스컴에서도 긍정의 의미로 잘못 쓰는 사례도 있어 씁쓸하다.

　이 말의 유래도 흥미롭다. 중국 송나라에 어리석은 농부가 있었다. 모내기한 이후 벼가 어느 정도 자랐는지 궁금해서 논에 가 보니 다른 사람의 벼보다 덜 자란 것 같았다. 농부는 궁리 끝에 벼의 순을 잡아 빼 보니 약간 더 자란 것같이 느껴졌다. 집에 돌아와 식구들에게 "온종일 벼의 순을 빼느라 힘이 하나도 없다."고 하자 식구들이 기겁하였다. 논에 달려가 보니 벼는 이미 하얗게 말라 죽어 버렸으니 얼마나 기막히고 어처구니없었을까.

　진둥한둥하며 빨리하려고 하면 제대로 이룰 수 없고, 너무 조급하게 서두르면 오히려 일을 그르치게 된다는 교훈을 배웠으니, 우리 집 수해 복구도 냉철한 머리로 차분하게 하기로 다짐했다. '걱정보다 생각하자. 생각은 인과관계를 따져 내일을 구체적으로 계획하는 것이지만, 윌 로저스의 말처럼 걱정은 흔들의자 같아서 계속 움직이지만 아무 데도 가

지 못한다. 할 수 없는 일을 걱정할 게 아니라, 지금 당장 내가 할 수 있는 일을 지혜롭게 하자.'

마을 통장이 피해 상황을 알렸는지 아침 일찍 탑대성동사무소(동장 성○○) 직원 몇 명이 나왔고, 여자분도 있었는데 인사를 하고 보니 동장이었다. 한참 둘러보고 돌아가더니 가장자리가 더 무너지지 않도록 주문 제작한 청색 덮개를 갖고 와 씌워주었다. 담장 파편이 널브러진 골목길 입구에는 안전 테이프를 설치하고 "호우에 따른 붕괴로 안전사고가 우려되어 통행을 제한하오니 양해하여 주시기를 바랍니다."란 안전 문구를 써서 코팅한 안내문까지 부착해 주었다. 직원들과 함께 쏟아지는 폭우를 맞으며 힘겨운 응급조치를 한 동장님과 수고한 분들에게 감동하며 많은 생각을 하였다. 나도 41여 년간 교육현장에서 최선을 다한 것 같지만, 이런 투철한 사명감으로 이분들처럼 근무했는지 되돌아본다.

며칠 후 우리 집 피해 현장에 와서 협의한다기에 나가 보니 골목길을 막고 있는 폐기물을 처리해 준다고 해서 무척 고마웠다. 전화를 받고 동사무소에 가서 서면으로 피해 신고를 했지만, 주거하는 주택이 아니고 외부 시설이라 재난지원 대상이 아니라고 해서 안타깝다. 청주시가 재난 구역이 되었어도 소용없는 것인가. 그래도 불의의 수해를 당해 심신이 지쳐 실의에 빠진 우리를 위해 동사무소에서 주선하여 자원봉사자의 도움을 받아 잔재물을 치워 주어서 고맙고 다행이다. 덕분에 행인들의 통행 불편을 해소하고, 차근차근 복구할 수 있는 용기와 힘을 얻게 되어 무척 기쁘고 힘이 난다.

바쁜 업무도 미룬 채 몇 번씩이나 현장에 나와 발로 뛰며 진두지휘하는 동장을 비롯한 직원, 탑대성동 통장 대표, 포클레인과 트럭까지 동원하여 우선 한숨 돌릴 수 있게 한 분들께 깊이 감사드린다. 나도 자원봉사자의 한 사람으로 충청북도국제교육원에서 주관하는 다문화학생 멘토링을 하며 큰 보람이 있지만, 앞으로 자리이타(自利利他) 정신으로 더욱 참여하여야 하겠다.

이번 폭우로 수십 명이 유명을 달리하는 사고가 발생하면서 다시 한번 '기후 위기'에 관한 경각심을 일깨우는 목소리가 커지고 있다.

7월 20일 중앙재난안전대책본부(중대본)에 따르면, 이날 오전 11시 기준 집중 호우로 인한 누적 인명피해는 사망자 46명, 실종자 4명, 부상자 35명으로 사망자와 실종자를 합한 수는 총 50명에 달한다. 무려 14명의 사망자를 낸 우리 고장의 오송 지하차도 침수 참사는 너무 슬프고, 재해이면서 인재이기에 더욱 가슴이 미어진다.

앞으로 집중 호우 등으로 인한 모든 재난과 정부 시책도 유비무환과 방미두점(防微杜漸) 태세로 잘 대비하여 미리 예방하거나 피해를 최소화할 수 있게 힘써야 하겠다.

《충북수필》 제39집, 2023.11.30.

지역 사회와 함께

우리 고장에 있는 MG새마을금고는 지역과 함께 더불어 살아가는 마을 사랑방 같은 역할을 충실히 하고 있어 자주 들른다. 내가 새마을금고 가족이 된 것도 무려 35년이 넘은 듯하다. 처음에는 시중은행보다 금리가 좀 높은 편이라 찾아갔는데 새마을금고 산악회에 참가하면서 더욱 가족처럼 가까워진다.

올해 우람하게 신축한 새마을금고 앞에는 축하 현수막이 회원들을 반겨 주며 행복하게 하고 있다.

"60년의 동행, 함께 빛낼 100년!" 창립 60주년을 축하하는 슬로건이 더욱 마음에 와닿고 감동을 준다.

사람 나이로 치면 회갑(回甲) 일 년 전이다. 나무는 뿌리가 있고, 물이면 샘이 있듯 우리 새마을금고도 탄생이 경이롭다. 하늘과 땅이 맞닿는 경상남도 산청군 생초면 계남리 하둔마을을 비롯한 작은 농촌 마을에서 1963년 5월에 태동했다. 모두가 가난했던 시절, 가난한 현실에 절망하지 않고 풍요로운 미래를 개척하기 위해, 미래를 위한 향토 개발 사업의 하나로 태어난 것이 무척 다행이고 감사하다. 1963년에 뿌려진 마을금고라는 희망의 씨앗이 싹트고 무럭무럭 자라나 거목(巨木)이 되어 60년의 동행을 넘어 함께 빛낼 100년의 위대한 여정을 향하고 있는 것이 마냥 자랑스럽고 자못 기대가 크다.

교육자로 정년퇴직한 나는 젊은 시절에 학교에서 새마을 업무를 맡았을 때, 경기도 성남시 분당에 있는 새마을운동중앙연수원에서 일주일간 합숙 연수를 통해 새마을운동과 새마을금고에 대해 잘 알게 되었다. 그때부터 더욱 관심을 두고 참여할 수 있게 되어 무척 보람 있고 자랑스럽다.

한국 전쟁이 끝난 후 우리 한국의 경제와 사회 전반은 피폐해졌고, 1인당 국민소득은 70달러에 불과해 북한보다도 경제력이 미치지 못했다. 70% 이상이 농촌에 거주해 생계를 농업에 의지하고 있었기에 농촌의 생활 수준을 높이고, 농촌 지역 현대화가 필요하다는 박정희 대통령의 영도력과 선견지명으로, 1970년 4월 22일부터 출범한 새마을운동보다 무려 7년이나 앞서 탄생한 새마을금고가 아닌가! 근면, 자조, 협동 정신을 바탕으로 주민들의 자발적인 참여로 새마을운동이 지역사회개발운동으로 뒤떨어진 농촌을 발전시키는데 디딤돌이 되어 크게 이바지하였고, 새마을금고는 가난했던 현실을 극복하고 풍요로운 미래를 개척하기 위한 향토 개발사업이라는 공통점이 있다. 이들은 가난을 물리치고 우리가 이처럼 넉넉하게 잘살 수 있는 바탕과 원동력이 되어 참으로 기쁘고 다행이다. 하늘도 우리나라를 도와준 것 같다.

이웃 간에 서로 돕고 사랑하며 협동하는 우리 고유의 자율적 협동조직인 계, 향약, 두레 등 마을 생활의 공동체 정신을 계승하고, 협동조합의 원리에 의한 신용사업, 공제사업 등의 생활금융과 문화복지후생사업, 지역사회개발사업 등을 통하여 회원의 삶의 질을 향상하고, 지역공동체의 발전과 국민 경제의 발전에 공헌하는 토종금융협동조합인 새마을금고가 무척 믿음직스럽다.

우리 새마을금고는 기업이나 다른 비영리조직이 하기 어려운 바람직하고 가치 있는 역할을 담당하고 있다. 한마디로 새마을금고 목표는 회원의 삶의 질의 향상과 지역 공동체, 나아가 우리 사회 전체의 모습이 풍요롭고 조화로운 사회가 되도록 이바지하는 데서 찾을 수 있어, 존재 이념을 '참여와 협동으로 풍요로운 생활공동체 창조'로 정하였다니 매우 반갑고 뜻깊다.

　우리 새마을금고의 임원(이사)선거가 지난 2월에 있었다. 몇몇 분이 임원선거에 출마해 보라고 권유해서, 처음에는 망설였으나 곰곰이 생각하니 이 기회에 지역 사회와 새마을금고 발전에 작은 힘이나마 이바지하고 싶었다. 후보 등록을 하려고 예·적금과 출자금 현황 등 여러 가지 후보 자격 조건을 확인하니 충분하여 다행이었다. 선거공보 자료를 정성껏 작성하고, 최종학교 학력증명서 등 여러 서류를 발급받아 등록하면서도 고민과 갈등도 많았다. 공무원 경력을 입후보할 수 있는 경력에 인정해 주어 퇴직 공무원으로서 자랑스럽고 긍지를 갖게 되었다.

　'공직에 근무한 관계로 주민과 대의원들을 많이 알지도 못하는데 당선될 수 있을까? 대의원 1인 1표 투표제가 1인 정수 투표로 변경되었어도, 선거 운동을 어떻게 하여 과연 몇 표나 득표하여 당선될 수 있을까? 만약 낙선되면 공탁금(500만 원) 낸 것은 얼마나 찾을 수 있을는지…….'

　고민할수록 불안감은 증폭되었지만, 용기를 내어 도전하자고 결심하니, 평소에 느낀 새마을금고와 대의원이 아니고 한 분 한 분이 그렇게 소중하고 대단하게 보일 수 없었다. 투표가 시작되기 전, 소견 발표할 때도 긴장되었지만, "공직에서 일한 경험을 바탕으로 금고 발전에 최선을 다하겠다."란 각오를 침착하고 참신하게 발표하니 우레와 같은 박수가 들려 뛸 듯이 기뻤다. 지방선거나 국회의원 등 각종 선거에 출마하는 사람들의 심정이 이럴까.

　투표가 끝난 후 개표를 참관할 때, 가슴이 두방망이질 치며 조마조마한 심정은 지금도 잊지 못한다. 소중한 한 표 한 표를 나에게 주신 대의원들이 그렇게 고마울 수가 없어 큰절이라도 드리고 싶다. 우여곡절 끝에 천만다행으로 당선되어 지금은 임원 회의에도 참석하며 열심히 활동하고 있다. 우선 나부터 앞장서고자 정기예금 등도 새마을금고에 더 많이 예치하고, 전기 요금과 수도 요금 자동이체도 옮기니 당선 은혜에 다소나마 보답하는 것 같다.

새마을금고 발전과 문화 창달의 성패는 임·직원들에게 달려 있다. 구성원들이 이러한 실천 정신을 이해하고 생활함으로써 각자의 역할과 본분을 다할 때 새마을금고의 성장·발전은 물론 꿈과 보람이 있는 금고를 만들 수 있다. 새마을금고인의 정신처럼 '자조(창의·도전), 호혜(사랑·봉사), 공동체(성실·책임)'로 우리 금고가 지역 사회와 회원들과 함께 더욱 튼실한 뿌리를 내리고 일취월장할 수 있도록 미력이나마 발 벗고 나서겠다.

오늘도 새마을금고에 들르니 직원과 회원들이 반겨 주어 기쁘다. 우람하게 신축한 건물 벽면에 설치된 전광판에서 나오는 문구가 어머니 품처럼 우리를 행복하게 해 준다. 앞으로 더욱 건실하고 믿을 수 있는 튼실하고 바람직한 운영으로 훌륭한 서민금융기관으로 발전하는 새마을금고가 되길 기원한다.

"힘찬 미래! 밝은 미래! 행복한 미래를 지역 사회와 함께하겠습니다."

새마을금고 창립 60주년 기념 에피소드 응모작 (2023. 5. 10.)

지도자의 품격

지긋지긋한 코로나19와 싸우느라 장기간 움츠러든 우리에게 봄은 또 왔다. 요즘에는 기분이 언짢을 때도 머리가 복잡할 때도 산책을 하면 저절로 웃게 된다. 온갖 생물이 자라나고, 벚꽃을 비롯해 산천초목이 수려하고 만화방창(萬化方暢)하다. 튀밥을 튀긴 듯 팝콘을 터뜨린 듯 장관이다. 잃어버린 일상도 금방 되찾을 것 같아 두 주먹을 불끈 쥐어 본다. 이처럼 꽃들도 품격이 있다. 양귀비같이 요염하지 않고, 초가지붕 위 박꽃처럼 순수하고 소탈하고 참신한 봄꽃에게 의연한 품격을 배우고 싶다. 우리도 이런 품격을 갖춰야 한다는 봄꽃의 귀엣말을 글로 담는다.

마침 미사봉말글샘터(misabong.com)에서 보낸 '지도자의 품격'에 대한 이메일이 뜻깊고 감명 깊다. 산책길에 곰살궂게 속삭이던 봄꽃들이 보낸 편지 같다.

미국이 독립한 얼마 후, 군복을 멋지게 차려입은 젊은 장교가 말에서 내려 시골길을 걸어가고 있었습니다. 그의 말은 먼 길을 달려오느라 지쳐 있었던 것입니다. 마침내 징검다리가 놓인 냇가에 다다랐는데, 비 그친 직후여서 징검다리가 물속에 잠겨 있었습니다. 사방을 휘둘러보던 장교의 눈에 저 멀리서 밭을 매고 있는 노인이 보였습니다. 장교는 큰 소리로 그를 불렀고, 노인이 다가왔습니다.

"노인장, 내 말이 지쳐서 그러니 미안하지만 나를 업어서 냇가를 건너 주어

시절인연 속에서

야 하겠소. 이 멋진 군복이 물에 젖어서야 되겠소?"

의기양양하게 말하는 젊은이에게 노인은 미소를 지으며 그를 업었습니다. 노인이 힘겹게 냇가를 건너고 있는데 등에 업힌 장교가 물었습니다. "노인장은 군대에 나간 적이 있소?" 그러자 노인이 땀에 젖은 얼굴로 빙그레 웃으며, "젊었을 땐 저도 군대 생활을 했었지요." 그러자 장교가 말했습니다. "계급이 뭐였소? 일병이었소?" 노인이 조용히 말했습니다. "그것보다는 조금 높았지요.", "그럼 상병이었소?", "그것보다도 조금 높았습니다.", "그렇다면……. 당신은 하사관이었군. 흠……. 꽤나 공을 세운 모양이구려!" 그 말에 노인이 웃으면서 조용히 말했습니다. "공이라야 보잘것없었습니다만… 그것보다는 좀 더 높았지요." 그러자 장교의 눈이 휘둥그레졌습니다. "그렇다면 당신도 장교였다는 말이오?" 노인은 젊은 장교의 군복이 물에 젖지 않도록 조심스럽게 건너며 대답했습니다. "보잘것없는 능력이었음에도 그것보다는 조금 높았습니다."

그러자 젊은 장교의 얼굴이 파랗게 변했습니다. 떨리는 목소리로 다시 물었습니다. "그……. 그렇다면 장군이었습니까?" 노인의 얼굴에 인자한 웃음이 떠올랐습니다. "하찮은 저에게 조국과 하나님께서는 그것보다도 높은 직위를 허락했지요." 젊은 장교는 혀가 굳어서 더 이상 말을 잇지 못했습니다. 마침내 시냇가를 힘겹게 건넌 노인이 젊은이를 맨땅에 내려놓았습니다. 땀에 젖은 노인의 얼굴에는 온화한 미소가 퍼져 있었습니다.

"안녕히 가십시오. 젊은 장교님. 저는 밭을 마저 매야겠습니다."

그가 총총히 뒤돌아서 다시 시냇물을 건너가고 있었습니다. 그에게 업혀 시냇가를 무사히 건넌 젊은 장교가 노인을 향하여 정중하게 경례를 했습니다.

이 이야기는 미국 독립의 아버지이자 초대 대통령이었던 조지 워싱턴이 대통령 퇴임 후 자신의 고향에 돌아와 농사를 지으며 살던 시절의 일화(逸話)이다. 이는 한 인간이 사람들을 가르치고 이끌 수 있는 기본적인 힘이 어디에서 생겨나는지, 그 힘이 주위 사람들에게 어떤 모습으로 다가오는지를 잘 가르쳐주고 있다. 대부분 사람이 냇물을 건네주기는커녕 젊은 장교에게 내가 누군 줄 아느냐고 호통을 치며 꾸짖었을 것이다.

언어의 품격이 있고, 내 삶을 돌아보게 하고, 언행일치하는 지도자의 품격이 어떤 것인가를 가슴에 새길 수 있어 무척 감동하였다.

우리 모두 이런 훌륭한 품격을 갖추면 얼마나 좋을까. 특히 우리 국정을 짊어지고 강대국가와 복지국가로 이끌 책무를 진 위정자들과 지도층, 코로나19 등 각종 난관을 극복할 책무를 짊어진 우리 지도자들이.

《충청일보》 오피니언, 김진웅 칼럼, 2023.4.8.

시절인연 속에서

가정의 달 교훈

산과 들이 날로 푸르러지는 싱그러운 오월, 가정의 달이다. 이 년 이상이나 우리를 힘들게 하고 일상조차 앗아간 지긋지긋한 코로나19로부터 하나하나 일상으로 되돌릴 수 있을 것 같아 무척 반갑지만 아직은 조심스럽다.

오월은 여느 달보다 행사와 기념할 날도 많다. 근로자의 날(5월 1일)을 시작으로 어린이날(5일), 어버이날(8일), 대통령 취임식(10일), 스승의 날(15일), 성년의 날(16일), 부부의 날(21일)……. 가정의 달이란 말만 들어도 왠지 따뜻하고 포근한 행복감이 느껴진다. 가정의 달의 의미와 교훈을 새겨 보며 다짐을 해 본다.

가정의 달과 관련된 말씀을 가슴에 담아 본다. 불교 경전 『아난문사불길흉경』에 "믿음으로 가정이 화평하면 살아생전에 복과 좋은 일이 저절로 찾아온다. 복이란 자신의 행위에서 오는 결과일 뿐 결코 신(神)이 내려 주는 것이 아니다."라고 가르쳐 주고, 세계적인 스위스의 교육학자 페스탈로치는 "가정의 단란함이 이 세상에서 가장 빛나는 기쁨이다. 그리고 자녀를 보는 즐거움은 사람의 가장 거룩한 즐거움이다."라고 역설했고, 옛부터 새해가 되면 각 가정에서는 대문과 벽에 가화만사성(家和萬事成)을 써 붙였다. '집안이 화목하면 모든 일이 잘된다.'라는 의미이다. 한 가정이 화목하고 평화로울 때 그 사회도 환하게 밝고, 내일의 주인공인 어린이들이 바르게 자라고 미래 지향적일 때 그 나라의 앞날 또

한 밝아지는 것이다. 올해는 어린이날이 제정된 지 100주년이 되는 해라 더욱 뜻깊다.

사슴이나 멧돼지의 새끼들은 어미에게 없는 반점 무늬와 줄무늬를 가지고 태어난다. 이런 무늬는 '나는 새끼이니 공동으로 보호해 주고 돌봐주라.'는 일종의 무리 내에 통용되는 명령장 같은 것이라서 새끼들은 누구에게나 배려와 돌봄을 받는다고 한다.

아주 오래전에 고향 시골 마을 헛간채에서 화재가 났을 때 목격한 모습이 지금도 얼비친다. 불이 꺼지고 난 후 잿더미 속에 까만 덩어리가 있어 헤쳐 보니 암탉이 병아리들을 품은 채 새까맣게 타 죽어 있었고, 그 속에서 병아리들이 기적같이 구사일생으로 나오는 것을 보고 눈시울을 적셨다.

지난해 우리나라 인구가 2년 연속 자연 감소했다. 지난 2020년 처음 인구 자연 증가세가 꺾인 이후 이러한 추세가 지속되는 것이다. 통계청의 '2021년 출생·사망통계'에 따르면 지난해 우리나라 인구는 57,300명 자연 감소를 기록했다. 이는 전년 대비 24,700명 더 감소한 것이라니 실로 심각하다.

지난해 출생아 수는 260,500명으로 전년보다 11,800명(-4.3%) 감소했다. 국내 합계 출산율(한 여성이 평생 낳을 것으로 예상되는 평균 자녀 수)은 0.81명으로 역대 최저치를 경신했다. OECD 회원국 중 최하위 수준이다. 이런 저출산 문제는 우리나라의 운명을 좌우할 국가적 과제다. 어린이 한 명 한 명이 우리 사회를 지탱할 소중한 꿈나무들이다. 저출산·고령화 기조가 지속되면서 '인구 절벽'이 더 가팔라질 수 있다니 가정의 달을 계기로 국가적인 시급한 대책이 절실하다.

요즘 우리 사회는 가정의 행복을 깨는 금수(禽獸)만도 못한 부끄러운 사건들이 많다. 존비속 살해, 어린이 납치와 학대, 반인륜이고 패륜적인 범죄 등이 너무 많이 일어나고 있다. OECD 평균인 1.9명을 넘어선 2.1명이 이혼하는 것으로 회원국 중 우리나라 이혼율은 9위(아시아에서 1위)라는 불명예를 안고 있다니……. 가정 파탄으로 인한 결손가정에서 비롯된 자녀들의 불행과 사회적 손실이 상상을 초월하고 있어 가슴 아프다.

우리는 가정이란 울타리에서 삶의 새로운 에너지를 얻고 미래를 설계하며 행복의 근원을 찾기 때문에 가정은 가장 중요한 공간이다. 가정은 사회를 이루는 기초 단위이고 가정이 건강해야 사회와 국가가 건강할 수 있고, 가정이 무너지면 사회와 국가도 병들고 불안해진다. 이혼율 증가, 저출산 등 난제 극복과 가화만사성의 교훈을 되새기는 가정의 달이 되기를 염원한다.

《충청일보》 오피니언, 김진웅 칼럼, 2022.5.6.

교육은 백년지대계(百年之大計)

오는 6월 1일은 전국 지방자치단체장과 지방의원, 교육감 그리고 국회의원 재·보궐선거를 하는 전국동시지방선거일로 법정 휴일로 지정되어 있다. 지난 3월 9일 대통령 선거에 이어 또다시 국가적으로 중요한 선거가 치러지게 된다.

지방선거는 '우리 지역 맞춤형 일꾼'을 뽑는 것이니, 능력과 덕망을 갖춘 지도자를 선출하여 지역 발전과 더욱 행복한 주민이 되게 해야 한다. 이번 지방선거에서 교육감도 선출한다. 교육은 백년지대계(百年之大計)이다. 그만큼 먼 장래까지 내다보고 교육감도 잘 뽑아야 한다. 후보들의 공약(公約)과 품격 등을 잘 보고 충직한 교육감을 선출해야 성공적인 교육을 할 수 있다.

지난 5월 15일은 스승의 날이었다. 처음 시작은 1958년이다. 청소년 적십자에 속한 단원들이 선생님 중에 편찮으시거나 퇴직하신 분들을 위문하는 운동을 시작한 것이 우리나라 스승의 날이 만들어진 계기가 되었다고 한다.

1964년 5월 26일, 국제적십자위원회에 가입한 날을 '스승의 날'로 정했는데, 1965년부터는 성군으로 이름 높은 세종대왕 탄신일인 5월 15일로 변경하였다. 스승의 날은 1973년 정부의 서정쇄신 방침에 따라 한때 사라진 적도 있었고, 국민교육헌장 선포 기념일인 12월 5일로 통합되면서 폐지되었다가, 1982년에 5월 15일을 다시 법정기념일로 제정하여 지금까지 스승의 날로 이어져 온다.

　스승의 날, 뜻깊은 영화 한 편을 봤다. 〈언제나 마음은 태양(To Sir with Love, 1967)〉이라는 신규 교사 마크 새커리(Mark Thackeray)가 별난 아이들을 만나 생활하는 과정을 다룬 고전 영화이다. 영화를 보며 필자가 정년퇴직 전에 학교에 근무하던 추억이 새록새록 떠올랐다. 참교육의 가치를 알려 주는 줄거리이며, 주제가가 빅히트하면서 국내에서도 많은 사랑을 받은 추억의 영화로 유명하다.

　영화는 영국의 항만 근처 빈민가에 있는 어느 학교에 흑인 교사 마크 새커리(시드니 포이티어)가 부임하면서 시작된다. 공부와 담을 쌓은 백인 학생들은 흑인 교사를 골탕 먹이기에 바쁘고, 학교 당국과 동료 교사들은 이 상황을 방관한다. 이들이 문제아라는 이유로 체벌로만 학생들을 가르치려고 했고 학생들은 반항으로 응답하였다. 그러나 새커리는 이들을 교화시키기 위해 학생들을 체벌하는 것이 아니라 오히려 어른으로 대접해 주고 사회의 일원으로도 동등하게 대우한다. 그리고 교과서의 내용을 주입하기보다는 인생, 죽음 등 철학적인 내용으로 스스로 생각하는 인간으로 만들기에 노력한다. 지성이면 감천이라더니 학생들은 점차 새커리의 참교육에 감동하기 시작하고 점차 정상적인 학생으로 돌아오기 시작한다. 새커리가 학교를 떠나야 하는 상황이 되자, 학생들은 떠나는 선생님을 위해 공연을 만들어 노래를 부르는데(음반은 LuLu의 버전), 그 곡이 바로 〈To Sir With Love〉였다. 흑인 교사가 백인 아이들을 가르치는 역설적인 상황을 통해 영국의 주입식 교육의 문제점을 지적한 역작이라 시사점이 많았다.

필자가 어렸을 때만 해도 선생님 그림자도 밟지 말라고 하였고, 군사부일체(君師父一體)라는 말이 낯설지 않을 정도였는데……. 우리나라에서 스승의 날이 5월 15일이 된 것도 1965년 세종대왕 탄신일을 스승을 기리는 감사의 날로 제정했기 때문이고, 대만도 공자의 탄신일을 스승의 날로 정했다고 한다.

예전에는 스승의 권위는 이처럼 절대적이었지만 시대의 변천과 함께 그 권위는 점차 떨어져, 이제는 교권 추락을 운운하는 장탄식이 터져 나오기까지 한다. 학생 인권 신장도 필요하지만, 교권 보호도 절실하다.

교권 존중과 스승 공경의 사회적 풍토를 조성하여, 백년지대계인 교육을 정상 궤도에 올리고 우리나라와 가정의 내일의 주인공들을 훌륭하게 육성하기를 간절히 바란다.

《충청일보》 오피니언, 김진웅 칼럼, 2022.5.20.

소중한 한 표를 행사하고

선거일 전까지 여러 후보의 현수막이 걸렸던 자리에 희비가 엇갈리는 현수막이 아래위로 자리하고 있다.

"성원에 감사드립니다. 지역에 힘이 되는 시의원이 되겠습니다. -시의원 당선인 ○○○", "낙선사례/성원에 감사드립니다. 다시 더 채우겠습니다. - 청주시의원 후보 ○○○"

당선인에게는 축하를, 낙선인에게는 심심한 위로를 보내며, 각종 선거 때마다 느낀 생각을 진솔하게 제안해 본다.

지난 4월 5일, 청주시의회의원보궐선거(청주시 나 선거구)가 있어 소중한 한 표를 행사했다. 지난해 3월 9일에 있었던 대통령선거 때는 필자도 사전투표를 했지만, 이번에는 고민 끝에 선거일에 투표하러 가니 생각보다 투표소는 한산했다. 사전투표 때문인지 투표율이 낮은 탓인지 번잡하지 않았다. 아내는 사정이 있어 3월 31일과 4월 1일 이틀 중 4월 1일에 다녀왔는데, 그날도 조용했다고 한다.

선거 때마다 유감스럽고 의아하게 생각한 사전투표에 대해 피력해 본다. 본투표는 하루인데 사전투표는 왜 2일이나 할까? 배보다 배꼽이 더 큰 것 같다. 법령 등을 개정하여 이틀 하던 것을 하루만 실시한다면 막대한 혈세를 들여 치르는 선거 비용도 획기적으로 줄이고, 중차대한 선거관리를 보다 효율적이고 공정하게 할 것 같은 욕심에 관련 법령 등을 알아보았다.

　사전투표도 본투표와 비교하면 편리하고, 본투표에서는 통·반에 따라 정해진 투표소에 가지 않으면 투표가 불가능하나, 사전투표에서는 장소와 지역에 구애받지 않고 투표가 가능하다. 또 본투표의 경우 통·반으로 분배된 선거인의 명부를 가지고 있고, 이를 투표소 근무자들이 일일이 찾아야 하므로 찾는 근무자도 힘들고 그만큼 대기 시간이 길어진다.

　사전투표는 투표율 상승에 도움이 되고, 위의 열거된 특징으로 시간이 상당 부분 단축되는 등 장점도 있지만, 문제점과 논란도 너무 많다. 관외사전투표함 CCTV 미설치, 어느 선거든 선거 막바지쯤에 이슈가 터질 가능성이 충분히 존재하는데 이 경우 사전투표에서 미리 투표한 유권자들은 그러한 이슈에 대한 자신의 판단과 의사를 표시할 수 없게 되고, 공식 선거운동 기간이 짧아지게 되고, 관외사전투표 투표지 때문에 읍면동별·투표소별 개표 결과 왜곡되고, 투표용지를 일일이 출력해야 하는데, 이 속도가 느려서 지방선거의 경우 7~8장을 다 뽑으려면 한참 걸려서 대기 시간이 오래 걸리고, 때로는 사전투표 관리 소홀, 부정선거 시비가 끊이지 않는 등 문제점 및 논란도 많았다.

　'민주주의'의 안정적 운영과 발전은 '공정한 투표'에서 시작되고, 민주주의의 꽃은 선거이다. 사전선거 없이 본투표로 하면 선거경비를 줄이고 부정 시비가 없을 수 있겠지만, 사회적 합의가 어렵고 요원하니 사전투표를 하더라도 다음 몇 가지 제안처럼 사전투표 제도를 개선하여 실시하였으면 한다.

2024년 4월 10일 실시할 총선을 앞두고 국회의원 수를 최대한 줄이고, 공직선거법을 일부 개정해서 말도 많고 탈도 많은 현재 2일간 하는 사전투표를 아예 없애고 만약 폐지할 수 없다면, 1일로 축소하면 국가적 과제였던 정치 혁신이 될 것이다.

사전투표는 논란이 많은 전자개표기 이용을 금지하고, 사전투표와 본투표 결과가 상반되는 경우는 수기식 재검표를 실시한다면 사전투표 부정선거 논란과 선거 경비를 획기적으로 해소하고 절약하며, 선거로 인한 국민 분열을 줄이고 공정선거 확립 효과가 매우 클 것이다.

《충청일보》 오피니언, 김진웅 칼럼, 2023.4.21.

다문화 멘토링

지난 3월 23일 충북국제교육원 세미나실에서 멘토링 봉사자들(27명) 맞춤형 멘토링 봉사자 역량강화 워크숍 연수가 있었다. 특히 오리엔테이션 및 다문화교육 특강이 감명 깊었다. 강사는 오○○ 충북교육삼락회장과 남○○ 전 원봉초등학교 교장 선생님이 다문화 학생 지도를 위한 실질적인 내용을 토론식으로 진행하여 매우 유익하고 큰 도움이 되었다.

다문화 학생의 폭발적인 증가에 맞춰 충북국제교육원(원장 이○○)은 충북교육삼락회에 의뢰하여 한국어를 어려워하는 학생 50여 명에게 맞춤교육을 실시하고 있다. 필자도 멘토링(Mentoring) 봉사자로 지원하여 일주일에 2일 ○○초등학교 2학년 다문화 학생 3명(러시아, 카자흐스탄, 우즈베키스탄)을 지도하게 되어 무척 보람 있고 기쁘다. 우리나라에 와서 일하는 부모를 따라왔거나 대한민국에서 태어난 어린이들이다. 세계 10위권 경제 대국이 된 대한민국이 마냥 자랑스럽다.

다문화 가정은 국제결혼을 한 부부와 그 자녀로 이루어진 가정이며, 다문화 이주민은 서로 다른 문화적 배경을 가진 이주민들을 통틀어 이르는 말이다.

충청북도의 다문화 학생 맞춤형 멘토링 사업은 2019년부터 퇴직 교원의 능력과 경험을 활용해 다문화 학생들에게 맞춤형 기초·기본 학습을 지원하고자 시작되었다. 올해는 퇴직 교원 27명으로 구성된 멘토단이

시절인연 속에서

○○초등학교와 ○○초등학교에 재학하는 다문화학생 56명의 멘티에게 4월 첫 주부터 멘토링을 본격적으로 실시한다.

다문화 학생들을 지도하다 보니 처음에는 의사소통이 잘 안 되어 어려움이 많았지만, 쉬운 한글과 우리말은 통할 수 있어 다행이다. 학생들의 다양성을 존중하며 한국어와 수학을 중심으로 지도하며 점차 적응하고 있다. 학교에서 적절한 교재를 사서 제공하고 간식까지 정성껏 준비하여 지원하여 주는 학교 당국과 ○○○ 다문화부장 선생님께 감사드리고 싶다.

멘토링 봉사자 역량강화 워크숍 연수를 할 때, 국제교육원장의 "퇴직 교원의 풍부한 교육경력과 열정이 다문화 가정 학생들의 학습과 학교생활 적응에 많은 도움을 줄 수 있을 것이라 기대되고, 다문화 학생들의 맞춤형 교육을 위해 다양한 프로그램을 지원하겠다."라는 말씀이 가슴에 와닿는다.

다문화 학생 맞춤형 멘토링은 도내 다문화 학생 대상으로 1:1 멘토-멘티 매칭으로 한국어 교육 및 기초 학습 능력, 학교생활 적응을 돕는 뜻깊은 사업이다.

한국교육개발원의 교육통계서비스(KESS)에 따르면 2022년 4월 1일 기준 전국 초·중·고 다문화 학생 수는 총 16만 8,645명이라니, 전체 학생 수 527만 5,054명 중 3.2%를 차지하는 셈이다. 다문화 학생 수는 약 7년 만에 2배가 되었다니 무척 놀랍다. 2015년 8만 2,536명이었던 학생 수는 2017년 10만 9,387명을 기록하며 사상 첫 10만 명을 넘어서더니 2019년 13만 7,225명, 2020년 14만 7,378명, 2021년 16만 56명 등으로 매년 엄청난 증가세를 보인다.

충청권 다문화 학생 수도 이미 2만 명을 넘어섰다. 다문화 학생 수는 대전 3,428명, 세종 815명, 충남 1만 1,569명, 충북 6,824명 등 총 2만 2,636명이다. 지난해 2만 1,439명에서 5.6%포인트나 늘어났다(《대전일보》, 2022. 12. 29.). 이런 상황인데도 다문화 교육의 질적 수준은 제자리걸음이라니 시급히 해결해야 할 과제이다.

다문화 학생의 학교생활 부적응의 요인으로는 주로 학업과 교우 관계로 인한 것으로 조사됐다. 과반수의 학생은 '학교 공부가 어려워서(56.2%)', '친구들과 잘 어울리지 못해서(55.4%)' 어려움을 겪고 있다니 이런 측면에서 세심한 지도가 필요하다고 여겨진다.

다문화 학생들이 안정적인 학교생활을 영위할 수 있는 교육 환경을 조성해야 한다는 전문가의 주장처럼, 필자도 학교에서 서로의 문화 차이를 이해하고 더 나아가 서로의 문화에 관심을 가질 수 있도록 지도하여, 학교 속 다문화가 세계시민 교육으로 나아가는 발돋움이 될 수 있도록 다문화 멘토링에 적극 힘쓰겠다고 거듭 다짐하여 본다.

《충청일보》 오피니언, 김진웅 칼럼, 2023. 5. 5.

제576돌 한글날에

책을 읽다가 '하늘연달 아흐레'란 말을 잘 몰라 알아보니 '10월 9일'의 순우리말이다. 하늘연달은 아침의 나라가 열린 달이고, 기원전 2333년 단군이 단군조선을 건국했던 달이다.

지난주 하늘연달 아흐레(10월 9일)는 제576돌 한글날이었다. 아침 일찍 태극기를 게양하고 주위를 둘러보니 태극기 단 집이 손꼽을 정도이다. 시청에서 거리에 단 태극기마저 없었다면 더 쓸쓸했을 것이다. 한글날은 그냥 노는 날이 아니다. 한글을 만들고 지켜 주신 선조들에 대해 감사드리며, 우리말과 우리글을 사랑하고 발전시키자고 다짐하는 뜻깊은 날이다.

한글날은 한글을 창제해서 세상에 펴낸 것을 기념하고, 한글의 우수성을 기리기 위한 국경일이다. 이번 경축식은 한글이 우리에게 자부심을 주는 문화 힘의 원천으로 한글 덕분에 우리가 누리는 것에 대해 되돌아보고, 한글에 고마움을 표현하는 의미를 담아 '고마워, 한글'이라는 주제로 개최되었다.

여러 한글학자를 비롯하여 한글을 지키고 사랑한 분이 많지만, 『The-K 매거진』 10월호를 읽고 많은 사람이 개그맨으로 알고 있을 정재환 님의 한글 사랑에 큰 감명을 받았다. 한글 사랑으로 새로운 인생의 행복을 찾은 성균관대학교 동아시아연구소 책임연구원(한글문화연대 공동대표)이다. 방송인으로 활발히 활동하던 마흔 살에 대학 새내기가 된 뒤 배움과 가르침을 함께하며 학자로서의 삶을 선택하였다. 과학으로 빚은 세계 최고 명품인 한글을 모두가 제대로 누리도록 피나는 노력으로 이바지하는 데 큰 박수를 보낸다. "지금의 한류는 저절로 만들어진 것이 아니고, 우리가 그동안 흘린 땀과 눈물의 결정체이고, 모든 한류는 한국어와 한글로 통한다."는 그분의 말씀에 적극적으로 공감한다.

해외에서 우리 한글을 사용하는 곳도 있어 기쁘다. 찌아찌아족은 인도네시아 술라웨시섬 남쪽 부톤섬에 약 7만여 명이 살며 고유 언어인 찌아찌아어를 쓰고 있다. 찌아찌아족의 언어와 라틴 문자의 표기법이 어울리지 못하고 겉돌아 점차 다른 소수 민족어처럼 사라질 것을 우려하다가, 2009년에 한국의 민간단체인 '훈민정음학회'가 찌아찌아어의 표기 문자로 한글 도입을 건의해서 이루어졌다. 비록 비공식 문자이긴 하여도 찌아찌아어를 한글로 표기하는 방안을 채택하여 초등학교 수업에 활용하였고, 지금은 다른 지역까지 확산하여 한글 교육이 이루어지고 있다니 자랑스럽다. 예를 들면 '안녕하세요?'라는 의미의 찌아찌아어를 문자로는 '마엠 빠에 을렐레'로 표기하는 식이다. 인도네시아 관광을 가서 부톤섬에서 찌아찌아족이 한글로 공부하는 모습, 한글로 표기된 이정표와 간판 등을 보고 싶은 마음 간절하다.

세계에서 으뜸가는 한글인데도 현실은 걱정되는 일이 많다. '심심한 사과'는 '매우 깊고 간절한 사과'라는 뜻인데 "사과가 심심하냐?"는 웃지 못할 논란도 있었다. '심심한'이라는 단어를 '지루하고 따분하다.'라는 뜻으로 오독한 것이다.

"금일(今日) 심심한 사과를 드리면서 사흘간 무운(武運)을 빈다."라는 문장을 예로 들면 '오늘'을 말하는 '금일'은 금요일로, '3일'을 뜻하는 '사흘'은 4일로, '전쟁에서 이기고 지는 운수'를 뜻하는 '무운'을 운이 없다로 이해하기도 한다니 큰 걱정이다.

"금요일에 지루한 사과를 드리며 4일 동안 불운하길 바랍니다."라는 문장이 되니…. 이 외에도 여자 양궁 대표팀이 '9연패(連霸)'를 했다는 기사에 "왜 이겼는데 '연패'라고 하느냐?"라는 댓글도 있었다. 연패를 '패했다'라고 이해한 것이다. 학생, 직장인 가릴 것 없이 한자어에 약해 우려스럽다.

"시장이 반찬이다."라는 말을 제대로 알아듣지 못해 웃지 못할 웃음거리도 있었다. 무슨 뜻인지 아느냐는 질문에 "시장에 가면 반찬을 많이 팔지 않느냐?"라고 대답했다니….

영국의 옥스퍼드대학에서 세계의 모든 문자를 두고 합리성, 과학성, 독창성의 기준으로 순위를 매겼는데 우리 한글이 당당하게 1위를 차지했을 만큼 세계의 언어학자들이 우수성을 인정하였다.

한글날을 계기로 우리 한글이 더욱 사랑받고 발전하도록 온 국민이 마음을 모아 힘써야 하겠다.

《강건문화뉴스》 오피니언, 김진웅 칼럼, 2022.10.22.

한미일 정상회의

　오랜 폭염과 집중호우 그리고 반복되는 '묻지 마 범죄' 등으로 우울하다가 모처럼 기쁜 소식을 접하고 큰 박수를 보낸다. 한미일 3국은 8월 18일(현지 시간) 미국 대통령 별장인 캠프 데이비드에서 열린 정상회의에서 정상회의 정례화 및 각종 협의체 신설에 합의했다. 안보, 경제 등 각 분야 한미일 협력을 제도화해 각국 정권 변화에도 흔들리지 않도록 협력의 제도화를 해서 든든하다.

　윤석열 대통령이 지난 15일, 광복절 경축식을 마친 후 부친상(父親喪)을 당하여 장례를 모시자마자 잠시도 쉴 겨를이 없이 한미일 정상회의를 위하여 급히 출국할 때 너무 안타까웠다. 필자는 최근 종합건강검진을 받고서도 그날 무척 피곤하였는데…….

　매스컴에서 연일 3국 정상회의에 대한 보도가 이어져 되새겨보았다. 정치가도 시사평론가도 아니지만, 국민의 한 사람으로서 하나하나 보고 들으며 국격이 높아진 대한민국의 역할에 감동하였다.

　미국 메릴랜드주에 위치한 대통령 별장인 캠프 데이비드에서 열린 한미일 정상회의에 외신들의 이목이 쏠렸다. 외신들은 윤석열 대통령 주도로 이뤄진 한일관계의 해빙에 힘입어 한미일 3국 간의 긴밀한 관계 구축이라는 더 높은 단계로 나아갈 수 있게 됐다고 한다.

　《워싱턴포스트》는 "윤 대통령은 작년 5월 취임 이후 과거사 문제를 넘어 일본과의 화해를 모색했다."며 "특히 올해 봄 강제징용 관련 해법을

발표했는데, 이러한 조치들이 정상회의에서 발표할 합의와 약속들로 이어지는 기반을 다졌다."고 보도했으며,

《뉴욕타임스》는 "일본과의 화해를 향한 최근 윤 대통령의 행보는 동북아시아의 역할을 극적으로 변화시켰다."며 "조 바이든 미국 대통령은 이에 힘입어 더 긴밀하고 지속적인 한미일 관계를 구축하길 희망한다."고 밝혔다.

AP통신은 "한일관계가 최근 윤 대통령 주도로 상당히 개선됐다."며 "지난 1년간 한일관계는 빠르게 해빙됐다." CNN 방송은 "북한의 지속적인 미사일 위협 등으로 윤석열 대통령과 (기시다 후미오) 일본 총리는 지난 3월, 12년 만에 처음으로 정상회담을 개최하는 등 역사적 문제에 대한 시각의 차이를 제쳐두기 위해 많은 노력을 기울였다."며 "미국 정부 관리들은 지난 3월 한일 정상회담을 계기로 한때 상상할 수 없다고 생각했던 3자 파트너십을 강화할 수 있었다."는 등 저명한 외신이 3국 정상회의의 필요성과 성과를 대변하고 있다.

러시아의 우크라이나 침공과 중국의 경제 및 군사적 야망 등 위협에 대처하기 위해 동맹국과의 협력이 어느 때보다 절실해졌고, 북한의 핵과 미사일 위협이 증가하면서 3국 협력에 대한 전략적 가치를 인식하게 되었고, 한미일 정상회의는 2년 전만 해도 상상할 수 없는 일이고, 역사적 고충을 넘어선 위대한 금자탑을 세운 것이라 여겨진다.

이번 회담의 가장 큰 성과는 정보·안보에서 산업·기술에 이르기까지 중요한 분야를 망라한 협력 방안을 문서로 제도화한 것이다. 그동안 3국 협의는 각국의 정치 상황에 따라 유동적이고 변동이 심했는데, 캠프 데이비드 합의를 통해 정권 교체와 상관없이 각 레벨에서 안정적으

로 작동되는 시스템을 구축한 것은 참으로 온갖 난관을 어렵게 극복하고 이루어 낸 쾌거라고 여겨진다.

한미일 3국은 각각 한미 동맹과 미일 동맹으로 연결돼 있으나 그 밑변에 해당하는 한·일 관계가 여전히 안정적이지 못했고, 앞으로 무엇보다 한·일 관계가 과거사에 영향받아 좌초하지 않도록 해야 한다. 세계정세가 요동치는 상황에서 양국이 과거사 문제로 언제까지나 갈등하며 퇴보하고, 악화시켜 한·미·일 3국 관계가 와해하기를 바라는 세력에게 빌미를 줘서는 안 된다. 여야(與野) 간 이견이 있더라도 국익을 우선해야 하고, 북·중·러의 결속과 반발도 예상되니 슬기롭게 잘 극복해야하겠다.

'캠프 데이비드 정신'으로 명명된 3국 간 포괄적 협력 방안을 담은 정상 공동성명 하나하나가 감명스럽고, 특히 다음 내용이 가슴에 와닿고 설레게 한다.

"한미일은 북한과의 전제조건 없는 대화를 재개한다는 입장을 지속 견지한다. 우리는 북한 내 인권 증진을 위해 협력을 강화할 것이며, 납북자, 억류자 및 미송환 국군포로 문제의 즉각적 해결을 위한 공동의 의지를 재확인한다. 우리는 대한민국의 담대한 구상의 목표에 대한 지지를 표명하며, 자유롭고 평화로운 통일 한반도를 지지한다."

《충청일보》 오피니언, 김진웅 칼럼, 2023.8.25.

나라꽃 무궁화

"꽃 중의 꽃 무궁화꽃 삼천만의 가슴에/ 피었네 피었네 영원히 피었네/ 백두산 상상봉에 한라산 언덕 위에/ 민족의 얼이 되어 아름답게 피었네……." '꽃 중의 꽃'이란 노랫말처럼 산책할 때나 나들이할 때 제일 사랑스럽고 관심을 끌게 하는 꽃이 무궁화이다. 요즘 무궁화가 한창 만발할 때이지만 기후 탓인지 다사다난해서 내 마음이 심란한 탓이지 눈에 많이 띄지 않아 안타깝다. 작년에도 활짝 피었던 국립청주박물관 입구에 있는 무궁화도 올해는 조금 피어있어 안타깝기 그지없다.

가로수는 전에는 플라타너스가 많았지만, 점점 벚나무와 이팝나무가 대세를 이루고 있어 머리를 갸우뚱하게 하고 있다. 가로수나 공원 같은 곳에도 나라꽃 무궁화를 많이 심고 잘 가꾸어야 바람직한데…….

무궁화는 생존력이 강해 수많은 외적의 침입에도 끈질기게 견뎌온 우리 한민족을 상징하는 꽃으로 여겨졌다. 애국가에 '무궁화 삼천리 화려 강산'이라는 가사에도 있듯이 전국 방방곡곡에 무궁화가 많이 피도록 온 국민이 정성껏 가꾸고 사랑해야 하겠다.

수십 년 전만 해도 마을과 학교마다 '무궁화동산'을 조성하여 나라꽃 무궁화를 통하여 나라 사랑하는 태도를 길러 왔지만, 최근 무궁화의 인기는 시들하다. 산림청이 실시한 '2022년 무궁화 국민 인식도 조사'에 따르면 무궁화는 꽃나무 선호도 8위(5.7%)에 그쳤다. 1위는 벚나무(18.1%)였다. 무궁화의 선호도가 낮은 이유로 응답자의 절반 이상(54%)

은 '흔히 볼 수 없음'을 꼽았다. 산림청에 따르면 2022년 전국 가로수 중 무궁화는 4.7%에 그쳤다. 벚나무(왕벚나무 포함)는 14.9%였다. 각 지역에서 벚나무를 가로수로 선호하는 이유는 봄철에 벚꽃이 만발할 때 상춘객으로 붐비고, 관광자원으로 활용하기 좋고 여름에는 잎이 무성해 가림막 효과도 있기 때문이다. 반면 무궁화는 묘목 특성상 가지가 줄기 하단부터 뻗어 나와 가로수로 적합하지 않다는 견해도 있다. 만약 가로수로 적합하지 않다면 무궁화동산이라도 제대로 조성하여야 하겠다.

지난 8일은 '무궁화의 날'이었다. 정부 공식 기념일은 아니나 우리나라를 대표하는 무궁화를 기념하기 위해 민간단체에서 2007년에 제정하였다. 무슨 연유로 8월 8일이 무궁화의 날일까? 숫자 8을 옆으로 눕히면 '무한대(∞)' 모양이 되기에 시공간이 끝이 없다는 뜻의 '무궁(無窮)'과 연결하여 이날을 무궁화의 날로 정했다고 한다. 한자로 무궁화(無窮花)는 '쉴 새 없이 피고 지고 또 피어나는 꽃'이라는 뜻으로, 보통 7월부터 10월까지 100여 일 동안 피고 지는데 특히 8월에 절정을 이룬다. 수천 송이의 꽃이 매일같이 아침에 피고 저녁에 지기를 반복하여 한 그루에서 3,000송이 꽃을 피워 내기도 한다고 한다. 무궁화는 애국가 후렴구에 '무궁화 삼천리 화려강산'이 들어가면서 우리 민족의 상징이 됐고, 현재도 국가 공문서와 휘장 등에 무궁화꽃이 도안으로 사용되고 있다.

나라꽃 무궁화의 날인 8월 8일은 '세계 고양이의 날'이기도 하다니 무궁화의 날 행사에 악영향을 끼칠까 봐 우려된다. 국제동물복지기금(IFAW)이 고양이 인식 개선, 유기묘 입양, 오랜 기간 사람과 함께한 고양이의 탄생을 축하하기 위해 2002년 창설한 날로 매년 8월 8일이다. 나라마다 고양이의 날을 따로 지정해 이를 기념하고 있으니(미국은 10월

29일, 러시아는 3월 1일, 일본은 2월 22일 등) 그래도 다행이다. 우리나라는 2009년 고경원 작가를 중심으로 9월 9일을 고양이의 날로 정한 바 있다니, 우리나라는 무궁화의 날과 겹치지 않도록 고양이의 날을 9월 9일로 정했으면 좋겠다.

무궁화는 고조선에서 왕이 하늘에 제사를 지낼 때 제단을 장식하는 꽃으로 쓰였다는 기록이 있을 정도로 유구한 역사를 자랑하고, 조선 시대에는 임금이 과거 급제자에게 하사한 어사화였고, 1896년 독립문의 주춧돌을 놓는 기공식에서 학생들이 부른 애국가에 '무궁화 삼천리 화려강산'이라는 가사가 등장하며 독립운동의 상징이 되었다고 한다.

태극기 사랑과 함께 나라꽃 무궁화를 사랑해야 함은 지극히 당연하다. 산책길이나 공원 등에서 무궁화를 만나면 눈을 뗄 수 없는 것도 나라꽃이기 때문이다.

앞으로 정부, 지방자치단체, 기관, 회사, 학교, 아파트 단지 등을 중심으로 무궁화 가꾸기를 제도화하도록 조례와 시책을 제정하여, 의무적으로 무궁화동산(동산을 만들기 어려운 곳은 무궁화나무 심기)을 만들도록 법제화하여 무궁화 삼천리 화려강산이 되기를 간절히 기원한다.

《충청일보》 오피니언, 김진웅 칼럼, 2023.9.8.

돌잡이

지난 6월 21일 경기도 수원의 한 아파트 냉장고에서 영아 시신 2구가 발견되면서부터 알려진 출생신고가 되지 않은 '유령 아동' 사건에 온 국민이 분노하고 있다.

최근 감사원 감사에서 출산 기록은 있으나 출생신고가 안 된 영유아가 2015~2022년 2,236명 발견된 가운데, 온라인에서 신생아 불법 거래까지 이뤄지고 있다니 천륜(天倫)을 저버린 자들이 원망스럽고, 시급한 대책이 요구된다. 가뜩이나 출생률 저하로 인구가 줄어드는 현실에서 너무 안타깝고 슬픈 현상이다.

요즘 주위에서 돌잡이 소식도 잘 들려오지 않는다. 신생아가 줄어들다 보니 돌잔치에 참석한 것이 언제인지 까마득하다. 출생률이 늘어나 돌잔치에 자주 초청받고 싶다. 가치관 변화와 세태 변천으로 돌잡이 풍습도 시나브로 많이 달라졌다는 소식을 이웃과 매스컴에서 접하고 격세지감(隔世之感)을 느낀다.

사진첩에서 수십 년 전 자녀들의 돌잔치 사진을 다시 본다(사진도 제대로 못 찍어 줘 후회되지만). 옛날에는 먹을 복을 상징하는 쌀, 장수를 뜻하는 실타래가 돌잡이에 항상 올랐지만, 최근에는 부유하고 기대 수명이 늘면서 돌잡이에서 자연스레 사라졌다. 자식을 많이 낳는다는 의미인 대추도 점점 사라지고 있어 마음 한구석이 쓸쓸하고 씁쓸하다.

돌잡이 용품이 가득한 쟁반 앞에서 아기가 무엇을 잡나 살펴볼 때 엄숙하다. 왠지 아이의 미래를 예측할 수 있을 것 같아 지켜보다가 아이가 물건을 집어 올리면 함성과 박수가 터져 나온다.

돌잡이 도중 당황했던 이야기를 들었다. 아이가 장난감 칼을 집었을 때, 조부모님들이 실망하는 것 같아 걱정할 때 보통 어떻게 할까. 사회자의 재치와 기지가 돋보였다. 갑자기 "자, 한 번 더 하겠습니다." 하였다. 다들 놀라서 사회자를 바라보니 "요즘은 100세 시대라, 직업을 2개 이상은 가지니까요." 하더란다. 그날 주인공은 두 번째 돌잡이에서 돈을 집었고, 손님들은 더욱 환호할 수 있었다. 만약 사회자가 당황하여 허둥댔다면…….

돌잔치뿐만 아니라 우리 삶에서 번뜩이는 기지와 유머 감각은 삶의 활력소이고 힘이 된다는 교훈도 배웠다. 돌잡이를 두 번 하는 아기들이 부쩍 느는 추세라고 한다. 어느 진행자는 "과거에는 한 번 잡고 끝내는 경우가 많았는데 요즘은 직업도 워낙 자주 바뀌고 수명도 더 늘어난 의미를 반영해 돌잡이를 두 번 하고 있다."며 가족들도 두 번 하는 것에 더 만족한다니 공감이 간다. 돌잡이를 두 번 하다 보니 풀이하는 재미도 쏠쏠하다. 가령 아기가 청진기와 마이크를 잡으면 '의사가 되어서 방송에 많이 출연하게 될 것' 같은 꿈보다 해몽으로 좌중을 웃긴다.

부모나 친척이 맘에 드는 돌잡이 용품을 직접 구입해 오거나 선물 받아 챙겨 오는 경우도 있다. 전통적인 품목이 청진기, 돈, 판사봉이라면 최근에는 축구공(축구선수)이나 마이크(가수, 연예인), 오방색지(다재다능한 연예인)를 선호하는 부모도 크게 느는 추세라 한다. "예전처럼 돌반지 대신 순금으로 된 돌잡이 용품을 선물하는 경우도 있다."고 한다. '금수저가 되어라.'는 뜻으로 순금 수저를 선물하거나, 심지어 순금 판사봉도 팔리는데, 돌잡이 인기용품 판사봉은 실제로 한국 법원 그 어디에서도, 어떤 판사도 전혀 쓰지 않는다고 한다. 의사봉은 국회에서 국회의장이나 각 상임위원회 위원장이 사용한다. 그리고 의결기관의 장이 개회, 의안 상정, 가결, 부결, 폐회 등을 선포할 때 탁자를 두드리는 기구인데 사회봉, 의장봉이라 한다는 것도 알았다.

중국, 일본, 베트남 등 한자 문화권에서는 한국처럼 여전히 돌잡이 풍습이 이어지고 있는데, 돌잡이는 언제, 어떻게 시작된 걸까. 국립민속박물관 등에 따르면 돌잡이는 3~6세기 중국 육조 시대부터 1500년이 넘게 이어진 풍습이고, 조선 시대 들어 왕실부터 사대부, 이후에는 서민층으로까지 돌잡이가 확대된 것으로 보인다.

돌잡이를 진행할 때 방법이 다양하겠지만, 주인공 아기가 지금까지 건강하게 자라 온 것에 대한 덕담을 시작으로, 앞으로 미래에 어떤 모습으로 살아갈지 아이의 선택을 함께 지켜보며 축하하는 정성이 가장 중요하다.

너무 엄숙하게 진행할 필요도 없고 가족과 아이의 돌잔치를 축하하러 온 사람들과 함께 아이가 건강하게 바르게 자라라는 기원을 하며 미래를 축하하는 자리라는 의미를 담아 돌잡이 행사를 하면 될 것이다.

2022년 합계출산율은 겨우 0.78명. '인구 절벽'이 가속하여 큰 걱정이다. 앞으로 국가적으로 크나큰 과제인 출생률을 높여 어느 집안이나 경사스러운 돌잡이 행사가 자주 있기를 기원한다.

《충청일보》 오피니언, 김진웅 칼럼, 2023.6.30.

청주 문의면 대청호(2022.11.7. 양성산에서)

꽃은 바람을 거역해서 향기를 낼 수 없지만,

선하고 어진 사람이 풍기는 향기는

바람을 거역하여 사방으로 번진다.

- 『법구경』중에서

시절인연 속에서

ⓒ 김진웅, 2024

초판 1쇄 발행 2024년 10월 15일

지은이   김진웅
펴낸이   이기봉
편집   좋은땅 편집팀
펴낸곳   도서출판 좋은땅
주소   서울특별시 마포구 양화로12길 26 지월드빌딩 (서교동 395-7)
전화   02)374-8616~7
팩스   02)374-8614
이메일   gworldbook@naver.com
홈페이지 www.g-world.co.kr

ISBN   979-11-388-3504-6 (03810)

이 책은 충청북도, 충북문화재단의 후원을 받아 예술창작활동지원사업의 일환으로 발간되었습니다.